鎌池和馬
KAZUMA KAMACHI
イラスト・オブジェクトデザイン
凪良 NAGIRYO

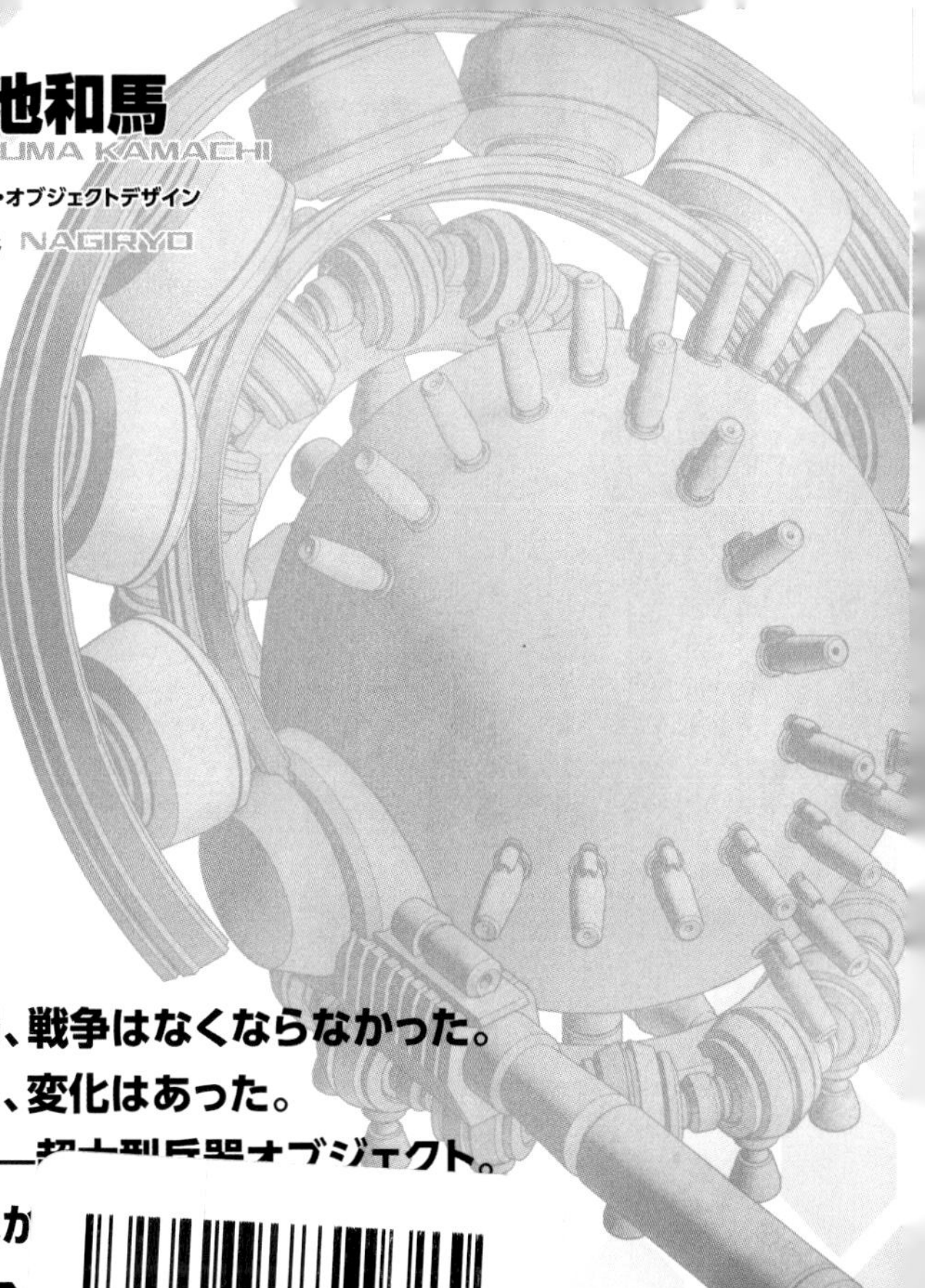

結局、戦争はなくならなかった。
でも、変化はあった。
――――超大型兵器オブジェクト。

それが……

World's End 100,000km 天を貫く欲望の槍

INDEX

【ワールズエンド】World's End

『資本企業』軍エレベーター連盟が大気圏外で秘密裏に開発した宇宙専用第二世代。宇宙エレベーターさえあれば軌道上で『ここまで』できるらしいが……？

宇宙空間での運用を前提とするオブジェクトであるため、エアクッション機関や静電気式推進装置のような通常オブジェクトの足回りを持たず、酸素噴射式ロケットエンジンによって移動を行う。

Designed by Hirokazu Watanabe(2725 inc.)

name / Louisiana=Honeysuckle
sex / female
place of birth / Los Angeles.Centralvalley
Louisiana
age / 17
height / 1.58m
weight / 49.0kg
body size / 85.56.83(cm)
class / Major
hair color / silver
eye color / black
belong / Federation Of Elevator Industries
post / a genius in multi field

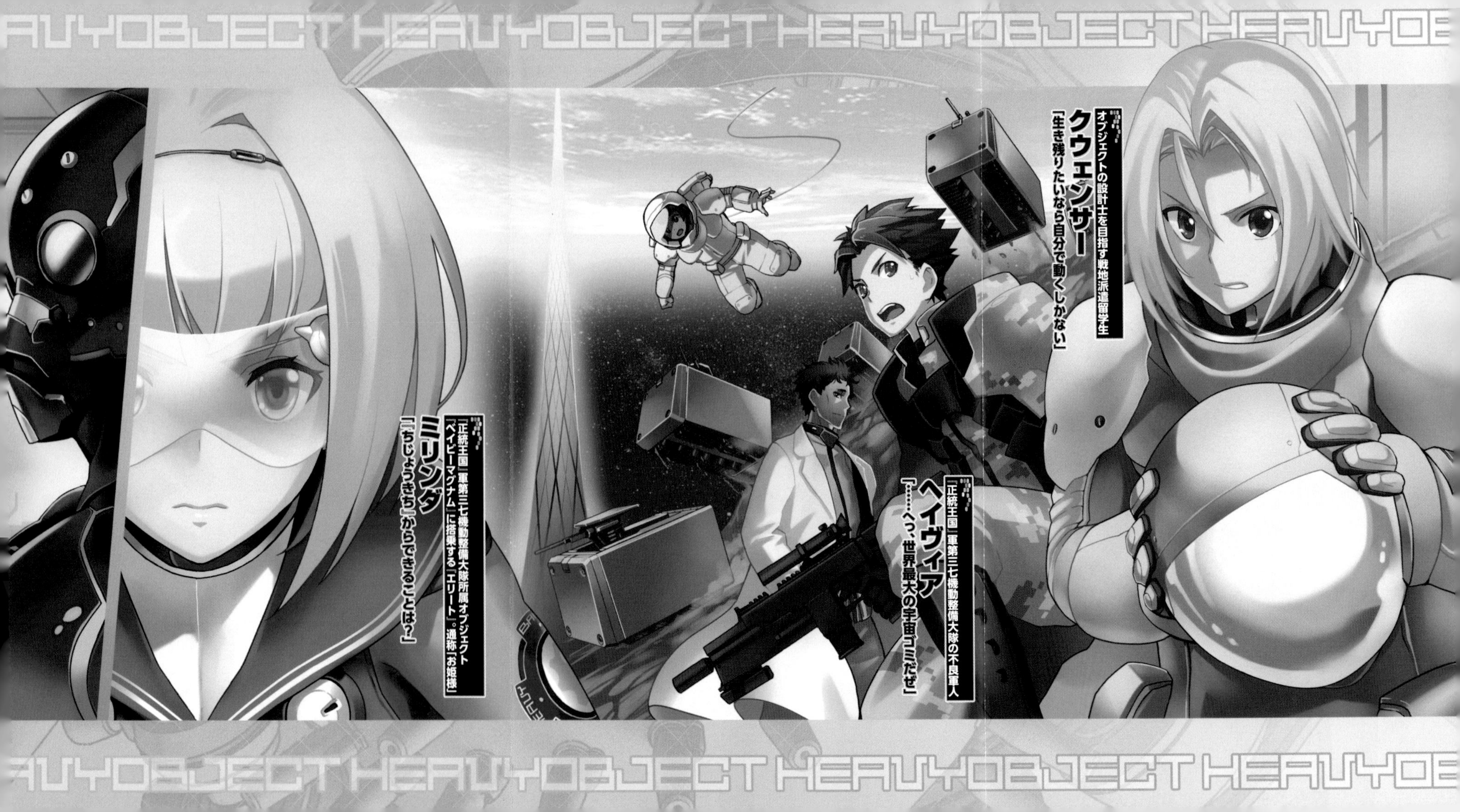
HEAVY OBJECT HEAVY OBJECT
オブジェクトの設計士を目指す戦地派遣留学生
クウェンサー
「生き残りたいなら自分で動くしかない」
『正統王国』軍第三七機動整備大隊の不良軍人
ヘイヴィア
「……へっ、世界最大の宇宙ゴミだぜ」
『正統王国』軍第三七機動整備大隊所属オブジェクト
『ベイビーマグナム』に搭乗する「エリート」。通称「お姫様」
ミリンダ
「ちじょうきちからできることは？」
HEAVY OBJECT HEAVY OBJECT

こっちはこれから戦争だ。
せっかく人様の金で
宇宙へ行くっていうのに
夢がない。

──とある戦地派遣留学生の嘆き

HEAVY OBJECT

World's End 100,000km

ヘヴィーオブジェクト
天を貫く欲望の槍

鎌池和馬
KAZUMA KAMACHI

序章

最後のフロンティアはアフリカだった。

この結論を出す前に、まず経済チャンスは人口爆発の発生地点で起こる、という基本的な前提がいるか。エアコン、携帯電話、自動車、フードプロセッサー、健康グッズ。ごくごく普通にある当たり前のアイテムも、人口一〇〇人の村で売るか人口一〇億人の大国で売るかで売り上げは変わってくる。全体の一％に普及した、と考えた場合でちょっと計算すれば良い。アジアや中南米など、人口爆発で注目されていた地域も緩やかになってきた。家庭用品の普及が全世帯へ行き渡ったと言い換えても良い。君もパソコンやスマホで身に覚えはないかな。みんなに一通り出回るとそこから先は売れなくなる、小手先のバージョンアップばかり繰り返したって毎回毎回高い金を払って最新機種へ代替わりなんか付き合いたくないだろ？

そういう意味で、今現在注目されている人的鉱脈がアフリカ。特にサハラ砂漠より南だ。今や様々な大会社が乗り込んで支社や支店、衛星ベースのネットインフラなんかを急ピッチで構築してるよ。無線も速くなったしな。

家電は何でもＡＩ搭載だ。炊飯器も電気ポットも洗濯機も、とりあえず見本品の手前にＡＩを積み直しましたって宣伝ポップを掲げておけば買い替えてもらえる時代らしい。ほら、パソコンやスマホと違って、全世帯普及している商品でもそこで売上が止まらないって訳。チャンスだろ？　ＡＩの定義は何なのか、家電搭載レベルのチャチなＡＩは普通のサポートプログラムとどう違うのか。その辺はいまいち分からんが、とにかくＡＩに万歳って訳だ。今はな。

だから例の『アレ』がアフリカ中部で完成したって言われても私は不思議に思わない。元々赤道の近くでなければ建設できなかったし、基部の重心安定性を考えれば海の上に延々と構造物を積み上げるのは正直に言って現実的じゃない。中米辺りは相変わらずパナマ方面が揉《も》めているようだし、オセアニア北部は経済面を考えると基盤が弱い。そう、金の集まりを見ても明らかだ。土地、経済、情報。条件が重なり、自然と完成に漕《こ》ぎつけたと見るべきだろう。

……それにしても宇宙エレベーターか。

あっちはマスドライバーをコンペから切り捨ててまで宇宙開発の一本化を進めていたって話だ。わがままお嬢の『資本企業』は今日も大荒れだな、おっかない。

第一章　序曲　〉〉トゥルカナ方面宇宙エレベーター攻略戦・Grベース

1

　お父さん、お母さん、お元気ですか。

　クウェンサー＝バーボタージュです。

　こちらはたくさん働いております。戦地派遣留学生って事でオブジェクトの勉強をするためにやってきたのにめっちゃ働かされております。そしてやってもやってもキリがありません、この状態から抜け出せるものでしょうか。

　お体に気をつけてください。

　あと仕送りする時はもうちょっと頭を使ってもらえると助かります。真空パックのローストビーフとか、お湯に入れるだけでお店の味が出せるレトルトのホワイトシチューとか、段ボール箱いっぱいに『安全国』の美味《おい》しい保存食をしこたま詰めたって軍には貨物検問のゲートがあるんだぞこのバカ親ー？

「殺せ殺せ殺せ殺せッ!!　うわあ、ゲリラの突撃に呑《の》み込《こ》まれんぞ!?」

「今ハッピーニューイヤーだよね？　アフリカまで来て何やってるの俺達!?」

髪の毛いっぱい砂まみれで馬鹿二人が叫ぶのも無理はない話だった。

今日も今日とて『正統王国』軍のジャガイモ達はこのくそったれな世界で乱暴なイモ洗いをお見舞いされていた。その乱暴っぷりと言ったら地元のゲリラ集団が地雷原を木の棒でつつきながら進み、うっかり爆発させちゃっても全く気にせず後続がどしどし押し寄せてくるほどである。どうやら離れた場所で破裂させれば自分達は安全だろと思っていたようだが、長い木の棒でつついた程度では地雷の効果範囲からは逃げられない。後はほとんどヤケクソである。

機銃掃射が追い着かない。

なんかもう地平線の向こうから押し寄せる、人間でできた横一直線の高波って感じだった。

『学生』のクウェンサー＝バーボタージュや『貴族』のヘイヴィア＝ウィンチェルはいったん重機関銃や大型無線機などを抱えて後ろの陣地に退避しながら、

「お姫様に連絡入れようよ、こんなの大規模な支援がなくちゃ無理だ！」

「向こうも向こうでデカブツに夢中で地べたの俺らなんか見ちゃいねえだろ。それともモヤシ野郎、テメェが『あっち』やるか!?」

少年二人が飛び込んだのは大きな岩や分厚いコンクリート製の掩蓋《えんがい》ではない。乾いてひび割れた地面に大きな穴を掘って車高を抑えていた、戦車の裏だ。

距離二メートル以内だが、デジタル世代な子から暗号通信でコンタクトが来た。

『今さらな質問かもですけど馬鹿なんですかへイヴィアさん!! わざわざ敵を大勢引き連れてきたら、せっせと穴掘ってカワイイこの子を隠した意味ないでしょう!? 一両で数百万ユーロもする箱入りお嬢様ですよッ!!』

「うるせーミョンリ早く世間知らずの悪者令嬢の尻を叩《たた》け!! 榴弾《りゅうだん》でまとめて薙《な》ぎ払《はら》えよ馬鹿野郎!!」

ちなみにアフリカ大陸と言ってもかなり広大だが、大きく分けて六つの特色に分類される。

水のない砂漠か、水のある緑の大自然か。

金にならない不毛の地か、金のなる木か。

大自然か、都市化が進んでいるか。

アフリカ大陸東側、赤道直下にあるトゥルカナ方面は広大な湖が最大の特徴だ。本来であれば緑豊かな森や草原が延々と続き、多種多様な動物が息づいて、『島国』が丸ごと収まるほど広大な自然公園として登録されているはずなのだが、ここ最近は様子が変わったらしい。

マスクがないと深呼吸したくないくらいに。

どこを見渡しても焼けた砂と硬くひび割れた大地ばかりだ。

「冗談じゃねえぞ。戦争うんぬん以前に環境破壊で人類が絶滅しちまう」

「ならこの戦車も電気にしたら？　けほっ、さっきからディーゼル臭いよ！」

そこでミョンリが榴弾《りゅうだん》を撃った。

鉄と火薬でできた打ち上げ花火を水平に飛ばしたようなものだ。

バウンッッッ!!!!!!　というド派手な爆音と共に四五トンもある戦車が後ろにちょっと滑る。兵装のバージョンアップに合わせて新しく導入された砲弾は装薬の量が多過ぎるのだ。おかげで分厚い装甲に寄り添っていたクウェンサー達は危うく鋼鉄の履帯に噛《か》みつかれそうになる。

ほとんど真《ま》っ直《す》ぐに近い、潰れた放物線を描いていた。

前方、ジャガイモ達が撤退した陣地の辺りには弾薬ケースや石鹸《せっけん》みたいなレーションを残しておいた。ゲリラ達の欲がそっちに向いてわずかに突撃速度が鈍ったところへ砲弾が突っ込み、火薬の爆発力に後押しされた砲弾の被覆と二〇〇〇発の鉄球が敵陣ど真ん中から三六〇度全方位へ容赦なく広がっていく。

赤い赤い、液状っぽい爆発がびっしゃびしゃにばら撒《ま》かれた。

ド派手な砲撃音に耳をやられた事へ抗議しているだけの余裕もない。

「おう……」

『自分で支援要請しておいてドン引きとかはナシですよ。「安全国」でお茶菓子片手にワイドショー観《み》ている暇な平和主義者じゃないんですから』

「欲求不満な若奥様を軽んじる者、欲求不満な若奥様に倒れるだぞミョンリ」

『意味不明です』

「注意だミョンリ、そういう無防備なヤツから男女の区別なく美味《おい》しくいただいちゃう歴戦の若奥様に持っていかれるんだ」

『車長さん、大至急車両の生化学戦警報をチェックしてください。現実には存在しない妄想でも抱いておかないと死ぬ病気でも蔓延《まんえん》しているんですか屋外は⁉』

あのミョンリも言うようになったものだ。フローレイティア＝カピストラーノ少佐率いる第三七機動整備大隊は内気でもじもじした女の子を開放的にする、代わりにちょっぴり思慮と上品さは欠乏するが。

でもってここ最近の戦車はすぐに自動装填とスマート照準を完了させる。さらに続けて何発も対人榴弾《たいじんりゅうだん》を発射し、最も効率的にゲリラの大軍勢を削り取っていく。

鋼鉄の裏側では何もしていないジャガイモ達がやたらと明るく瞳を輝かせて元気良く歌っていた。

「ゲリラゲリラこーろせー、ゲリラこーろせー☆」

「いっちにーさんしー、にーにっさんしードッカンドッカン‼」

『やだなあ何これ、砲声に頭揺さぶられて軽めに倫理がトンでいるんですかあなた達?』

戦場を黒板に見立てて一面を埋め尽くすチョークの板書を黒板消しでざっと消していくよう

な殺戮《さつりく》であった。しかしどういう訳かゲリラ達は足を止めない。純粋な工業製品である戦車の砲撃に対し、生身の足でそのまんま突っ込んでくる。

馬鹿ども二人が正気に戻った。

「そんなそこまでして守りてえもんかよ、あのデカブツが!!」

「結局カネだろ。人間は金のためなら死ねる生き物なんだ。何しろ単純な資産価値で言ったら油田の何十倍だぞ、しかも化石燃料と違って枯渇《こかつ》の心配がない。純金、ダイヤ、石油、レアース。アフリカ大陸には色んな商材があるけど、その全てで脅《おび》えているのは枯渇《こかつ》のリスクだ。そいつを排除して永遠に富を得られるって話になったらそりゃ誰だって必死になる」

「宇宙エレベーター……」

呻《うめ》きながら、ヘイヴィアが戦車の裏からはるか遠方を覗《のぞ》き見《み》た。

ざっと二〇〇〇メートルほど垂直に延びた、針のように細い超高層建築。

さらにそのてっぺんから長く長く延びているのは、弦楽器にも似た横並びのワイヤーだった。

地平線の向こうに天高く垂直に巨大構造物がそびえているのだ。高く高くどこまでも向かうシルエットには、頂点というものがない。見た目の上ではある一定のラインで青空に溶け込んでいくようだった。それはあまりにも高度が高過ぎるため空気の層によって光が遮られてしまうからだ。『高高度偵察機は肉眼では見えない』と同じ理屈である。

単純なサイズだけで言ったら、超大型兵器などと呼ばれるオブジェクトすら足元にも及ばない。

バベルの塔は人類の驕《おご》りの象徴だなどと言われているが、なるほど、実際に見てみればそのおぞましいほどの威容が良く分かる。

宇宙エレベーター・マザーレディ。

「……あれだけはっきり見えんのに、ここからまだ七〇キロはあるんだろ。『島国』のフジヤマどころじゃねえ、どれだけイカれたスケールだっつの」

「それも貨物タンクの尻を強力な光線で蹴飛ばすレーザー式じゃなくて、実現不能って言われていたワイヤー式だよ。SF映画の監督が歓喜の涙を流しているってさ」

三七が部隊を展開しているという事は、中心に位置するオブジェクト『ベイビーマグナム』も当然ここに派遣されている。しかしお姫様がゲリラ達を踏み潰してマザーレディに向かわず、戦線後方でもじもじしている理由は明白だった。

ガカァッッッ!!!!!! と。

落雷のような凄《すさ》まじい閃光《せんこう》が、横に突き抜けた。クウェンサー達のはるか頭上だ。今のはオブジェクトから宇宙エレベーターに砲撃しているのではない。

逆だ。

「ちくしょっ、おっかねえ!!」

「やっぱり凄《すさ》まじい電力だな……。やりたい放題じゃんか」

「補給は切ってんだろ？　送電線なんか残ってねえはずだ」

「仮説だけなら色々あるよ。地下に蜘蛛《くも》の巣みたいに線が走っているとか、いくつも原子炉を隠しているとか」

「世界最大の人工物だぜ。シリコンでできたナニが天に向かってそそり立ってやがる。ディから始まるデケぇ塊が」

「無知め学習を怠るな、中に電池を詰めてうぃんうぃんいってるヤツはどれだけ巨大であってもお名前をつける時はバイブレーション機能が優先されるんだよ」

「馬鹿め!!　イマドキのオモチャはＵＳＢケーブルか、あるいはマイクロ波を使った無線充電だよ情弱乙っぷぷうー!!」

「何をこいつっ⁉　『安全国』の変態教授どもが作ってる研究室レベルの最新技術を教えてやろうか。ｉＰＳ細胞《さいぼう》のシートを張り合わせて作ったタマのぶら下がった不思議なマッサージ器が公募で選んだ好奇心旺盛な若奥様を危うく孕《はら》ませそうになって仰天した話とかだッ!!」

「ええっ何それ怖い！　前フリから大オチまで全部変だよ、もうエロじゃねえよそんな世界!!」

「変態教授の正体がメガネとハイヒールの似合う、男よりも女の方が大好物な飛び級だらけの理系金髪美女ハタチ独身でも？」

「……一〇〇点、参りました。意味合いが全く違います」

「あっはっは。ＩＱ二〇〇オーバーの天才教授でもほんとにビビった時は青い顔して思わずアソコにコーラ飲料をぶち込んでみるのな？」

「一〇〇万点!!　ハナマルであります!!」

『あーもー!!　困った事が起きたら炭酸飲料を用意しろだなんて何でそんな間違った知識で張り合っているんですかっ、全軍に向けた無線で!?　馬鹿を極めた汚染会話を何とかしてくださいフローレイティアさあん!!』

「……おい意外だぞ。ミョンリのヤツがこの会話についてきてるぞ。ウワサが嘘《うそ》だって事もしっかり答え合わせしてきてるぞ」

「言ってやるなよクウェンサー、あいつも狭い戦車に詰め込まれてイロイロ溜《た》まってんだろ。器用貧乏の家電バカだから小手先のガジェットにこだわりそうだしよ」

「ああ、言われてみれば。ミョンリはマッサージ椅子とかＶＲゴーグルとか駆使しそうな女の子だよね」

『撃ちますよ？』

宇宙エレベーターの地上基地・グラウンドベースからある程度の高さまでは槍《やり》のような基礎構造物が垂直に延びている。釣りで言うなら糸ではなく竿《さお》の部分なのだろうが、どうもその先端に巨大なレーザービーム砲が取り付けられているらしいのだ。

その威力、オブジェクト級。

おかげでお姫様も軽々とは近づけなかった。間にいるゲリラを蹴散らすだけなら容易《たやす》くても、そこでわずかに足を止めてしまえばマザーレディのレーザービームでぶち抜かれてしまう。クウェンサー達としてもオブジェクトは是非エレベーターまで届けたい。近距離だと高所の壁から対戦車レベルのコイルガンを撃ち下ろしてくるらしいので、お姫様の分厚い装甲で強行突破してもらわないと歩兵達の血まみれ突撃作戦になりかねない。

「どうすんだもう、早くしねえと作戦は失敗だぜ……」

「五分前行動？　一体いつの間にそんなお行儀良くなったんだへイヴィア」

よって、まずはクウェンサーやへイヴィア達ジャガイモどもが地上を奇麗に地均《じなら》しして、安全を確認してから最短最速で『ベイビーマグナム』が突っ込み、お姫様のたおやかな手を使ってエレベーターを根っこからぼっきりへし折る。そういう手はずになっていた。

固定のエレベーターに、移動のオブジェクト。

どちらが有利かなど言うに及ばずなはずなのに、現実にお姫様は攻めきれずにいる。

……長距離用のあんな馬鹿デカいレーザービーム砲で狙われたらクウェンサー達なんぞどこに逃げ隠れようが一山いくらで蒸発コースまっしぐらなはずだが、どういう訳か宇宙エレベーターは地上を直接狙ってはこない。射角や照準系など何かしらの原因があるのかもしれないが、

『具体的にそれが何なのか』が分からないと安心もできなかった。自分の命がかかっているのだ、何となくでは困る。ヘイヴィアは半ばうんざりしたように、

「にしても、どうやってあんなもん造った？　駅前にデパートを建てるのだって何ヶ月もかかるぜ。後から慌ててドンパチせんでも建設途中にいくらでも妨害の機会はあったんじゃねえの」

「何も地上から一つ一つ積み上げていった訳じゃない。最初に宇宙ステーションをこっそり密造して、後は上下それぞれに向けて『垂らした』んだとさ。滝のように、ドバっとだ」

「どばっと？」

「地上基地こそデカい槍《やり》みたいなのが上に延びてるように見えるけどさ。結局、総延長一〇万キロの内、九九・九％以上はカーボンナノチューブのワイヤーだぞ。釣り糸を垂らすようなイメージで正解だ。地球の遠心力で引っ張っているらしいけど」

宇宙も宇宙で無人往還機だのキラー衛星だのイロイロ揉《も》めているが、少なくとも地べたよりは監視の目も弱い。この世界、とことん窮屈だが電波望遠鏡や発電衛星の名目で打ち上げた大型ユニットを衛星軌道上で黙って合体させて巨大ロボを作るくらいの隙はまだある訳だ。変身シーンの途中で攻撃するほど無粋を極めてはいない。

当然、ここまでの大事業を地元のゲリラだけで行えるとは到底思えない。

黒幕は別にいる。

「……やっぱり宇宙は『資本企業』か」

中でもエレベーター連盟。

『資本企業』の『本国』を牛耳る七つの大会社・７ｔｈコアが共同出資して立ち上げた強大な宇宙開発機関である。

エレベーターの起工自体は結構前のネットニュースで流れたが、その後どうなったのかは意外と謎な施設ではあった。

「ヤツら、マスドライバーかエレベーターかで迷い箸ができる程度にゃ技術が豊富みてえだしな。結局エレベーターに舵《かじ》を切ったようだが」

「ネット通販辺りのテコ入れらしいけどね」

クウェンサーは呆《あき》れたように息を吐いて、

「何しろ安価で大量の資材を宇宙に上げられるエレベーターがあれば流通に革命を起こせる。空気中の移動手段は高高度偵察機でもマッハ六か七辺りが限界だけど、真空の宇宙ならマッハ一五とか二〇とかにもトライできる。しかも無重力で『上から下に落とすだけ』ならロケットやエンジンなんかの燃料消費もいらない。ネットで決済すれば位置情報サービスで導かれたパラシュート付きのコンテナが誤差一〇〇センチ以内に降ってくるって寸法さ。全世界どころか月面の別荘まで六〇分で包み込む、究極の流通網の完成だ」

「意味あんのかよ、それ……。エレベーターを使ってピザを届けるためにはまず砂漠まで商品を持ってこなくちゃならねえんだろ、それこそ世界中から」

「ヤツは、完成してからもう一年近く『試験運転』を繰り返してきた」

現実に、あのエレベーターのせいで周辺一帯はひび割れた硬い砂漠と化した。
二、三日で起こるような変化ではない。
「別に不具合が起きている訳じゃない、テスト期間中なら業務実績にならないんだ。どれだけ稼いでも利益ゼロ。だから何万トンの貨物を世界中に送りつけたって記録の海から浮かび上がる事はない、はずだった。貪欲過ぎたんだよ。見えない儲《もう》けがデカくなり過ぎたせいで記録の中から浮いてきた」

「うへぇ」

「親会社の7thコアとしちゃ、全世界カバーって言葉に意味があったのかもしれないけど。ほら。配送無料当日お届け、ただし一部の地域や島嶼《とうしょ》部は除きますっていう小さな注意書き。連中はあれをどうしても克服したいんだ。『上から下に落とすだけ』ならエベレストのてっぺんでも南極のど真ん中でもコストは変わらない。何だったら公海上の豪華客船とか、『資本企業』以外の勢力圏だってお構いなしだ。通販の空き箱がこれまで以上にメチャクチャかさばるだろうけど」

「……隙間は全部潰す気か、街中に増殖するコンビニみてえな戦略だぜ」

「何しろ『資本企業』だからね。それもヤツらの『本国』を牛耳る7thコアだよ」

とまあ、このように大変便利な宇宙エレベーターだが、最大のネックは設置場所が限られる事だ。まず赤道近くでなければならないし、天と地を真《ま》っ直《す》ぐ結ぶワイヤーに使うカーボンナノチューブはとことん強靭《きょうじん》だがキホン炭素なので高圧電流に弱く、分厚い雷雲が通りかかると簡単に破断してしまう。ハリケーンの通り道では困る訳だ。

　地上から宇宙まで延びる以上、ワイヤーは二〇〇〇度以上の熱圏に常にさらされ続ける事になる。当然素材はある程度熱に強くないといけない訳だが、流石《さすが》に雷の瞬間的な温度、三万度にまでは対応できない。摩擦で雲の水分が蓄えた静電気だけで条件は満たされてしまう。

　そうなると、第一の争点は土地選び。

『資本企業』のエレベーター連盟は四大勢力の外にある『空白地帯』の住民を殺して奪うのではなく、地元に富をばら撒《ま》いて味方につける方向で取りまとめたらしい。おかげでゲリラ達は今ややヤツらの駒だ。協力者であるものの正式な兵員ではないため、たとえ死んでも公式戦死者数にカウントする必要もない。それはそれはさぞかし重宝するだろう。後先を考えない突撃作戦だってやりたい放題だ。

　お金のために土地を譲って、お金を稼げると信じて、お金のために戦って、お金を支払う前に死んでくれる。

「全部込み込みのプランかよ。哀れだぜ、まさしく金の亡者《もうじゃ》じゃねえか」

「奇麗ごとなんか言えた義理か。俺達『正統王国』だって大自然の生物資源を守るためじゃん、新薬開発に使える貴重な虫だの花だの薬効成分の山をまとめて枯らされちゃ困るとかで」

クウェンサーは砂まみれの頭を掌《てのひら》で軽く払いながらため息をついて、

「お前達王侯貴族サマの話だぞ、こんなの凡俗ＤＮＡで組み上げられた俺達『平民』には意味のない問題だ。特殊な遺伝子配列ばっかりのお偉方は特有の遺伝病にかかる確率が高い、だから何が役に立つか分からない。できるだけ生物多様性を確保して薬の材料を残しておきましょうってな」

単純な人口だけで言ったら『平民』の方が圧倒的に多い。それでも上から下までみんな揃ってごく限られた激レアＤＮＡを持つ『王族』や『貴族』のために戦争を起こすのは、いかにも『正統王国』らしいといったところか。

「誰か平和のために戦ったりはしねえのか」

「文句があるならヘイヴィアがそうしなよ」

宇宙エレベーターは巨大な構造物だ。

山脈や峡谷が大きな風の流れに変化をもたらして独特の気候を形成するように、縦一直線に延びるエレベーターは空気の流れを刃物のように断ち切り、Ｙ字に風の流れを分岐させる。どうも、これが元々あった風土特有の風をねじ曲げているようなのだ。さらに、雷雲が通りかかると困るエレベーター側が、イレギュラーな気象変化に対応して軌道上から天候兵器をばら撒《ま》いているという疑惑もある。晴天が多過ぎるのだ。

ともあれ、

「……戦車のおかげで『流れ』がちょっと変わってきやがったか？　おいミョンリ！　これから進軍を再開するけど全弾炸裂《さくれつ》してんだよな。自前の不発弾で吹っ飛ばされんのはごめんだぜ!!」

『知りませんよそんなの、私は指示通りに操作しただけです。商品に対するクレームなら「安全国」にある軍需企業のカスタマーセンターにお願いします』

「自動音声のたらい回しで、地球を二周くらいさせられるんじゃないのかそれ……？」

当然ながら戦車の砲弾は無限にある訳ではない。もちろん部隊には砲弾を輸送する専用の給弾車も随伴しているが、それを含めても戦車の榴弾《りゅうだん》だけで歩兵の大軍勢を制圧するのは得策ではない。哀《かな》しい事に非正規兵一人より砲弾の方がお値段は高いのだ。後で請求書に目を通したフローレイティア＝カピストラーノ少佐に焼けた煙管《キセル》で尻をぶっ叩《たた》かれたくなければ、クウェンサーやヘイヴィアといったジャガイモ達が家計に優しい低コストで頑張るしかない。

「ちくしょうが。危機を回避するか、危機をご褒美《ほうび》と受け止められるようになるかだぜ……」

「フローレイティアさんはきっちり軍服着込んだままなのがいけないんだ。どうせやるなら全力の黒革ボンデージとかに着替えてから叩《たた》いてくれれば良いのに」

欲しいのは『流れ』の変化だった。

戦車の砲撃である程度ゲリラ達の進軍を食い止められたら、そこにヘイヴィア達が引き継いで機関銃の掃射を浴びせながら前進するのが理想。

『榴弾の着弾分布を参考にしてください。炸裂地点《さくれつちてん》はクレーターになっていますから、そのまま即席の塹壕《ざんごう》として使えますよ。飛び飛びに細かく移動しながら攻撃していくのがベストです』

「了解ミョンリ。この平べったい砂漠だ、何もないよりマシか」

「クレーター塹壕《ざんごう》なんて手榴弾《しゅりゅうだん》投げ込まれたら丸ごと全部死の空間に早変わりだけどな」

ドンドンドン‼　ドガドガドガッ‼　と。

コンクリートのビルをぶっ壊す工事機械よりもうるさい音を立ててジャガイモ達の重機関銃が唸《うな》る。本来は四人一組で取り回す一品だ。戦車の裏から飛び出してひび割れた大地を進むクウェンサーやヘイヴィアは組み立てた状態で機銃を持ち運んでいるので、なんかもう運動会の騎馬戦みたいな格好になっていた。

誰かが撃っている間、別の誰かが走っている。後は交互に繰り返しだ。当然、向こうから飛んでくる汚れて傷のついた鉛弾を一発もらえば血を噴いて地べたに倒れ込む羽目になる。

攻略法も安全地帯もなかった。

裏技なんて夢のまた夢だ。

「ああ、第五・五世代のパワードスーツが恋しい。テクノロジーって現代のチートでしょ、もう努力とか根性とかどうでも良《い》いからお手軽一足飛びで最強になりたい……」

「前に誰が着たかも分かんねえべっとべとのトレーニングウェアを洗濯もしねえで使い回して

えのか。頭の上から足の先までみっちりと？　世界ってな多様だな、テメェの性癖にゃほとほと呆《あき》れ返《かえ》るぜ」

「汗の一粒さえキラキラしてる運動部系女子高生や趣味は平日午後のヨガレッスンな若奥様の可能性だってあるよ!!」

「前線で働く三七の下っ端のツラ見てモノ言ってやがるのか!?　ゴツゴツのジャガイモばっかりじゃねえか、どこにそんな夢を支えてくれる美人がいるっていうんだ!!」

『聞こえていますよへイヴィアさん』

基本的にこちらが優勢だが、時々エレベーター連盟の操り人形と化したゲリラ側が盛り返す事がある。そういう時は後方待機しているミョンリから戦車で榴《りゅう》弾《だん》を撃ち込んでもらう。出る杭《くい》は打つ、の理論で戦車の砲弾は最少に留《とど》めるが、それでも『自分の頭の上を味方の砲弾が突き抜けていく』のはなかなかの緊張感だ。第三七機動整備大隊は大変素敵な職場だが、遊園地の絶叫マシンをちっとも楽しめなくなるのが大きな欠点である。

目を剝《む》いてクウェンサーは叫んだ。人道的にどうのこうのなんて話ではなく、

「おい、あんまり戦車に頼り過ぎるなよ！　これ砲弾一発で札束が飛んでるんだぞ、戦争に勝っても請求書の山ができて借金漬けになっちゃうよ!!」

「カネの心配できるっつー事は俺ら勝ってんだよな？　この戦争」

重機関銃のユニットは一つだけではない。他の仲間達が機銃掃射で人の波を押し返している

間に、クウェンサーやヘイヴィア達はみんなで二〇キロ以上ある金属の塊を担《かつ》いで次のクレーターに向かう。そうしたら今度は彼らが機銃掃射で弾幕を張り、仲間の移動を支える番だ。

「しばらく焼肉は食いたくねえ。人間の破片が空薬莢《からやっきょう》よりたくさんばら撒《ま》かれてやがる……」

「豊富な栄養と水分だ、砂漠に緑が戻るきっかけになるかもよ。おいヘイヴィア、あんまり死体に近づくなよ」

「こんな中に死んだふり作戦なんか紛れているように見えるかよ⁉　グチャグチャどころか千切れて飛び散ってんじゃねえか！」

「死体はバラバラになっても装備はそのまんまなんだよ。雷管や信管が生きているならちょっとの衝撃で普通に破裂するぞ。弾薬に手榴弾《しゅりゅうだん》、あとそっちのラグビーボールはロケット式の弾体か？　単価八〇ユーロで数百万ユーロの戦車を吹っ飛ばすっていう……」

ヘイヴィアは不発弾だらけのブロック肉からちょっと距離を取りつつも、

「そりゃ不意打ちで横から当てられた場合だろ。ミョンリ達の戦車はずっと後ろだし、あちこち地べたに穴掘っていちいち押し込んでんだ。今はまだ側面攻撃は心配しなくて良い。安物のロケット砲だの無反動砲だのならホーミングもついてねえし、大きく弧を描いて脇腹を抉《えぐ》ってくる心配もいらねえ」

小さな音が聞こえたのはその時だった。

虫の羽音。

いいや、電気シェーバーのようなモーター音に近かった。

不思議に思ってクレーターの中から顔を見上げた馬鹿二人は、そこで違和感に気づいた。

青空に何か黒い点がある。

いいや、それは軽量のアルミフレームで作った七〇センチくらいのデカいカトンボだ。複数のローターで支えられたマルチコプター型のドローンとも言う。

通販用のボックスの代わりに、何かラグビーボールのようなものがぶら下げられていた。

垂直に地面を睨《にら》みつける、対戦車砲の弾頭だった。

「おいっ……!!」

慌ててヘイヴィアが後ろを振り返り、無線に何か叫ぼうとした直後だった。

キュガッッッ!!!!!!　と。

それこそ落雷のように、火を噴いたロケット砲が上から下へ垂直に突き刺さった。

後方から強力な支援をしてくれていた戦車の、一番の弱点と言える屋根の上に、だ。

2

最悪だった。

状況は一変した。

『ゲリラ達の装備がこちらの予測を超えてきた。おそらく宇宙エレベーターから支援されているよ。総員、電子装備を使ったスマート攻撃に注意!!』

銀髪爆乳フローレイティア＝カピストラーノ少佐からの今さら過ぎるありがたいお言葉があった。首輪に繋《つな》いだ鎖を引っ張ってお散歩気分でここ最前線まで連れてきてやりたい。

もの自体は死んだ兵士達が後生大事に抱えていた対戦車兵器の弾体と空飛ぶドローンを合体させて大空に飛ばした程度のオモチャだ。つまり発射筒をなくして手持無沙汰になった砲弾を地雷として再利用するのと同じ、粗悪なリサイクル品。だがそもそも砂まみれのゲリラ達がマルチコプター型の無人機を使うなんて話自体、クウェンサー達には初耳だった。ドローンについてはニッチな家電レベルだが、家庭用と違って無線ユニットはかなり強力そうだ。高度が高く、音が聞こえなかった。

『学生』は思わず無線機を掴《つか》み直《なお》して、

「おまっ、この馬鹿野郎!!　ミョンリは一体どうなった!?」

『器用貧乏だから普通に抜け出しているよ。生存を確認。自分の心配をしろ、そっちは戦車の支援砲撃も期待できない』

「うわあー、なるほどずぶずぶ。次から次へと問題ばかり……!!」

『クウェンサー、この見目《みめ》麗《うるわ》しいレディに対して見苦しい攻撃はやめろ。さっきから放送禁止用語並べてセクハラしているつもりなの？』

「ふぁあっ、くそうーバレたか!!」

『警告したぞクウェンサー。これ全部軍のレコーダーに残るからな』

　クレーターと重機関銃を使った掃射だけでもしばらく保つが、戦車を吹き飛ばせるという事は歩兵の山だって粉々にできるという事だ。例のドローン爆弾がジャガイモ達の頭の上にやってきたら、垂直発射と同時に身を隠すクレーターの内側がまとめて爆風で埋め尽くされてしまう。

「優先はドローンだぞ。クウェンサー、暇なら双眼鏡で汚れた大空でも睨《にら》んでろ！　絶対見逃すんじゃやねえ、事前に撃ち落とさねえとやられちまう!!」

「そっちばっかりかまけていたら地べたにいるゲリラの軍勢が押し寄せてくるよ!!」

『レーダー警報。不自然な影が複数、戦場へ近づいている。高確率で宇宙エレベーター・マザーレディから投下された支援物資ね。サイズは推定大型観光バス大!!　カーゴの中身は不明、パワードスーツの詰め合わせから主力戦車まで何でも入るぞ!!』

「どこから手をつけろってんだッッッ!!⁉⁇」

　総毛立ってヘイヴィアは叫ぶが、最優先は大空から落ちてくる貨物タンクだ。こちらの戦車が潰された状態でゲリラ達がガスタービンエンジンのついた一二〇ミリの大砲を手に入れたら、これまでの構造が丸ごと逆転してしまう。戦争は善悪や感動で勝ち負けが決まる訳ではない。

物量と最新装備。当然ながら、どっちも兼ね備えた怪物に喰《く》い散《ち》らかされる『負ける側の戦争』に転落するなんて誰だって真っ平であった。

「……ついにネット通販が即日で兵器を運んできやがった」

「あれ、言っても静止軌道上からだろ？　地上のリクエストを受けてから動き出したにしてはやけに速い。ただの自由落下じゃなくて、仕組みの単純なコイルガンでも使って貨物タンクを発射しているのか？　そりゃ真空なら地上で撃つより簡単に速度を稼げるかもしれないけど……」

あるいは単純に、メインの他にもっと低い軌道にも宇宙ステーションを用意している可能性もある。こう、一本の串に刺したバーベキューのように。エレベーター周辺を防衛するのにも十分な威力を発揮するはずだ。

ともあれ、ぶつくさ言っても状況が変わる訳ではない。

現実に戦場にいらないギフトセットが落下しつつある。敵に拾われたら面倒だ。

「ミョンリ。走行不能でもいい、まだ燃えていない戦車はどれだけ残ってる？」

『……まりゃ働かへるんれすかこの私にい……？』

「本気でサボりたかったら黙って死んだふりでもするんだったなお利口さん。バテてないでさっさと起きろ、戦車の機材で増幅したって事は別の生存車まで辿《たど》り着《つ》いてるんだろ？　とにかくそっちが風上だ、原形留《とど》めてる車内からスモーク集めて全部破裂させろ！　早く‼」

ドンバン!!　と立て続けに爆発音が炸裂《さくれつ》した。

はるか後方で綿菓子みたいに膨らんだピンク色の煙幕が、追い風に押されてクウェンサー達を一気に追い抜いていく。止めるものがないため、そのまま正面のゲリラ達まで呑《の》み込《こ》んでいった。いかにも毒々しいケミカルな色はついているものの、いわゆる催涙ガスではないので足止め効果はない。しかし敵がそれに気づくまではパニックを持続できる。

さらに言えば、ゲリラの補給物資は天高くから降ってくる。マザーレディ側が正確に落としたとしても、ピンク色の巨大な綿菓子で覆ってしまえばゲリラ達が地上から落下物を眺めて適切にキャッチする精度を落とせるはずだ。

テクノロジーは現代のチートだが、万人に平等だ。

オブジェクトの操縦士エリート以外であれば、血統や才能など必要ない。

こっちが先に拾えば『資本企業』軍の貨物タンクを破壊できるし、奪って使用もできる。

「げほっ、おえ」

「無害な健康薬品だよ、お肌に優しいコラーゲンも入ってる。プラシーボ効果なんかにやられるなへイヴィア、ほら行くぞ。重機なんかスプリングだけ抜いてその辺に投げておけ」

ここから先はスピード勝負だ。

重量二〇キロ以上ある重機関銃から心臓部のパーツだけ手早く取り外して使用不能にすると、重たい機材を放り捨てたジャガイモ達はクレーターの縁から外に飛び出す。弾除《たまよ》けのスモークは肉眼を使った通常視界の他、電波や赤外線など機械的な走査もある程度は吸収・乱反射で妨害が見込める。膨らみ切ったピンク色の入道雲をかき分けて進み、至近二メートル以内でばったりゲリラ側と遭遇した場合はヘイヴィアが口を塞いでナイフで喉を横に切り裂いていく。

「いやあ戦争してるね、俺達は真面目だよ」

「じゃあテメェも手を動かしなさいよッックウェンサー!!」

「爆弾使ってどうやって？　せっかく視覚を潰しているのに、わざわざ派手な音を立ててそこらじゅうからゲリラを呼び寄せたいのか？」

どれだけの集団であっても、視界とコミュニケーション手段を奪ってしまえば個と個に分断できる。電波が遮られる中、パニック下で誰彼構わず無線信号を飛ばしまくっているからこそ、答えない者がいても怪しまないのだ。もちろんこれだけで大軍勢を全滅させる事はできないが、パニックが持続している間であれば騙《だま》し討《う》ちしながら敵陣の中をこそこそ進む程度は何とかなる。

目的地は貨物タンクの予想到達地点だ。

地元のゲリラより先に貨物タンクと接触・破壊しなくては戦争の『流れ』が逆流してしまう。今まで格下扱いしてきた連中から最新装備で嬲《なぶ》り殺《ごろ》しにされるなんて最悪の新年だ。こういう所で予測不能のジェットコースターとかラスト二ページの衝撃とかはいらない。巻き込まれる側の気持ちになってみろ。

「おっ。なんか人の密度薄くなってねえ？」

「ポイントＤ４付近に到着。『上から下に落とすだけ』って言ったって、最後はパラシュートで雑に減速させる訳だろ。風向き次第じゃ貨物タンクのケツに踏み潰されるんだ。誰だって遠巻きに眺めたい、危険な回収役にはなりたくないよ」

となると『正統王国』軍のジャガイモ達はゲリラも嫌がるオカンのデカい尻を全身汗だくで追い回している訳だ。ハッピーニューイヤー、新しい属性へようこそ。せめて脳内でいつまで経《た》っても見た目女子高生な不死の母に変換する他あるまい。

「ヘイヴィア、携行ミサイル用意。ゲリラが先に接触した場合はガワの人間ごと吹っ飛ばせ」

「やるけどさ。貨物タンクって複数同時に落としてたろ、他も全部カバーされてんだろうな？」

バガッ!!　という派手な爆発音が炸裂《さくれつ》したのはその時だった。

かなり遠くの方だ。

しばし、クウェンサーとヘイヴィアの二人はぽかんとしていた。

照準用のレーダー波や赤外線を遮断する弾除《たまよ》けスモークの中でも通るように設計された、超音波通信を通して仲間の声が飛んでくる。

『こちらＣ２、貨物タンクが中から爆発しやがった！　先に接触したレーヴァーは死亡!!　臓器提供意思宣言カードの裏になんかパスワードが書き込まれてる。最期《さいご》の遺言だ、誰かこれ使ってあいつのハードディスクとクラウドストレージをこっそり消去してやれ!!』

「野郎……。本命とデコイの砲弾を使い分けてばら撒《ま》いてんのか⁉」

妨害する側は全ての貨物タンクを掃除しなくてはならないが、受け取る側はあらかじめ本命はどれかを通信で聞き、当たりの貨物タンクだけに集中すれば被害は出ない。原始的だが、ふるいにかける方法としてはまずまずだ。

そしてヘイヴィアは先ほどこう言っていた。

何か人の密度が薄くなっていないか、と。

だとすると、

「……こっちもハズレか。ヘイヴィア、下がれ。下がるんだ早く‼」

クウェンサーが声と身振りで警戒を促した直後、ピンク色の分厚いスモークを引き裂いて、近くに何かがゴトンと落ちた。それは空中でパラシュートを雑に切り離した金属の塊だった。

ヘイヴィアが目《め》を剝《む》くより早く、細長い箱と水筒を足して二で割って横に倒したような容れ物は落下の衝撃を受けて内側から勢い良く爆発した。

3

『正統王国』軍第三七機動整備大隊にはミリンダ＝ブランティーニ中尉がいる。

愛称はお姫様。

七門の主砲に逆Ｙ字の推進装置。マルチロール型で知られる第一世代オブジェクト『ベイビーマグナム』を自在に操る操縦士エリートであり、一千人近い大隊の兵士達は末端の歩哨《ほしょう》から司令部まで彼女一人を万全の状態で戦わせるために配備されていると言っても過言ではない。ショートの金髪に薄い青の瞳を持つ彼女は、いついかなる時でも眉一つ動かさず、迅速に動き、正確に狙い、皆を守り敵を倒す。氷のような、などという陳腐な形容すらも許されないほど美しい。

「ぶあぁ……。あつ、はひ、ひぃ。どおして、えあこん、こわれているのお……？？？」

そんなお姫様がこうだった。

なんていうか、全体的に人様にお見せできない感じになっちゃっている。

核にも耐えるオブジェクトの中心部分、まさにコックピットの中には汗だくの女の子がぐったりしていた。二〇万トンもの塊を総合格闘技のようなフットワークで左右に振り回した弊害、とかではない。暑い。普通に暑過ぎるのだ。手の甲で額を拭ってもさしたる変化もない。

小さく切り取ったウィンドウの中で、銀髪爆乳の指揮官フローレイティアが呆《あき》れたように息を吐いていた。

『核攻撃に耐える設計のコックピットに外の気温なんて伝わるものか。そりゃ全部お姫様の体温がこもっているのよ、じかはつでーん☆』

「えあこんっ」

『それについては申し訳ないとしか言いようがないんだが、スケジュールは待ってくれなくてね。ちなみに補給物資を積んだ輸送機はたった今エレベーター防衛用の対空レーザービームで撃墜された。次がいつになるかは正直分からんが、むしむしした女の子時空で待っているよりさっさと仕事を片付けた方が楽して解放されると思うぞ？　気温は二八度、湿度四〇％。何だかんだ言っても表はハワイより快適な常夏《とこなつ》ぶりだからなあー』

上官サマはビーチチェアで冷たいドリンク片手にごろ寝しているようだった。もちろん狙撃や迫撃砲で簡単に狙われるような位置ではないのだろうが、そもそも作戦行動中にビキニに着替えて極彩色の炭酸とフルーツ盛り合わせを摘《つま》みながら指揮を執って良いはずがない。

お姫様は伝説通り、眉一つ動かさなかった。

無表情のままリスみたいにほっぺたを内側から膨らませて、

「もおやだ」

『あっ、おい！』

ぐあばっ、と肌にぴったり張り付く青系の特殊スーツを勢い良く脱いでしまう。桜色に上気したうなじどころか、背中一面が一気に解放される。厳密にはファスナーを下ろして左右の袖を外し、腰の辺りまで一気にずり下ろした形だ。

スポーツタイプのブラも形の良《い》いおへそも丸見えの状態だが、お姫様としてはそれどころではないらしい。ぶるるっ、と雨に濡《ぬ》れた子犬みたいに首を振ると宝石みたいな汗の珠《たま》がいくつも散らばる。

流石《さすが》にフローレイティアがビーチチェアから身を起こして、

『耐G効果や耐衝撃性能も織り込んでの特殊スーツだぞっ』

「……自分だけビキニでのんびりくつろいでおいてえらそうに」

暑さにやられたのか、すっかり紅潮した肌も隠そうともせずにお姫様は鬱々と呟《つぶや》く。

「それに今なら大丈夫だよ。どうせじょうきょうはしばらくうごかないし」

『その油断が……』

「大丈夫」

ズビシと断言した。無表情で。

実際問題、『資本企業』軍の宇宙エレベーター攻略は膠着《こうちゃく》状態《じょうたい》と言っても良かった。自由自在に動き回る『ベイビーマグナム』と固定で動けない宇宙エレベーターなら、オブジェクトの方が有利に決まっている。にも拘《かか》わらず攻め落とす事ができずに足踏みしているのだから、単純な『火力』だけで言えば宇宙エレベーターはオブジェクト以上、という話になる。

(……オブジェクトがさいきょうのへいきのはずなのに)

小さな子供のように唇を尖《とが》らせ、椅子の後ろに固定してある小型の冷蔵庫の扉に手を回す。

手探りで取り出したのはキンキンに冷えたゼリー飲料のパックだ。

「うにゃあー」

お姫様は喉を潤すというよりも、まずほんのりと紅潮した頬と肩で挟んでそのひんやりした感触に魂を預けながら、

「マザーレディのこうげきは大きく分けて2つ。『やり』みたいなこうぞうぶつのてっぺんから水平にうってくるちょうしゃていのレーザービームと、あとはたいきけんの外からバカスカふりそそぐ『じんこうりゅうせいう』こうげきだね」

エレベーターの側面の壁には近距離用のコイルガンもあるが、こちらについては対戦車レベルらしいのでオブジェクトの装甲でごり押しできる。

『レーザービームは射程七〇〇キロ、人工流星雨は劣化ウランやタングステン合金のマメマキよ。一発でも地表に衝突すれば小型の核砲弾くらいのクレーターが出来上がる、それが一〇〇発でも一〇〇〇発でも降り注ぐ』

……そう聞くとさぞかし凄《すさ》まじい攻撃に思えるかもしれないが、所詮はロケットも尾翼もない、放物線を描いて降り注いでくる金属の塊に過ぎない。そしてそもそもオブジェクトはプログラム制御で蛇行するＭａＲＶや一定範囲にくまなく核兵器をばら撒《ま》くＭＩＲＶ規格の核弾頭などを完全迎撃するために造られた兵器でもある。

球体状本体全面にびっしりと、それこそウニやイガグリのように取り付けられた対空レーザ

ービーム兵器があれば撃ち損じはない。そもそもあの手の圏外落下物はわずかな亀裂があるだけで莫大《ばくだい》な空気摩擦を御しきれず、大量の衝撃波と共に空中分解を起こすものなのだ。十分な高ささえ稼げていれば、むしろこれは利用できる。人工流星雨の分布を読み取った上で必要最少数を撃ち落とせば、後は全方位に撒《ま》き散《ち》らされる衝撃波が周りの流星を巻き込み、それがさらに空中分解を起こして……という『連鎖』を狙えるのだ。一〇〇発、一〇〇〇発、どれだけアフリカの大空を覆い尽くそうが、こちらがその全てを迎撃しなくてはならない話でもない。

『そこで満足していると、あっちが来るぞ』

「分かってる」

短く言って、お姫様はゼリーのパックを太股《ふともも》で挟んだ。

両手の自由を取り戻して左右のグリップを掴《つか》み直《なお》すと、オブジェクトを右へ蹴る。

ゴッッツ!!!!!!　と。

空気中の塵《ちり》や水分をオレンジ色に焼いて、凄《すさ》まじい閃光《せんこう》がギリギリ横を突き抜ける。

移動と言ってもたった機体一つ分だが、それでも二〇万トンの塊が時速五〇〇キロ以上で五〇メートルも、となる。表では地下鉄通過時のトンネルどころではない暴風が渦を巻いているはずだ。

お姫様は鼻歌すら歌わなかった。

「たいくつ」

『しかしこれ以上攻めづらいのも事実でしょ』

宇宙エレベーターの周囲は建設重機で地面を掘って静電気吸着ジェルを流し込んだり、トンネルよりも太い有刺鉄線コイルをのたくらせたりと、対オブジェクト用の進路妨害が幾重にも張り巡らせてあるらしい。それ自体は力業で乗り越えられるかもしれないが、わずかでももたつけば極太レーザービームと人工流星雨の二面攻撃で容赦なく機体を噛《か》みつかれる。

という訳で、歩兵に頑張ってもらうしかなかった。

暑くて余裕がないのか、お姫様はかなりきわどい所でゼリー飲料のパックを挟みつつ、

「しゃていが700もあるなら、クウェンサーたちだってちかづきようがないとおもうけど……」

先ほども言った通り、単位はメートルではないので要注意。

『ヤツは地面に向けてはレーザービームを撃たないよ。地面が急激に熱を吸うと、不自然な上昇気流が発生して気象データにない雲が生まれるかもしれないからな。マザーレディの要《かなめ》であるワイヤーはカーボンナノチューブ製だが、こいつは衝撃には強くても電気には弱いんだ』

なのでこちらとしては相手が嫌がる事を徹底的にやるまでだ。味方の群衆や車列を巻き込まない場所を狙って、何もない地面にひたすら高出力のレーザービームを浴びせまくっている。

(はあ、せかいさいきょうのへいきがあまごいにたよるだなんて)

『お姫様、その、そろそろ上は着た方が良《い》いんじゃないか？』

「どうせクウェンサーたちに見られるわけじゃないし」

『……バスルームにカメラのついたタブレット端末を持ち込むような無防備ぶりだな……。ただもうちょっとお行儀良くしないと、私は良《い》いんだが、整備兵のばあさん辺りの血圧が心配になってくるのよ。わざわざお説教はされたくないだろう』

ありがたい忠告は全部無視して、お姫様は主砲を立て続けに砲撃した。

今度は間接的に予期せぬ雷雲を作るためではない。

直接エレベーターを狙ってみたのだが、レーザービームもレールガンも不自然な軌道でねじ曲げられた。

熱。

煙。

水。

砂。

雲を嫌うという事は、向こうも大気を操る術を構築している。これについては、誤差を計算した上で照準をズラして撃てば当たるようなものでもない。

電磁波や赤外線を使ったロックオンは、有名であるが故に妨害手段も多様だ。『物量』さえ持ち込む事ができれば精度を崩されてしまう展開もありえる。

砂鉄やジェルをばら撒《ま》く事で空気の密度が変われば、空気の抵抗を押しのけて進む砲弾の弾道は歪《ゆが》んでレーザービームは減衰してしまう。

故に、だ。

すでに視界には収まっている、固定の標的。右にも左にも逃げられないはずのエレベーターへ、未《いま》だにお姫様はクリーンヒットを当てられない。

やはり遠距離からではダメだ。妨害がある事を前提にした上で、強引に貫くとしたら一定以上近づかないと効果が出ないようだ。

何しろこれだけどこから見てもはっきりと分かるのに、一発も当たらない。まるで蜃気楼《しんきろう》でできた神の槍《やり》にでも挑んでいるかのようだ。

そこにあるだけで戦争のルールを丸ごと変えてしまう巨大ランドマーク。

これまでの戦いとは何かが違う。

(おもしろくない)

心の中でむくれた直後、体に力を込め過ぎてしまったらしい。

「わひゃっ」

思春期のお股で挟んでいたゼリー飲料の飲み口が左右からのフトモモ圧に耐えかねて弾《はじ》け飛《と》び、ぱたたっ、と重たい液体が自分の体に覆《おお》い被《かぶ》さってくる。お姫様は自分の頬や前髪へ指先をやって、ちょっと涙目になった。

「うー、さいあく」

『お姫様。悪気はないんでしょうけど、多分今日はばあさんが朝まで説教してくれるな』

4

もう最悪だった。

おそらく貨物タンクの中身は信管を付け替えた戦車の砲弾か何かの詰め合わせだったのだろう。そこらのワンルームより大きな容れ物にみっちり、となるとこれだけでちょっとした空襲の規模である。普通に半径二〇〇メートルくらいは爆風と衝撃波で埋め尽くされたのではあるまいか。

クウェンサー達が挽肉《ひきにく》にならなかったのは、とっさに乾いた大地に刻まれた太い溝へ転がり落ちたからだ。焼けるような砂の他、わずかにコンクリートの痕跡があった。元々は農業用の用水路だったようだが完全に干上がっている。

「死ぬ……。もう死ぬ、最悪だぜ。母のケツが目の前で破裂しやがった……。これはデリカシーがない方の超重量級オカンだ。やめなさいよ人前でしれっと屁《へ》をこくの……」

「それより貨物タンクだ。本命はどうなった？　まさかゲリラ側に回収されたのか⁉」

戦場を包み込むスモークだって永遠には持続しない。風が強くなってきたので、クウェンサー達は元用水路から絶対に顔を出さないよう注意した。彼らの見ている前で、頭上の綿菓子が晴れていく。こうして赤道直下の凶悪な太陽と再会する羽目になった。

ピンク色の弾《たま》除けスモークが吹き払われた事で、通信の方も超音波から暗号電波へ戻っていく。

我らがフローレイティア＝カピストラーノ一八歳閣下はこう仰《おっしゃ》られた。

『Ａ９、目標未達成。繰り返す目標未達成、ゲリラ側が貨物タンクの中に踏み込んだぞ。脅威のレベルは一つ繰り上がった、総員警戒‼』

「うるせえ文句があるなら自分でやれよ‼　ダメだダメだちくしょうッ悪い方にアドレナリンが回ってやがる⁉」

眠いのに眠れない徹夜ハイみたいな暴言を吐いたって状況が改善する訳ではない、後で査定に響くだけだ。なので賢明なクウェンサーは別の事を尋ねた。

「フローレイティアさん、ゲリラが手に入れた武装は⁉」

『うっ、ううーん』

「画面見て目元を覆わないでッ‼　お願い、悩ましい声は録音するから悪いニュースについては早く説明してちょうだい‼」

美人でデキるオトナの上官サマには、泣きたいのはこっちの方だ、というシンプル過ぎる真実にそろそろ気づいていただきたい。頼むから。

ややあって、銀髪爆乳がこう言った。

『……連中が接触したのは「資本企業」軍で配備が進められているUGV22ランチボックス。いわゆる陸上戦闘無人機よ、こいつが二〇機ほど』

「むじんきっ⁉」

『一個の貨物タンクに二〇機も詰め込むとは敵は収納好きね、委員長系の幼な妻か。一機全長三メートル、重量二トン、装甲厚は正面が五〇センチ、主な武装は重機関銃と擲弾砲《てきだんほう》。小柄だが装甲車並の硬さは実現しているし、何しろ無人だから弾幕の中でも気にせず突っ込んでくるぞ。絶対に近づかれるな、行動不能になると機内に溜《た》め込《こ》んでいる残弾に着火して自爆もする。金属とシリコンの塊相手に霊長類の人間様が無駄な消耗するなよ、電子戦用意‼』

装甲車は戦車と比べれば薄い方だが、それでもアサルトライフルや手榴弾《しゅりゅうだん》で何とかできる相手ではない。無人機は三メートル大らしいが、こちらについては『人が乗り込む空間』を必要としないので、ぎゅっと省スペース化して兵器全体のサイズを小さくできる訳だ。

単純に三メートル大の金属塊がこっちに来ると思えば良い。

地味に困る。

間違っても生身の手足で殴ったり蹴ったりはしたくないし、遠くから石を投げても怯《ひる》んでくれない。そして向こうの速度は常に一定で、攻撃は正確だ。犬のクソを踏んでも嫌がらない。

「どうすんだっ、重機は後ろのクレーターに置いてきちまったぞ、今頃他の仲間が回収しちまってる。手元にあるのは機関部のスプリングだけだ！　これじゃ暇を持て余した若奥様も満足させられねえ!!」

「片手で掴《つか》んでぴよんぴよん左右に揺さぶるなヘイヴィア。ええいっ。弾除《たまよ》けスモークもヤなタイミングで晴れたし、他に妨害手段を見繕わないと遠くから安全に蜂の巣にされるな」

携行ミサイルの数には限りがあるし、リモコン操作のオモチャ相手に人間サマが雄叫《おたけ》びを上げて真正面から銃撃戦を繰り広げるというのも馬鹿馬鹿しい。こっちはたった一つの命で戦っているのだ、過酷に使ったところで修理も交換も利かない。だとすると、どうにかしてゲリラ側の通信ラインを断ち切るなり無人機の電子基板を動作不良にするなりして、戦闘そのものを回避するのがベストの展開だ。

「おいどうすんだっ、無人機って俺ら側のオモチャだろ？　テクノロジーで負けてる戦争なんてやだよ帰ろうよ」

「あんなデカいエレベーターに挑んでる時点で気づけよ、使っている技術だけならあっちが上だ。それにどうせゲリラは『資本企業』から借りているだけだろ。ついてこいよヘイヴィア、ここから先はエンジニアの戦争だ。ろくにマニュアルも読まずに何となくの手触り感だけでスマホの機能を全部使いこなしているつもりになってるゲリラ達に一泡吹かせてやろうぜ」

5

しかし世の中にはどうにもならない事もあった。

「うわあダメだっ！　撤退撤退!!」

「この自信満々のモヤシ野郎を縛ってその辺に捨てていきてえ……ッッッ!!!!!!」

6

ばるがが!!!!!!　と。

一分間に七〇〇発もばら撒《ま》く自動首振り式の重機関銃に追われながら、クウェンサーとヘイヴィアは乾いた大地のひび割れに転がり込んだ。あの一発一発が対物ライフルで使われる一二・七ミリ弾と同サイズなのだ。太股《ふともも》に掠《かす》めただけで雑巾みたいに絞られて毟《むし》り取《と》られる事間違いなしである。

土の隙間に潜った虫けらが両手で頭を守りながら呻《うめ》く。

「想像以上だ……!!」

「テメェはいっつもそうじゃねえかッ！　新しいオブジェクトが出てくるたびに毎回毎回律儀《りちぎ》に驚きやがって!!　親切心のカタマリかよ!?」

クウェンサーが狙っていたのは、『人間にとっては無害だが、機械にとっては致命的』となる攻撃だった。熱、電磁波、塵《ちり》や埃《ほこり》、静電気、水分。無人機は分厚い装甲で覆われた通信精密機器の塊だ。スマホやパソコンを見れば分かるが、機械は機械で弱点なんていくらでもある。

はずだったのだが、

「ちくしょうダメだ……。基本的にどこもかしこもぴっちり密閉されてるから塵《ちり》や水分が入り込む余地はないし、センサー系に向けて指向性の爆音やレーザーを浴びせても観測機器が壊れる様子もない。あんなの冷却とかどうしているんだ、ラジエーターの金網すら見当たらないだなんて。野郎、お洒落《しゃれ》でスタイリッシュな完全循環の液冷かっ⁉」

「これ以上敵のスペック自慢を続けやがったらこのマグナムをおしゃべりな口にねじ込むぞモヤシ野郎……‼」

ぎゃらぎゃらぎゃらぎゃら、という鋼板の噛《か》み合《あ》う音が耳につく。

全長三メートル程度の箱形機械。軽自動車よりも小さな無人機『ランチボックス』だが、先も言った通り『人間が入るスペース』を必要としないため中までみっちり装甲で埋まっている。つまり重たい。重量二トン程度だが、無人機サイズに合わせた細身のタイヤでは支えられないくらいに。

「ふざけんな、何の新商品だ。モーターショーの新作みてえにテッカテカだぞ」

「ただの塗料やワックスじゃないな、あれ……」

その重量のせいで速度を稼げないのは、クウェンサー達にとって僥倖《ぎょうこう》だった。無人機はスクーターくらいの速度でゆっくり前進しながら機銃や擲弾《てきだん》をばら撒《ま》いて場を制圧する兵器らしい。機敏に走って獲物を追い回すというよりも、所定の場所に砲台を置いて通せんぼするための兵器なのだろう。複数の無人機で獲物の周囲を大雑把に包囲した上で、網をゆっくりと絞っていくといった運用で。

……真正面から押し返されているクウェンサー達としては、古代遺跡の動く壁にゆっくりと潰されていくのに等しい恐怖の源でしかないが。ここはもう弾幕の射程内だ。このままだと履帯を使って接近してくる無人機に追い着かれるが、迂闊《うかつ》に大地の亀裂から顔を出せば対物弾の連射で胴体を真っ二つにされてしまう。

クウェンサーは亀裂の中から切り取られた青空を見上げながら、

「挙動を見る限りプログラム制御で一定エリアを巡回じゃなくて、オペレーターが無線で操っているっぽいんだけどな……。ウチの軍は大規模なジャミングとかしないのかよ」

「勝てない勝負にゃ挑まねえ主義なんだろ、スコアに響く。俺らが何を相手にしてるか忘れたのかよクウェンサー。宇宙エレベーター・マザーレディ。エレベーターのかごに地上からマイクロ波を浴びせてモーター動かす方式なんだろ。それに真上の宇宙だって『資本企業』が押さえてやがる。電波の量じゃ向こうが上だ。力業のジャミングなんかじゃ封殺できねえよ」

「って事は、ちょっと待て、あっ、あっ、あああーっ⁉」

ざざざザリザリ!!　という耳障《みみざわ》りな音が頭の右から左へ突き抜けた。顔をしかめたクウェンサーが耳のイヤホンを取り外す。

携帯端末が陶器のタイルに早変わりしていた。

画面の端には圏外と表示されている。

「……データリンクが途切れたぞ、おい……」

「無線もダメだ。くそっ、俺らは何世紀の戦争まで退化していくってんだ!?」

電波施設の性能で負けていると、こういう事態に陥る。宇宙エレベーターを守るゲリラ側は自由に通信して好きなだけ連携を取れるが、こちらは個々バラバラの手探りで進むしかなくなった。戦況、敵味方の布陣、タイムスケジュール、それどころか自分が今どこにいるのか基本的なマップも更新できない。自分の位置すら共有できない場合、後方に詰めているお姫様の砲撃で吹っ飛ばされる恐れまで出てきた。奥まで誘い込んでから寸断するとは悪趣味な。

通常なら、世界の四大勢力である『正統王国』軍ではありえないトラブルだ。

それだけ宇宙エレベーター戦が真っ当な戦争からはみ出しているという事か。

「どうすんだっ、このままじゃ迷子だぜ。一番目立つマザーレディ目がけて突撃か？」

「フローレイティアさんに教育されたまんま死ぬ気かよ!?　とにかく黙れへイヴィア、無人機がもう来る、黙れ！」

ぱらぱらという細かい砂が壁から剝がれた。建設重機みたいな履帯が大地を揺さぶっているのだ。もう近い。

クウェンサーとヘイヴィアの二人が亀裂の底で体を丸めた途端、太陽の光が遮られた。

頭上。

大地の狭い亀裂を乗り越えるようにして箱形機械の『ランチボックス』が通り抜けたのだ。

「……っ、──────!?」

「（さわぐなチキン貴族っ、口にハンカチでも詰め込んでろ！）」

ぱらぱらと頭の上に細かい塵《ちり》が降ってくる、太陽の陽射《ひざ》しが遮られる。クウェンサーの心臓が縮み上がった。重量二トン、分厚い金属の塊が横断しているのだ。見つかったらもちろん即死だが、そうでなくとも何かの拍子にバランスを崩しただけで圧殺は間違いない。いよいよ自分の命がただの運で左右される事態がやってきた。

見上げれば、チェーンソーよりも分厚く重たい履帯と金属の腹。

どうやら裏面までスポーツカーのようなテカテカではないらしい。

落石や岩盤崩落にも似た死の象徴。だけどそれだけだった。どうやら『ランチボックス』の車体下には潜り込み防止のカメラやセンサーは搭載されていないらしい。言っても全長三メートル程度だから、さほど車高は高くない。こんな状況でもない限り、這《は》いつくばったところで人が潜り込めるような隙間はないからか。

　それでも隙があるとは思えない。

　あまりにも近すぎると誤爆や跳弾が怖くて戦車は迂闊《うかつ》に砲撃できない、という話もあるのだが、こいつは無人機。その辺の人的被害を気にする必要はないだろう。気づかれた瞬間に花火大会が始まる。

　ミョンリが動かしていた戦車と違って、排ガスの匂いはしなかった。まさかあの重量で電動なのだろうか。

　時間にして一〇秒程度だったと思うが、気が気でなかった。

『資本企業』製陸上戦闘無人機はそのまま馬鹿二人の頭上を越えて去っていく。ヘイヴィアは軽自動車よりも小さいくらいの塊をやり過ごしてからも、しばらく亀裂から顔は出さなかった。

「どうすんだっ、防衛線を越えちまったぞ⁉」

「俺達だけが真面目に働く必要ないだろ。後ろにゃミョンリ達の戦車だって控えているんだ、分厚い装甲をまとめてぶち抜いてもらえれば……」

　言いかけて、ふとクウェンサーは気づいた。

『資本企業』のエレベーター連盟側は本来ならかごに電磁波を当ててエネルギーを与える、地上のグラウンドベースを囲むマイクロ波基地や宇宙で組み立てた大量の軍用ステーションを利用して、大規模なジャミングを展開している。なのでクウェンサー達は通信を断たれ、データリンクは使い物にならず、味方の位置の把握すらも怪しい状況だ。

……そんな中でミョンリ達の戦車が個々バラバラに砲撃を開始したら？『正統王国』軍としては、ゆっくりのろのろ動く重装甲の箱形機械『ランチボックス』を何としても食い止めたいはずだ。つまり目下最優先のターゲット。

ええと。ではその直線上っていうか、おそらく一〇メートル以内の亀裂に馬鹿二人が隠れているって事にはみんな気づいてるー？

「はっ、発煙筒!!　緊急信号ってどれが何色だっけ⁉」

もたもたしている暇はなかった。

思いっきり『正統王国』の戦車から砲弾が飛んできた。

懇切丁寧だった。馬鹿二人の意識が散り散りに吹き飛ばされていった。

7

引きずられていた。

上下の感覚も前後の記憶も定《さだ》かでない中、クウェンサー＝バーボタージュは自分が両腕を掴《つか》まれ、どこかへ引きずられている感触を確かに感じていた。

辺りは暗い。

ここはどこだ。洞窟、地下室、イメージが追い着かない。

「……ぅ、あう……？」

「(死にたくなければ黙ってろっ)」

押し殺したような男の声を耳にして、学生は急激に頭に血が集まるのを感じた。意識がぎゅっと一点に集まる。

こいつ誰だ？

少なくともヘイヴィア＝ウィンチェルではなさそうだが。

「……君は、よそからやってきた兵士だろ。最新からは程遠い『空白地帯』の医者になんかかかりたくないかもしれんが、何もこんな所で死ぬ必要はあるまい。いいか、動くなよ。とりあえず表面上見える所は消毒と止血をしたが、ここにはとにかく検査機材がない。骨や内臓がどうなっているかは想像もつかん」

「アンタ、は……？」

「ブラスカイン＝ミントフラッペ」

青年はゆっくりと名乗った。

浅黒い肌に短い黒髪。身に纏《まと》っているのは砂漠系の軍服だが、その上から糊《のり》の効いた白衣を羽織っている。長身で適度な筋肉がついていたが、どこか計算が窺《うかが》えた。自然とそうなったのではなく、意図して鍛えたように見える。

名前については聞いた事もない響きのファミリーネームだった。おそらく四大勢力ではなく、『空白地帯』の人間なのだろう。

「君達から見れば呪術師と区別がつかないかもしれんが、一応これでも若い頃はベルリンまで留学して医学を学んできたつもりだよ。もっとも、手に入れた知識を地元に広めるまでには至らなかったがね」

だとすると、

「ゲリラ側のっ、があ⁉」

クウェンサーはとっさに転がって距離を取ろうとしたが、実際には全身の関節が一斉に悲鳴と激痛を撒《ま》き散《ち》らしただけだった。

ブラスカインと名乗った男は首を横に振って、

「骨や内臓がどうなっているか分からんと言っただろう。ゼロメートル以下に身を潜めていたとはいえ、成形炸薬弾《せいけいさくやくだん》の殺害範囲の中にいたんだぞ。君の意思を尊重して無断でモルヒネを打つのは控えておいた。どうする？」

今度はクウェンサーが息も絶え絶えで首を横に振る番だった。素性の怪しい人物の手にある薬品を黙って流すほど彼は性善説の信奉者ではない。

しかし不思議な事がある。

最後の瞬間、クウェンサー達は乾いた大地の亀裂に身を潜めていたはずだ。大地は（ミョンリクソ馬鹿野郎の戦車砲によって）かなり抉《えぐ》れて吹き飛ばされただろうが、クウェンサー自身がこうして原形を留《とど》めている以上は完全に亀裂が崩れた訳でもあるまい。戦車と無人機が激突する中、この自称医師はどうやってクウェンサーを亀裂の中から拾い上げたのだ？

これについては簡潔な答えがあった。

「戦線はよそへ移動したよ、戦車と陸上戦闘無人機の機動戦だからな。最前線で寝ていた君達は完全に忘れ去られている」

「……くそ」

相手の話を一〇〇％鵜呑《うの》みにするつもりはないが、可能性としてはそれくらいしかないだろうなと思っていた。

やけに暗いのはここが分厚い岩盤で頭の上を覆われている洞窟だから、ではなかった。もっと単純に、時間が経過して太陽が地平線の向こうに消えたのだ。

そうなるまで放っておかれた。

ようは敵の手に落ちた。『資本企業』のエレベーター連盟は地上のパラボラ施設や宇宙ステーションから大規模なジャミングを仕掛けていて、無線もデータリンクも使い物にならない。はぐれたクウェンサーの位置情報を整備基地ベースゾーン側のオペレーターがモニタリングしている可能性は潰《つい》えたと言っても良い。

黙っていても救援がやってくる展開はまずない。

クウェンサーはゆっくりと息を吐いて、

「……君達って言ったな？」

「もう一人、同じデザインの軍服を着た少年を保護している。あの子だ」

わざわざ名前さえ濁して鎌をかけたのに、ブラスカインが顎で指した方を見てみればヘイヴィア＝ウィンチェル上等兵が大の字で転がされていた。驚くべき事に、ホルスターには大型の拳銃が突っ込んだままになっていた。どういうつもりか知らないが、武装を没収するつもりはないらしい。

古びた小さなトラックと、屋根もないバギーが並べられていた。

いいや、この医者がトラックの荷台に積んでバギーを持ってきたのか。正面にある安っぽいエンブレムを見る限り、どちらも『島国』製らしい。半分鎖国状態のあそこからどんな経路を辿《たど》ってアフリカまでやってきたのかはかなり謎だが。

「車は運転できるか？」

ブラスカインはキーホルダーもついていない、簡素な鍵をクウェンサーの掌《てのひら》へ落とす。

「だったらバギーの方は預ける。そいつにお仲間を積んで早く整備基地に帰ってくれ」

「……アンタはそれで良《い》いのか？　生きて帰れば全部報告するぞ。『正統王国』と『資本企業』がぶつかる中、大した武器も持たずに戦場を歩き回っているんだ。トンネルなりパイプラインなり、何か秘密のルートでもあるんだろ」

「君達がここに残る方が問題だ」

吐き捨てるような言葉だった。

「取り残された未帰還兵を救うために大規模な救出部隊を編成する、なんて事態になってみろ。善意の慈善活動で戦争が終わらなくなる。私の仕事は怪我人《けがにん》の手当てをする事だ。これ以上無《む》暗《やみ》やたらに怪我人《けがにん》を増やしてほしくない」

「……そっちはゲリラ側だろ。徹底抗戦でエレベーターを守りたいんじゃないのか？」

「マザーレディは金を生んだ、それも大量に。おそらくトゥルカナ方面はたった九ヶ月の『モニタリング調査期間』の間にアフリカ大陸で一番金の集まる場所になった。テスト名義だったおかげで業務実績をどこにも報告しないままな。今やダイヤ鉱山や水ビジネスの最前線よりも豊かになっただろう」

苦い調子だった。

歪《ゆが》みについてはおそらく気づいている。

「だけどそれで幸せになったかどうかはまた別の話だ。命の消費速度はむしろ上がっているよ、支払い前の契約書だけ握り締めたまま銃弾に倒れたところで何も残せないのにな」

「……、」

『資本企業』は織り込み済みで地元のゲリラを使っている。

猫なで声で宇宙エレベーターの建設予定地を買い占め、完成後は利権をちらつかせて他勢力からの防衛戦力を募る。金を支払う前に弾幕の盾となってくたばってくれれば万々歳だ。

裏切られても、エレベーターに銃口は向けられない。

何故《なぜ》か？

これまでの暮らしを捨ててこっちの道に投資した。ある程度は豊かになった。間違っていると分かっていても、ならここで得た全てを捨ててやり直すか？

無理な相談だ。

人間は、新しく知った欲望には逆らえない。テレビ、エアコン、ネット通販、冷蔵庫、コンビニ、電子レンジ、宅配ドローン、スマホ……。誰だってそうだろう。一〇〇年前にはなかったものだからなくなっても生きていけると言われても、自然の法則だからはいそうですかでいきなり全部捨てられる人間なんかどこにもいない。

宇宙エレベーターがなくなれば世界的勢力はこの地域から一斉に興味をなくす。試験運転は試験運転。やっぱり効果が見込めない、という落第のハンコを押せば、それだけで『資本企業』側は基地や街を造る義務から解放される。後に残るのはひび割れた硬い砂漠だけだ。

そうなれば、高度な生活インフラを保つ必要もなくなる。

いったん採算度外視で快適な生活を浴びせかけておいて、後から蛇口を締めて圧迫する。まるで初回サービスでは白い粉をタダ同然でばら撒《ま》いて依存症を作ってから一気に値段を吊《つ》り上《あ》げる、道端でたむろする腐った売人みたいな方法だ。

いかにも『資本企業』らしい交渉術、とも言える。

とはいえ、クウェンサー達に糾弾するだけの資格もない。『正統王国』も『正統王国』で、欲しいのはトゥルカナ方面の動植物、『いつか有効な薬になるかもしれない候補』でしかない。極少数の王侯貴族は、特殊な家系図が抱えている（かもしれない、程度の）爆弾に脅《おび》えて『王族』から『平民』まで総動員している訳だ。

誰か、地元の人を想《おも》って戦う人間はいないのか。

だから彼ら自身がゲリラとして戦うしかなくなったのか。

そんな想《おも》いすら利用されたのか。

「誘いに乗るべきじゃなかった」

ブラスカイン＝ミントフラッペは小さく呟《つぶや》いた。

幸せを求めて世界をこんな風にした医者が。

「……我々は派手に脱線したんだ、最初の分岐で。後になってからあれこれ悩んで最善の選択肢を選ぼうとしたって、後の道には絶望の行き止まりしか残っていなかったんだよ」

8

順調といえば順調だった。

宇宙エレベーターは人類史上最大の建造物だが、だからこそ付随する施設や設備もケタ外れに多い。街一つを動かすインフラ程度では足りないくらいに。冷却剤として地域一帯の水を吸い上げ、大量の電力を必要とし、エレベーターのかごに地上から強烈なマイクロ波を浴びせて無線で電気を与えなくてはならない。

街灯一つない漆黒の夜を、『正統王国』軍の無骨な戦車が突き進む。

年頃の女子ばっかりで四人乗りだから、中はもう空気が甘ったるくて仕方がなかった。具体的には制汗スプレーの匂いだ。

「四番パラボラ送電施設、間もなく制圧完了です！　燃料弾薬の後方支援部隊をこっちに回してください、補給次第このまま前へ出ます!!」

一回り年上の車長が小さな冷蔵庫からおしぼりを取り出し、火照《ほて》った首の後ろに押し当てながら言ってきた。

「ミョンリこのジャミングだ、どうせ整備基地まで届かないよ」

「四人もすし詰めになっているんです、誰か夜空にレーザーアートを上げるくらいの頭を使ってくださいよッ!!」

こういうのは大抵言い出しっぺが責任を持って押し付けられるものだ。それも下《した》っ端《ぱ》なら確実に。結果、普通の拳銃と比べてかなり太いリレーのバトンくらいある銃身の特殊な光線銃を渡されて涙目になったミョンリが、マンホールみたいな金属製のハッチを押し開けて甘ったるい戦車から危険な外に頭を出す羽目に。

もちろん新世代の携行型超兵器ではない。

肉眼では見えないラインを描いて味方に指示を送る、補助信号装置だ。普通は夜間空爆時の誤爆防止や立ち往生した場合の救援要請など『使う場面がない方がありがたい装備』だが。

「……こっちには多種多様な資格があるんです、転職を考えよう」

「聞こえているぞミョンリ」

「真面目に考えよう!!」

涙目で黒髪ショートの女の子が唇を噛《か》んだ時だった。

夜空が瞬《また》いた。

流れ星……というには少しおかしい。尾を引く光は一つきりではなかった。

夜空が光の乱舞でいっぱいになった。

「けっ、警報は!?」

「何の話?」

「例のエレベーターです!! マザーレディから……!!」

ズブアッ!! という爆音が鼓膜を叩《たた》くまで、車内からは電子音の一つもなかった。

地平線の向こうだ。

横一列、見渡す限り。恐るべき砂埃《すなぼこり》が数十メートルも舞い上げられる。しかもその一度ではなく、短い間隔を空けて一段手前でまた爆発が巻き起こる。一段手前、一段手前、まるで業務用のプリンタでまっさらなコピー用紙が細かい文字で埋め尽くされていくように、一面の砂漠を隙間のない爆風が潰していく。

爆発の塗り潰し領域が、こちらへ迫る。

（……人工流星雨……!?　『資本企業』のヤツら、チタンかタングステン合金の雨でも降らせているんですか!?）

「うわあ!?」

ミョンリはもう戦車の中に引っ込む事すら忘れて叫んでいた。

天から降り注ぐチタンやタングステンの粒の一つ一つが核砲弾に匹敵する破壊力、ではなかったか。

互いの爆発範囲は重なり合い、隙間のない壁となって景色を蹂躙《じゅうりん》していく。

どうせミョンリが戦車の中へ頭を引っ込めたところで車両ごと吹き飛ばされるだろう。もう潮干狩りどころではない。耕運機の横一列に並べた回転刃で砂浜を丸ごと均等に耕していくようなものだ。二枚貝が硬く口を閉ざしたところで粉々に砕かれるのがオチである。

その時だった。

ガカァッ!!!!!!と。

地上からの青白い閃光《せんこう》が、網の目のように均等な死の雨をまとめて吹き飛ばす。

ごっそりと、であった。

夜空の瞬《また》きが巨大な円形に抉《えぐ》り取《と》られる。直径にして三キロ以上。暗闇の領域がそのまま降ってきたため、ミョンリ達は吊《つ》り天井《てんじょう》に空いた死角の領域に潜り込む。感覚的にはほとんど強制的な火の輪潜りであった。

下位安定式プラズマ砲。

猛烈な砂埃《すなぼこり》が舞い上がる中、口と鼻を押さえながらミョンリが辺りを見回すと、汚れたスクリーンの向こうに巨大な影が見て取れた。

第一世代オブジェクト、『ベイビーマグナム』。

旧式であるが故にきちんとした弾道ミサイル迎撃能力を有する、万能のマルチロール型だ。数々の妨害手段によって照準や弾道を歪《ゆが》められるため一定以上近づかないと固定のエレベーターを攻撃できない状態ではあるのだが、逆に言えば範囲内にいる仲間を守る事はできる。

「たっ、たすか……った?」

さらに立て続けに人工流星雨が降り注ぐが、今度はもっと確実だった。夜空に向けて放たれた人工の光が、星空を塗り潰して砂漠の兵士達を守り抜く。

「守護神だ……」

同じ戦車の中で、汗臭い熱血少女が何か呟《つぶや》いていた。

敵軍のジャミングのせいでデータリンクはズタズタにされているが、おそらくそこらじゅうで似たような声が放たれているのだろう。事実、数秒遅れてスタジアムの声援みたいな大歓声が夜の砂漠を揺さぶったのだ。

「ぬおおおお!!　あたし達には守護神がついてる。こんなところで死ぬ訳ないんだ、この戦いはあたし達がもらったあ!!」

9

そしてお姫様の小さなお尻は座席の定位置からちょっと手前にずり落ちていた。

足の指で操縦桿《そうじゅうかん》をいじくっている。

知らず、アルファベットで言うなら体全体でMを形作っちゃった少女は無表情でこう呟《つぶや》いていた。

「ひますぎ」

10

　ズブァッ!!　ドガッ!!　という低い震動の連続が別の場所から伝わってくる。別の場所でも『コピー機』が動いているらしい。戦場を端から端まで耕し、そこにある人工物をくまなく破壊していく訳だ。

　衛星軌道上から数万発単位で落下してくる、チタンやタングステン合金の粒。

　人工流星雨。

　今は空間全体を抉《えぐ》るようにしてお姫様が迎撃してくれているが、喜んでばかりもいられない。何しろ『ベイビーマグナム』は一機しかないのだ。そこらじゅうから救援要請が来たらパンクしてしまう。そうなればもちろん、『戦略上価値ある対象から』優先順位は取り決められていくだろう。複合装甲でできた缶詰の中に収まった地べたのジャガイモなんか後回しだ。

　やはり自分達で何とかしない限り、絶対の安全は担保できない。

(でも、具体的にどうやって……?)

　絶句するミョンリに、車内から声があった。

「ミョンリ、ヤツらレーダーや赤外線なんか使っていないぞ。おそらくだけど、お空の上から直接レンズで睨《にら》んで狙いをつけてきてる」

「……、」

「これじゃ事前警報なんかない。夜空が光った時が私達の最後だ。ヤツらの弾頭に小難しいバケガクや核物理学なんか使われていない。お空の上からゴミの山を投げ込んできているだけで小型の核砲弾クラスなんだから、心理的な出し惜しみもしてこないぞ」

『戦争国』も『安全国』も関係なく、制空権や侵入コースなど考える必要もなく、彼らは世界のどこにでもこれと同じものを落とせる。好きなだけ、ドバドバと。使い道だって大雑把な空爆だけではない。街頭の防犯カメラとでも連動させれば個人を追跡しての検索消去だって意のままだ。一度狙われたら最後、地球を何周逃げ回ったって生き残れない。

なりふり構わない、どころではなかった。

改めて車上から観察してみれば、ミョンリ達が制圧するはずだった四番パラボラ送電施設もズタズタにされていた。ここはエレベーターかごの昇降に必須の補助施設。そこで働く職員もいただろう、外周を警備するゲリラ兵だって大勢残っていたはずだ。

それでも、容赦なく。

預貯金や月給の大小に合わせて人間に価値を決める『資本企業』。それにしたって大雑把過ぎる。敵軍に財産を没収されるくらいなら自分から破壊してしまえ。ジャミングの要《かなめ》だか何だか知らないが、番号で管理されるパラボラ送電施設なんか他にも替えがある。そんな傲慢さすら滲《にじ》む決断だ。

みんなのために戦って、きちんと記録に残る戦績を確保しても。

それでも切る側は躊躇《ちゅうちょ》なく切り捨てる。

(何か……)

ミョンリは祈るように頭の中でこう思っていた。

(何か次の動きはないんですか。風向きを変えるような何かが!!)

11

そしてMがVになった。

戦場の流れを眺めてある『変化』を敏感に感じ取ったお姫様は、その場で思わずほっそりした両足を先の方までぴーんと伸ばしたのだが、

「うっ!? 足がつった……!!」

おかげでちょっと救援が遅れた。

密閉されたコックピットでは、ぴーぴーという単調な電子音が続いていた。

変化の原因は通信だ。はるか後方の整備基地ベースゾーンから、妨害電波に左右されない超音波ベースの通信暗号をキャッチする。

『お姫様!!』

「いっ、良《い》いほうこく以外はきかないよ」

『なら通信関係は壊しておいてくれ。私だってこんな通達は出したくなかった』

二、三ほどフローレイティアとやり取りする。

さて、変化はあった。

だけど必ずしも前より好転するとは限らない。変化が起きた後で嘆いても元には戻らない。

「ああもう」

涙目で右足の親指を掌《てのひら》で覆って手前に引っ張るお姫様が、もう片方の手と視線操作だけで的確に『ベイビーマグナム』の対空砲を動かしていく。

「ほんとにとことんつまんない。もうちょっとやりがいのあるせんそうってないの？」

『こんなものにのめり込むようになったらその時こそ世界の終わりだよ』

12

爆音がいくつも炸裂《さくれつ》し、ミョンリは自分が命を拾ったんだか放り捨てたんだかも区別がつかなくなってきた。

天から降り注ぐ一発一発が核砲弾クラス、迎撃するオブジェクト側も極限の下位安定式プラズマ砲。そんな世紀末花火大会の中だ。

強烈な全帯域ジャミングを貫いて、雑音混じりの音声がミョンリの耳を貫いた。

『たいくつ』

お姫様だ。

どうやら固定のレーダー施設並みの通信機材を使って、ジャマーの妨害電波を強引に貫いてきたらしい。

しかもいきなり飛んできた言葉が最悪だった。

ほとんど死刑宣告である。

「ちょ、なに、戦う事に飽き始めている……？　うわあしりとりでも絵本の読み聞かせでも何でもしますっ、退屈させませんからお願いだから一人で帰らないでー!!」

顔を真っ青にして絶叫するミョンリだったが、向こうから反応がない。

やはりジャミングの影響があるのか、バタバタしている戦車の様子はオブジェクトに伝わっていないようだ。激しい雑音の中、ただただお姫様の平淡《へいたん》な声だけが聞こえてくる。

『……ただでさえほとんどよわいものいじめになっているのに。こんなところで「つかえるへいき」なんか見せびらかしたら、かえって「正統王国」はブレーキをかけられなくなる。多分これ、さいごはそうとうひどいせんそうになるとおもう』

「？」

『ドアスコープのぞいてみて』

ミョンリはハッチ手前で固定された重機関銃のグリップを掴《つか》む。用があるのはセットで装着されている多目的スコープだ。覗《のぞ》き込《こ》んでみれば、夜空には肉眼では見えない光のラインが何本も走っていた。赤外線に紫外線。赤、赤、青。点滅の意味は『被害甚大《ひがいじんだい》』。

そして別の方角から不可視の光のラインが伸び上がる。向こうは整備基地ベースゾーンのある方角だ。

今度は青、赤、青。赤、赤、赤。

繰り返される瞬《また》きの意味は『報復決行、準備せよ』。

じんわりと、ミョンリのいる戦車の方でも空気が重たくなってきた。これは単純に命を狙われる恐怖とはまた違ったものだ。

お姫様のため息すら無線越しに伝わってきた。

『……ほんとにたいくつ。みなみのしまにでもにげようかな』

13

クウェンサーは気絶したヘイヴィアから借り受けたアサルトライフルを掴《つか》んでいた。多目的スコープに用がある。

夜空がチカチカすると思っていた。赤外線や紫外線は普通見えないが、大気の状況や空中の砂粒などで散乱・回析すると波長が変わる事もあるのだ。そして夜空のラインは、適切な装備と読み解き方さえ用意していればどこからでも誰からでも把握できる。

「おい、おいおいおい！　基地のお偉方が勝手に決めてしまったぞ⁉」

「エレベーターが変に仕掛けたからだ」

暗闇の中に小さな光があった。

地面に置いたキャンプ用のガスコンロにフライパンを乗せながら、ゲリラ側の青年医師、ブラスカインが忌々《いまいま》しげに呟《つぶや》く。

彼にとっては自陣が盛り返したはずなのだが、

「前線、後方に関係なく宇宙エレベーターの人工流星雨はどこにだって降り注ぐんだ。木っ端《こっぱ》の兵隊を前線送りにしていれば自分達の安全は守られるなんて考えているようなジャラジャラ勲章の皆様は、自分の頭の上を押さえられたらそりゃあさぞかし驚くだろう」

「例の爆乳は⁉　フローレイティアさんもか⁉」

「フロー？　君達の上下関係は不明だが、人工流星雨はどこにだって降り注ぐんだぞ。『安全国』や『本国』だって例外ではない。整備基地を牛耳る現場司令官より上の人間が泡を食った可能性はゼロじゃない、そうなったらその人一人じゃ抑え込めない」

ぱちぱちと瞬《まばた》きして、モヤシ野郎が改めて尋ねてきた。

「あのう、それじゃ俺達は？」

「……、残念だ」

「未帰還兵の回収任務はどうした、俺達みんなの記憶から消えてるぞ⁉　このままじゃ正義の空爆大作戦でいっしょくたにまとめられて皆殺しだ‼　ちくしょう誰からも認識されないっていうなら女風呂《おんなぶろ》を覗《のぞ》きに行っても文句なしだよな……ッ‼」

自分で何とかするしかなさそうだ。

部隊のルールが自分達を守ってくれないなら部隊のルールに従う理由も特にない。クウェンサーはどかりと地面に腰を下ろすと、軍規を無視して美味《おい》しいご飯をいただく事にした。毒を盛るなら気絶している間にいくらでも注入できただろう。

というか、

「なに、ピザトースト？」

「ああ。流石《さすが》に一からピザを焼くほどの機材は持ち歩けないが、トッピング程度なら話は変わるからな。これでもフライパンを使って焼くのにはちょっとした工夫が必要なんだ」

「そうじゃなくて、なに、アフリカってもっとこう……こういう料理が出てくるものなんだっけ？」

「具体的になに料理が出てくるかイメージできていないだろう」

ブラスカインは呆《あき》れたように息を吐いて、

「こいつは欧州での留学時代に覚えた貧乏メシがベースだよ。ルームメイトのルイジアナがこういうジャンクなのが好物でな」

「塩茹《しおゆ》でパスタにオリーブオイルだけぶっかけてかっこむとか？」

「そいつはまだまだ豪華だな、少年。キャベツの芯についての研究を始めるようになったら一人前の苦学生だよ」

二人して小さく笑った。

お互いの立場は違う。どこまでいっても折り合いなんかつかないのかもしれない。それでもクウェンサーとブラスカインの間には、学校生活という共通項があった。価値観が重なるのは強い。

ブラスカインは熱したフライパンを小さく揺さぶって、

「トッピングは？　パンを焼く前にそっちを小さな鍋で温めないとな」

「チーズってデフォ扱いだよな？　クセの強いチーズでなけりゃバジルと輪切りのオリーブ、余裕があったら何か魚介系」

「ふうん、海側の食べ方だな」

貝の缶詰を開けながら青年医師はどこか感心したように呟《つぶや》いた。

血液型占いより雑な情報収集をしているブラスカインの方は、チーズとトマトピューレをベースにして火を通した鶏肉を載せている。四角四面、いっそ律儀《りちぎ》であった。基本から一歩もはみ出さない男だ。

「……アンタつまらない男って言われた事ないか？　特に女の子から」

「しょっちゅう。ただまあ、私は凡人だ。ピザトーストだって言っているのにここで薄切りのメロンとフライドポテトを山盛りにするルイジアナのようにはいかないさ」

「めろ……」

「できるできない以前に、発想すらなかったろう？　甘じょっぱいのが良《い》いらしいんだが、本当の天才っていうのはそういうものだ。真似《まね》しようと思って手が届く存在じゃない」

一緒に出てきたコーヒーは知らずに飲むと眉間に力が集まるくらい酸味が強くてかなり濃いめだった。味や香りというより眠気覚ましに軸足を置いているのだろう。

コンロの火を見ながらブラスカインは呟《つぶや》いていた。

「留学時代が一番楽しかった……」

「欧州に残る事だってできたんじゃないのか？　その、医師免許なんて特権階級の証《あかし》みたいなものじゃないか。羨ましい」

「楽しいだけじゃ、ダメだ」

そっと。

こぼすようにブラスカインは言った。

「現実と向き合わないと。そもそも私が医者を志したのは、誰もが当たり前に受けられるはずの診察や治療を受けられずに死んでいく人達を支えたかったからだ。満たされた世界にいるだけでは、故郷は守れない」

クウェンサーは少し黙った。

それから尋ねる。

「ここは、そんなにひどい世界なのか？」

「蚊に刺された子供は死を覚悟する、人の命の耐久力は大体それくらいかな。一回五ドルのワクチンが普及すればこんな事にはならないんだが」

「……、」

「たった五ドルだ。でも手に入らない。保護区として切り分けられているのがかえって裏目に出たんだ、ここにいた稀少《きしょう》な動植物は勝手に捕らえて売り払う訳にもいかない。たった五ドルなら石でも砂でも掘って売り出せば良いとも思った。でもダメだったよ、砂粒の中に混じっている細かい石英や砂鉄はランクの低いクズ質で使い物にならない。わざわざ長い長い道をトラック走らせてまで買い付けに来るようなものじゃないってさ。燃費の分だけ借金だ」

満たされた世界にいるだけでは、故郷は守れない。

その意味が端的に伝わってくる言葉だった。

常識が人の命を守ってくれない事だってある。

「だからみんな感謝をしているんだよ、あのエレベーターには。大地は干からびて、伝統的な暮らしは守れなくなった。だけど、目の中へ入れても痛くない我が子が死んでも仕方がないよで済まされてしまった時代に終止符を打つ事はできたんだから」

ブラスカインは自嘲気味に笑っていた。

故郷を守りたい。

そんな志で医師免許を取得しても、結局十分な物資がなければ人は救えない。皮肉にも、それをもたらしたのは砂漠に突き立つマザーレディだった。

命を助けてもらった。

自分はもちろん、もっと大切な人の命まで。

そういう事情があるから、地元の人々はゲリラとなってでも戦い続ける。心のどこかで間違っていると分かっていても、この戦争が病気で死ぬ数より多くの犠牲をもたらしている事に薄々気づいているとしても。

負ければ宇宙エレベーターの恩恵を失う。

仕方がないよで全てを納得するしかなかった時代まで、戻りたくないと思ってしまう。

「さっき言ったルイジアナはもっと大きな世界を守るつもりだったようだがね。凡人っていうのは、語る夢にさえ自分から制限を設けて小さな箱の中で完結させようとするものだ。ルイジアナはいつもそんな私を不思議そうに見ていたよ、何で可能性を狭めて喜んでいるんだってね。その通りだ。居《い》心地の良い水槽を磨くので精一杯だった私は、結局自分の何も活《い》かせなかった。ルイジアナのように、広い海に出て世界全体を変える事はできなかったんだ」

何にしても、石鹸《せっけん》みたいなレーションと比べればご馳走《ちそう》だ。

そしてピザトーストで小腹を満たして体の不足を補うと、心の逃避先がなくなる。目の前の問題が重くのしかかってくる。

黙っていたら『正統王国』軍の報復作戦が始まってしまう。

分厚いジャミングのせいで軍から忘れられているクウェンサー達はいっしょくたに吹き飛ばされてしまうし、ブラスカインだって地元の村人達が攻撃される事は望んでいない。

祈っても、英傑や猛将は来ない。

ならばクウェンサー達が自分でやるしかない。

……と言ってもクウェンサー＝バーボタージュは車の運転すらできない。ヘイヴィアもしばらく目を覚ます様子はない。

ブラスカインとしては災いを招く未帰還兵にはさっさとご退場願いたかったようだが、『資本企業』のエレベーターがろくでもない事をしでかしたためこっちの計画もご破算になったようだ。『正統王国』は目先の報復に沸騰し、最低賃金ギッチギチで働く未帰還兵の存在なんぞすっかり忘れているのだ。状況に変化をもたらす材料になるとは思えない。

放っておけば、『資本企業』の人工流星雨と『正統王国』の地上報復戦がまともにかち合う。どちらの勢力も、四大の外にあるゲリラ達の都合なんか考えてもいない。それどころか、名誉を守るための撃墜マークとして死者の数を稼ぎたい『正統王国』側は率先してゲリラを狙う可能性もある。

　少ない水で洗うためか、かなり特殊な洗剤を使って調理器具のケアをしているブラスカインは、クウェンサーがまとめた情報を耳にして顔をしかめていた。学生はこう締めくくる。

「とにかく車だ。アンタの手を借りたい」

「くそっ、ギブアンドテイクだ。力を貸す以上は地元のためにも戦ってもらうぞ！」

　クウェンサーとしても、お姫様の手を無用な『報復』で汚させるのは面白くない。地元のゲリラを攻撃したところで『資本企業』のオペレーターが困るとは思えないのだ。まして、銃を握るゲリラ兵はともかく彼らの暮らす村には非戦闘の住人だってたくさんいるだろう。そんな所にオブジェクトなんぞを差し向けたら？　見当違いの無駄死にだった場合、それは戦争じゃなくてただの虐殺だ。

　だからクウェンサーは静かに頷《うなず》いた。

「俺達の狙いは『資本企業』の宇宙エレベーターであって周りに興味はない。あれをへし折るために協力してくれるなら」

「具体的には⁉」

「『報復』が始まる前にエレベーターを制圧する。最低でも攻略の手順くらいは手土産に持っていく。そうすりゃ『正統王国』はゲリラを全滅させる口実を失う。何しろこいつは『宇宙エレベーターの戦争』であって、ゲリラは脇道なんだからな！」

「具体的には何もなしか!!」

　至近で怒鳴り合いながら、二人はおんぼろトラックに向かう。

　青年医師は運転席、助手席にはクウェンサー、目を回しているヘイヴィアとバギーとキャンプグッズは後部の箱形荷台の中だ。

　夜の砂漠だが、不思議と寒くはない。

　単純に赤道直下だからという理由だけでなく、

「例のエレベーターだよ。夜の冷気を利用して摩擦熱をたっぷり溜《た》め込《こ》んだ冷却水から二次放熱している。ワイヤーの長さを考えればエネルギー量は計算できると思うが、莫大《ばくだい》だ」

「てっきり原子炉でも冷やしているかと思ってた……」

「パラボラ基地の足元にあるのは火力だよ。レーザービームやコイルガンに圧倒されたか？　複数の発電施設を繋いで州一つ分の電力を手に入れれば古い技術でも大抵の事はできるらしい」

「……その地下水脈、地図に油性ペンで書き込む事はできるか？」

「やってどうする？　水を確保できたら私達も苦労してない」

「分厚い鉄板を地中深くに突き刺せば水脈を止められる。エレベーターは冷却水を失って立ち往生する」

「ようやっとの具体性か」

ブラスカインは小さく笑った。

彼は片手でハンドルを操りながら膝の上に置いた自前の手帳にすらすらと何かを書き込み、そして手帳ごとクウェンサーの方へ放り投げてきた。

手土産さえできれば無意味な報復作戦を止められるかもしれない。しかしトラックは一直線に『正統王国』軍の整備基地ベースゾーンには向かわなかった。

ヘッドライトを消したまま進み、暗視ゴーグルを引っ掛けたクウェンサーが前方を確認しながらゆっくりと小刻みに迂回《うかい》を繰り返す。ゴーグルについては『資本企業』製だった。連中からの心のこもった支給品の一つだ。セレブな方々は地元の人間にこれでオシャレして死ねと仰《おっしゃ》られている。

「……アンタがこれ掛けながら運転すれば良いじゃんか」

「そいつは旧式で急な首振りすると視界がブレると言われてもか？」

ちなみに何をかわしているかは明白だった。

クウェンサーはうんざりした調子で、

「まただ、前方五〇〇に『ランチボックス』。例の陸上戦闘無人機が飽きて休憩してる」

「普通、反撃が成功したのなら活気づくものじゃないか？」

「オペレーター的には下手に動かすと人工流星雨に巻き込まれると思っているんだろ」

「あんなのでも待機モードなら一週間はバッテリーが保ったはずだ」

こんな感じで、見かけるたびに迂回《うかい》を余儀なくされた。

何度も何度も迂回《うかい》を繰り返しているせいで、同じ所をぐるぐる回っているような錯覚すら感じてきた。エレベーターと関連する軍用ステーションからの継続的なジャミングのせいで、携帯端末の地図が使い物にならないのはやはり大きかった。

「……もたもたしていられないぞ。そうだな、報復は今から一二時間以内には決行される」

「何故《なぜ》分かる？」

「『正統王国』流ってヤツさ。不意打ちを受けるのは仕方がない、『信心組織』の占い師じゃあるまいし、事前察知にも限度がある。だから適切に仕返しして名誉を守ろうっていうのが王侯貴族の考え方だ。逆に言えば一定期間が過ぎると『やられるだけやられて、何もやり返せなかったお間抜けさん』のレッテルを貼られる。そのリミットが大体それくらいだ。一日はかけられない。それまでの間に馬鹿デカいシミュレータをフル稼働《かどう》して、受けた被害に対する報復ダメージを計算する」

「……、」

「まあ相場は大体死んだ味方の一〇倍殺す、かな。計算によっては九倍になったり一一倍になったりするけど」

クウェンサーは舌打ちして、

「やっぱりあの無人機をどうにかしない限りは帰れないな……。ゲリラの本隊に言って道を空けてもらうって方向は？　自分の村が火の海になるかどうかの瀬戸際《せとぎわ》だろ」

「あれは私達の村でコントロールしている訳じゃない。無人機はマザーレディの地上基地に詰めているエレベーター連盟のオペレーターが直接操っているはずだ。我々には技術もないしな」

その言い草だと、装備は貸し与えているが、訓練までは付き合っていないようだった。『資本企業』からすればいくらでも補充の利く使い捨て想定なのだから、いちいち人件費や教育費をつぎ込んで『一人あたりの値段』を上げるはずもないか。自分が損するだけだ。

陸上戦闘無人機から見つからないよう、V字の溝にトラックを滑らせる。おそらく乾き切った川の名残だろう。木でできた桟橋の残骸や小さなボートがいくつか寂しく残されていた。

「……『速やかな報復』のリミットはあと一二時間。確実に計算通りの被害を出すため、おそらくギリギリまで作戦を練ってシミュレーションを繰り返すと思う」

「その過程で彼らが未帰還兵の存在を思い出す線は？」

「思い出したらタイムスケジュールに関わるから、みんな必死に忘れようとするだろ。知らぬ存ぜぬの『誤爆』であれば誰も罪には問われない」

ジャガイモの命だってその程度だ。

動きを止めたトラックの助手席に体を預け、クウェンサーはそっと息を吐いた。

「つまり明日の正午辺りが限界。それまでに俺とヘイヴィアが整備基地ベースゾーンに帰還して『正しい報復作戦』の計算シートを再シミュレーションさせる。エレベーターの冷却に使われる地下水脈閉鎖用の資料を出さないと、ゲリラに向けた『見当違いの報復作戦』が本当に始まってしまう。アンタ達ゲリラとしては、そうなると面白くない」

当然ながら『正統王国』の敵は『資本企業』であって地元のゲリラではない。

が、分かりやすい記録だけを辿《たど》っていくとゲリラを攻撃して満足してしまう。実際に『ランチボックス』を操っているのは、エレベーター地上基地にあるエアコンの効いた部屋で操縦桿《そうじゅうかん》を握っているオペレーターなのに、だ。

「君達四大勢力の人間はその辺の地面を掘ればいくらでも追加のゲリラを引っこ抜けると思っているかもしれないが、実際に消費されているのはこの村で育った若者達だ。いいや、私の村だけじゃない。エレベーターの周りにあるあちこちの村や集落から、片っ端にだ。一人一人が別々の夢を持っていて、本来だったらあのエレベーターから湧き出た札束を使ってアジアやヨーロッパの先進国に留学して、そういった夢を叶《かな》えていくはずだった。彼らは畑に植えればいくらでも生えてくる訳じゃない。もうこれ以上の犠牲は避けたい」

……正直に言えばクウェンサーは一〇〇%ブラスカインの意見に賛同している訳ではない。

何を言われたところでクウェンサーは宇宙エレベーター・マザーレディを破壊する側の人間だし、努力もしないで差し伸べられた手を摑《つか》めばそれだけで閉塞した状況が無条件で打開されると考えるのは目算が甘すぎると思う。

蚊に刺された子供は死を覚悟する。

一回五ドルのワクチン。

一見すれば美談だが、『資本企業』のお歴々は無償の奉仕なんかしていない。彼らの情報収集能力を考えれば、地域の惨状が分かった上で長らく放置し、土地が必要になった時になってから使える交渉カードがあると判断してほくそ笑んでいたはずだ。

クウェンサーだって『平民』で、黙っていたら『貴族』や『王族』に搾取《さくしゅ》されるだけの人生から抜け出せない。

でもそのために足掻《あが》く行為がどれだけリスキーかも心得ている。わざわざ戦場についていってオブジェクトの設計を学んでいるのだってそのためだ。我を通すためにこれまで多くの権力者を実際敵に回してきて、危うく死に損なったのも一度や二度ではない。

枠からはみ出すのは自由だ。

だけどはみ出した者は、はみ出さなかった者が味わう必要のない危難に自分から進んで立ち向かわなくてはならなくなるのも道理なのだ。

チャンスは危険と共にある。

大抵は、ルールを作って先に支払った方が得する方向で。

それを理解して逆手に取るくらいの覚悟がないと、こうなる。甘い言葉の甘い部分しか見えなくなる。さんざん奨学金を摑《つか》んでおきながら、実は国の手による借金制度だったなんて知らなかったんです、といった感じで。

何か商品を作れば良かったのか、観光を整備すれば良かったのか。もちろんクウェンサーだって正解は見出せないけど。

ともあれ、練り直しだ。

クウェンサーはまずこう確認を取った。

「ゲリラの村とは関係ないって事は、あの無人機がぶっ壊されても恨みっこナシで良《い》いな？」

「ああ。だが『ランチボックス』を破壊なんてできるのか？　『資本企業』の最新モデルだ、ヤツはこれまでも先進装備の兵隊を何度か押し返している。我々の人命なんか度外視でな」

その辺は時と場合で条件が変わってくる。

ひとまずトラックの助手席から外に出たクウェンサーは、後ろに回って密閉された箱形荷台の扉を開けた。

「ヘイヴィア、おいヘイヴィア」

「……う……。何だここは、パンティ天国か？？？」

「お前にゃ何も期待してないから水とレーションを寄越せよ。お前は黙って寝ぼけてろ、ちゃんと働く人間だけしっかり食べれば良い」

きちんと協力しないとじんわり殺されると理解したヘイヴィアが急にシャッキリした。鬼のフローレイティア司令が監督する三七の思想はこんな末端にまで行き届いていた。

医者のブラスカインは栄養についてもうるさいらしい。

彼はクウェンサーを見て呆《あき》れたように言った。

「何だ、さっきピザトーストを食べたばかりだろう。成長期だからと言って油断していると生活習慣病を患《わずら》うぞ」

「てめっ、クウェンサー!!　俺が気絶している間にどんな美味《おい》しい目に遭ってやがった⁉」

「知らないよゲリラ側の意見ばかり鵜《う》呑《の》みにするのは良くないって」

石鹸《せっけん》みたいに味のないレーションを端から齧《かじ》りながら、クウェンサー達は作戦会議した。

目覚めたばかりのヘイヴィアの意見はこうだった。

「報復作戦は明日の午後なんだろ。ならそれまで待てば？　言っても機動部隊メインの地上戦だろ、どさくさに紛れて味方の戦車や装甲車と接触すれば拾ってもらえるって。ゲリラの都合なんか俺らの知った話じゃねえ」

すっげえー合理的だが優しい気持ちをどこかに置いてきた馬鹿野郎であった。

そこでブラスカインはガトリング砲よりもおっかない武器を取り出した。笛つきのロケット花火だ。人の命は平等だと考える医者は無の表情で言う。

「敵対侵入者のサインだ。人は聞き慣れない音には敏感らしくてな、砂嵐の中でもそこらじゅうから村の連中が押し寄せてくるぞ。理由はどうあれ君達に息子や娘を殺された両親達だ、それで良《い》いのなら」

「……、」

「医者の出番なんかなかったよ。エレベーターのモニタリング調査期間が始まってからこの九ヶ月の間に、彼らの葬式に私は何度も出席した。墓掘りも手伝ったが、実際には遺体を回収できなかった者も少なくない。感情の話をしようか。最初にどっちが始めた論なんか跡継ぎを失った彼らに通じると思っているのか？　順を追って合理的に説明すれば納得して引き下がるとでも？　これは医者の私見だが、戦争条約なんて言葉も知らない集団からの怒りに燃える暴力は悲惨だぞ。何で日頃からギスギスいがみ合っている権力者達が同じテーブルにつかなくちゃならないのか、その理由をお勉強したいのか？　自分の命まで払って」

ヘイヴィアは黙って両手を上げていた。小刻みに震えている。

その上で、クウェンサーは本題に入る。

「『資本企業』の陸上戦闘無人機『ランチボックス』についての基本スペックを知りたい。あいつをどけない限り、どうやったって時間内に整備基地ベースゾーンまで帰れないからな。どうせ戻ったら戻ったで引き続きエレベーター攻略に付き合わされるんだ。あの箱形機械の壊し方は手土産代わりに用意しておいて損はしないさ。クソ野郎の誤射のせいで俺達は勝手に部隊を離れた事にされているんだぞ、今頃すっかりキレてるフローレイティアさんをなだめる材料だって欲しいだろ」

「……おい、自殺行為だぜ。まさか今から仮初めの平穏を破ってミサイル抱えて最新モデルの殺人文鎮をつつき回すなんて話じゃねえだろうな？　重機関銃と擲弾《てきだん》の雨でどつき返されるぞっ!!」

「お前が使えるデータを出してくれないなら自然とそうなる」

ほとんど逃げ回るだけだったとはいえ、ヘイヴィアは実際に『ランチボックス』と戦っている。そんな彼の主観を信じるならば、だ。

「まず全部装甲の塊だ。真正面はもちろん、横や上からミサイル当ててもクリーンヒットにゃならねえな」

無人機には人を乗せるための空間を用意する必要がないのだから、その分みっちり装甲を詰めておける。これは前もって分かっていた事だ。

「当然だが、アサルトライフルや対物ライフルは使い物になんねえな。露出したレンズやセンサーの破壊くらいはできるかもしれねえけど、それ以上に撃ったこっちの居場所が丸ごと全部バレちまう。物陰に隠れたってフルオートの擲弾《てきだん》を次々撃ち込まれたら隙間なんか全部爆炎で埋め尽くされるぞ。爆発物の雨だ、とてもじゃねえけど有効とは言えねえ」

クウェンサーは自分の唇を舌で舐《な》めて湿らせながら、

「……つまりその分重たいって事だよな。足回りの履帯を集中攻撃する方向は？」

「足は止まるかもしれねーけど、普通に銃撃してくるだろ。基本的にゃあ向こうの方が射程は長いんだ。移動の砲台が固定の砲台になるだけなんだから、こんな中古のトラックじゃ弾幕ですり潰されちまう」

現状でも、そこかしこで待機している『ランチボックス』のせいで身動きが取れない状況だ。不規則に巡回しているから怖いのではなく、固定の時点ですでに包囲は終わっている。足を止めるだけで逃げ切れる相手ではない。

「消費電力については？」

ブラスカインは、『ランチボックス』は待機モードなら一週間は保つと言っていた。

しかし逆に言えば、だ。

「ヤツはあれでも電動だ、あの重さを動かすためにはかなり消費するはず。意味のないマラソンで派手に消費させてバッテリーをすっからかんにすれば、銃撃だってできなくなるんじゃあ……」

「毎分七〇〇発以上の機銃掃射に追われながらバッテリーが切れるのをただ待つって？　スマホの電池が切れる頃には何万発体に叩《たた》き込《こ》まれてんだか。んなもん現実的じゃあねえ」

ヘイヴィアは呆《あき》れたように息を吐いて、

「……そもそも俺らは包囲網の隙間にたまたま奇麗にハマってる状態だ。磯《いそ》の水たまりに取り残された小魚みてえなもんかね。ここで自分から派手に動くような選択肢を選んだら、その時点で布陣が変わる。水たまりがなくなったらそこで窒息、ジエンドだぜ」

「……、」

目的は安全に整備基地ベースゾーンまで帰る事。

　ゲリラに対する見当違いの報復作戦を進めたって何も解決しない。四角い装甲の塊『ランチボックス』を操っているのは宇宙エレベーター地上基地のオペレーター達なのだから、彼らを攻撃するための『正しい報復作戦』を再計算させなければならない。

　そのために必要なデータは、ブラスカインから聞き出した地下水脈の話に集約されている。強力なジャミング下ではタップ一つで送信とはいかないが、直接持っていけば話が変わる。

　そうできれば、余計な罪悪感を引きずって生きていく必要はなくなる。

　つまり、クウェンサーだって派手な激変は望んでいない。こちらからは動かずに最新モデルの陸上戦闘無人機を仕留めるのが一番。

「動くなら早くした方が良《い》い」

　ブラスカインが急《せ》かすように言った。

「陸上戦闘無人機は現地調達のゲリラよりも値段が高い。バッテリー切れで使い捨て、なんて展開はエレベーター連盟も避けるはずだ。つまり一定のタイミングで無人の電源補給車が巡回する。下手すると、そのタイミングで『ランチボックス』の布陣が変わるかもしれない」

　この辺りはエレベーターさまさまか。

　ヤツらは弁当から爆弾まで、戦争に必要なものなら何でも望めば天空から追加分を投下できる。一度に何十トン単位で、いくらでも。『ランチボックス』に必要な電源補給車も、電源補給車をメンテする作業車も、作業車を守る追加の『ランチボックス』も、それこそ尽きる事なく延々と、だ。

『次』が来る前に行動したいという意見はクウェンサーも同じ。

学生は自分の顎に手をやって、

「隙のない全面装甲の塊で、履帯を攻撃しても固定砲台になるだけ。消費電力についても期待はできない。そもそもアフリカの過酷な環境でも耐えるように造られた最新の陸上戦闘無人機だ、そう簡単には故障もしないはず」

「まぁた敵のスペック自慢かよ」

ヘイヴィアがうんざりしたように言ったが、違うのだ。

思えば最初から疑問があった。クウェンサーはこう問題提起した。

「なら、アレはどうなっているんだ?」

14

翌朝まで待った。

太陽が昇ってからが本番だ。

青年の医者ブラスカイン＝ミントフラッぺは焦《あせ》りでイライラした様子で、

「おいっ、いつまでじっと待っているんだ。大規模な報復が始まるのは午後なんだろう。もう何時間もないぞ！」

「本当はもっと待ってからが良かったんだけど、時間的にはギリギリだな。場も温まってきたし、そろそろ仕掛けよう」

仮眠から目を覚ましたクウェンサーはそんな風に言った。

近くに寄ってきたヘイヴィアが語る。顔を洗うだけの余裕もないのでなんか脂っこい。

「（……いや実際、良くやるよテメェ）」

「あん？」

「（とぼけんな。『ランチボックス』攻略の秘策なんか何もねえんだろ。とりあえず時間さえ稼いでおけば『正統王国』から報復作戦は始まるんだ。もう味方の回収なんてどうでも良《い》いよ、しばらく死んだふりして南の島にでも逃げようぜ。『奇跡の生還』はこんがり日焼けした後でも構わねえ。つまり二枚舌で丸め込んで時間の経過を待てば良いって訳だ。午後までな）」

安心しきっているクソ野郎を一発ぶん殴ってすっきりすると、クウェンサーは本題に入った。

もちろんクウェンサー達には位置情報を正確に伝える装備がない。あったとしても、このジャミング下では誰にも届かない。報復作戦が始まれば、爆風で平等に吹き飛ばされるだろう。それがミョンリの操る戦車かお姫様が自在に取り回すオブジェクトかは知らないが。

モヤシ少年はおんぼろトラックのボンネットを手の甲で軽く叩《たた》きながら、

「ま、こんなもんかな。ブラスカイン、そろそろ始めよう。風向きを考えてまずは北西だ」

「一体何をす……ちょっと待った、そりゃ何だ？」

クウェンサーはずだ袋の中にぎっしり詰まったものを見せつけて答えた。

袋の口から覗《のぞ》いているのは、真っ黒な粉末だ。

「昨日の内に、トラックとバギーのマフラーの中を洗ったんだ。まあ、台所の油汚れなんて次元じゃあないだろう」

「窒素酸化物……？」

青年の医者は怪訝《けげん》な顔をして、

「そんなもので陸上戦闘無人機を倒せるとでも？　ヤツらは機械だ、毒物なんか通じない」

「それはどうかな？」

クウェンサー達は派手な爆発を起こして周りの注目を集めるような戦いはしたくない。こちらからは動かず、静かに機銃付きの金属塊の機能を停止に追い込むのがベストだ。

（……あのエレベーターは常に巨大な影を作る。光と影では寒暖差が生まれるから、そこから大気の流れが生まれる訳か）

かちゃかちゃという硬い音を立てながらクウェンサーはそんな風に思う。

医者のブラスカインは懐疑的な顔で、

「そんなものが？」

「ヤツらだって同じものを使ってる」

クウェンサーがひび割れた大地に伏せて取り残されたボートの陰から覗《のぞ》いてみれば、数百メートル先に三メートル大の箱形機械がじっとしているのが確認できた。バッテリーの消費を抑えるためか、あるいは味方からの人工流星雨に巻き込まれるのを嫌っているのか。とにかく異変がない限りその場から動かないようにしているのだろう。

クウェンサー達にとっては鉄壁の固定砲台だが、だからこそ活路はある。

チャンスは危険と共にやってくる。

学生は両手で抱えていた機材をそっと乾いた地面に降ろした。それはホールケーキの箱くらいの大きさの四角い容器に車輪をつけ、後ろにケーブルを取り付けただけの手作り無人機だった。『安全国』の家電量販店に並べられたオモチャよりも安っぽい。安っぽいが、確かに手元の携帯端末で動かせる陸上無人機だ。

「名付けて『キッチンナイフ』」

「いちいち名前なんかつけるのか？」

「それ、汗と砂にまみれた地元のゲリラにしては身奇麗だと思っていた」

クウェンサーが指差したのはブラスカインが羽織っている白衣だった。

洗剤の他に漂白剤で色を整え、しっかりと糊《のり》を利かせた、新品同様の一品だ。

「それもエレベーターの恩恵だったんだな。トゥルカナ方面一帯は巨大なネット通販会社の支配領域になっていた訳だ。……だとすれば、モーター、バッテリー、センサー、それから樹脂の箱。そういった『材料』なんかいくらでも転がっている。宅配用のドローンなんかそこらじゅうに飛んでいる訳だしな」

「それにしても、ケーブルで直接繋《つな》いで操るだなんて……」

「こんな兵器は大昔にもあったよ、ドローンなんて名前が流行《はや》る前からな。そもそもこのジャミング下じゃオモチャみたいな電波は使えない。それに有線には有線なりのメリットもある。移動距離は二〇〇メートルもないけど、代わりにどこまで近づけたって操縦電波を察知されるリスクは考えなくて良い」

何しろ『キッチンナイフ』は全体で三〇センチもないから、ちょっとした段差だけでも立ち往生のリスクがある。地面の亀裂や転がっている小石だけでも命取りだ。できるだけ近づいてから慎重に無人機を操り、じっと動かない『ランチボックス』のすぐ近くまで接近させる。

車体下にはカメラやセンサーがないのは調べてある。

『キッチンナイフ』を密《ひそ》かに潜り込ませてから、クウェンサーは岩陰に伏せたまま携帯端末の画面を指先でタップした。

爆発、と呼べるほどの現象は起こらない。

くぐもった低い音と共に、『ランチボックス』が黒い粉末で覆われた。

クウェンサーは釣りのリールでも巻くように細い光ファイバーケーブルを引き戻しながら、

「ようし、きちんと破裂したな」

「あんなもので『資本企業』の無人兵器を破壊できるとは思えない」

「そうじゃないんだよお医者さん。機体表面を黒く染め上げる事に意味があるんだ」

クウェンサーはにたりと笑って、

「ここはアフリカ大陸の赤道直下だぞ。陽が昇れば大地がひび割れるくらいに凄《すさ》まじいカンカン照りが襲いかかる。そして言うまでもないけど、黒は最も効率良く光を吸収する」

あ、と。

ブラスカインが思わず口を開けていた。

「そもそも気になっていたんだ。三六〇度隙間なく全部分厚い装甲で覆った『ランチボックス』がどうやって電子機材を冷却しているのかって。空冷はもちろん、冷却液を使う液冷だって液体の通った金属パイプを空気にさらして熱を逃がすはずだ。車のラジエーターとか、あのエレベーターの排熱とおんなじようにな。でも『ランチボックス』にはそれがない。ならどうやって？」

ちなみに真裏に隠している、という事もない。

大地の亀裂の中に潜んでいたクウェンサー達は、悠々と頭上をまたいでいく『ランチボックス』を見上げている。そんな細工はなかった。地雷で一番狙われやすい場所に弱点を隠すというのも本末転倒だ。

そうなると、

「……ここ最近のスマホやタブレットと同じ方式だったのか」

「そう。金属の外殻そのものが冷却板の代わりを務めていた。空気に触れて、内部の熱を逃がしていたんだ。だからあの陸上戦闘無人機には金網なんかついていないし扇風機が回る音もしない。……それならいけるだろ。本体を真っ黒に塗り潰せば、後は太陽の光がトドメを刺してくれる。想定以上の過熱によって冷却が追い着かなくなる。俺達には兵装も足回りも壊せなくたって、熱暴走でコンピュータを止められる。通販番組の車の洗剤みたいに、ボンネットで目玉焼きが焼ける環境をこっちで作ってしまえば良いのさ」

もちろんあからさまに火炎放射器やナパーム弾で攻撃された場合は、『ランチボックス』側も速やかな消火モーションに入るだろう。例えば全身をゴロゴロ転がして砂を被《かぶ》せる、至近距離で爆発を起こして一帯から燃焼に必要な酸素を奪う、などでだ。

だけど、クウェンサー達は大きな変化は起こしていない。

元々カメラやセンサーのない車体下で、爆発とも呼べない小さな破裂を起こし、傷一つなく黒い粉末で車体を覆うだけ。ちょっとした振動くらいはあるかもしれないが、分厚い履帯が地べたの石を潰し割り、その破片が車体の底にぶつかるよりも些末《さまつ》なものだ。いちいちエラー報告や緊急点検を行うとも思えない。

いかに最新の陸上戦闘無人機とはいえ、定期的に手鏡で自分の顔を眺めてお化粧を直す機能なんぞついていないだろう。

「しかし、あんなにくっつくものなのか。言ってもただの粉末だろう？」

「素材にもよる」

クウェンサーは成果を確認しながら、

「あれ、表面が妙にてかてかだろ。冷却効果を高めるために金属装甲の上にジェルを塗っているんだ、そこに黒い粉末がぶつかればべったり。ダメだったら、アンタが白衣に使っている糊《のり》でも借りるつもりだったけどな」

かくして、銃もナイフもなく確実なダメージだけが蓄積していく。

一定まで溜《た》まったところで、『ランチボックス』側にわずかな変化があった。小さく箱形機械が傾《かし》いだのだ。傾斜に合わせて履帯の油圧シリンダーを調整する機能が死んだ。言葉にすればそれだけだが、まるで機械の塊が意識を失ったように見える。

「ヘイヴィア、おいヘイヴィアってば。中距離スコープ装着」

「……うるせえ何で俺がこんなもん協力しなくちゃ……」

「縛って捨てて俺だけ帰るぞ。嫌なら構えろ、撃て」

サイレンサー付きの一発が無音で『ランチボックス』の装甲をノックしたが、ライフル弾がぶつかって火花が散っても特に反応しなかった。

ヤツは熱暴走で死んだ。

「よしっ、移動だ」

いったん引き返し、おんぼろトラックを動かす。

クウェンサーはリールで巻いて回収しておいたパスタよりも細い光ファイバーケーブルの先端を小さなナイフで切って整え、次の『キッチンナイフ』の尻に取りつける。太陽が出るまで待つ必要はあったが、それまで何もしなかった訳ではない。有線無人機のストックならいくらでも用意してきた。

時間との戦いだった。

日の出を待った分だけ、『報復作戦』までの時間は迫っている。もう立ち往生はできない。基本的に用がない限り『ランチボックス』は待機モードのままじっとしているが、絶対に動かないとは限らない。そして自分では変化に気づけなくても、他の機体が外から眺めれば不自然な黒塗りの『ランチボックス』を発見するはずだ。ただの故障や事故ではなく、太陽光を使った人為的な破壊工作と分かれば場が一気に沸騰する。

だから、その前に包囲網を抜けなくてはならない。

沸騰前に『正統王国』の整備基地ベースゾーンへ帰る必要がある。

運転席からブラスカインが言った。

「二時方向に『ランチボックス』だ、距離七〇〇」

「向こうは亀裂だらけで『キッチンナイフ』じゃ越えられない、時計回りに迂回《うかい》してスルー。俺達の方が段差は低いから多分見つからない。そっちで別の機体とぶつかったら改めて陸上戦闘無人機を叩《たた》く」

　確定で『ランチボックス』を機能停止に追い込めるとは言っても、『キッチンナイフ』側にも条件がある。地形の高低差もそうだし、枯れた雑草がしつこく残っている場所は車輪に巻き込むリスクがある。きめ細かい砂地も危ない。黒い粉末や三〇センチ未満の運搬役『キッチンナイフ』もしこたま確保はしたものの、やはり無尽蔵とはいかない。緊張が続いた。倒すべき機体をきちんと選んで最適な行動を取らないと、あっという間に袋小路《ふくろこうじ》に追い込まれる。

　今日も呆《あき》れるくらいの快晴だが、所々に白い雲が流れている。エレベーターのワイヤーが風を切り裂き、その気圧差が生み出している人工の雲だ。スポットライトの明暗を反転したような影のエリアは、クウェンサー達にとっては死の領域に他ならない。

　ブラスカインが呻《うめ》き声《ごえ》を上げた。

　トラックから降り、身を伏せて、風上から風下へ視線を投げながら、

「……前方の『ランチボックス』、影に入ったぞ」

「じっとしてなよ、丸一日天の恵みの雨が降り続ける訳じゃない。黒い粉末自体は確実にボディを塗り替えているんだ。時間が経《た》てば作り物の雲はよそに行く。だから待て、大丈夫だ」

　半ば自分に言い聞かせるような『大丈夫』だった。

　クウェンサーだって死にたくない。放っておけば『正統王国』軍の無意味な報復作戦が始まってしまう。味方の誤爆はもちろん、場をかき乱された『ランチボックス』達が沸騰してしま

うリスクもある。チャンスは危険と共にやってくる、だ。お姫様にフローレイティア。さて、クウェンサー達の位置を知っている人間はどれくらいいるだろう？

（……絶対ろくな事にならない。放っておいたらお姫様の尻で踏まれて圧死くらいは普通にありえそうだ）

何しろ新型オブジェクトが顔を出すたびにクウェンサーより毎度きちんと驚いてくれる親切な上官サマが管理する第三七機動整備大隊だ。大勢の命を預かるんだからもうちょい事前に情報収集をしてほしいと思う。

とにかく自分の命がかかっている。

主導権はこの手で握っておきたい。

その時だった。

「おい……なんか変だぜ」

ヘイヴィアがセンサー付きのライフルをあちこちに振り回しながらぽつりと言った。

クウェンサーも履帯の金属音と砂煙で気づいた。

一帯の『ランチボックス』が動いている。基本的に、異変がない限りじっと待機モードでうずくまっているはずなのに。

「電源補給車だ」

その内に、クウェンサーは気づいて吐き捨てた。

三メートル台の箱形機械とは別に、もっと大きな軍用車両が地平線の辺りをゆっくりと移動している。形としては、貨物コンテナを二つ連結した大型トレーラーにも似ていた。そいつを見つけると、夜通しバッテリーを温存していた陸上戦闘無人機は本来の配置を離れて群がっていくのだ。まるで軍の車列に群がる子供達がお菓子でもねだるように。

それで動く。

場の流れが、一斉に。

仮初めの安全地帯が崩れる。磯《いそ》に残った水たまりのおかげで生き永らえていたクウェンサー達が、何もない岩肌へと放り出される。

沸騰が始まる。

最初、『ランチボックス』の一機が不自然な黒塗りの同型機を発見した。さらに続けて、地面をのたくっていた細い細い光ファイバーケーブルを見つけ、その根元をカメラで辿《たど》っていく。ぐるりとその場で回転した陸上戦闘無人機と目が合った。

気づかれた。

「くそっ、伏せろ!!」

初めに重機関銃の水平射撃があった。クウェンサー達が乾いた大地の段差に転がり落ちてやり過ごすと、続けてコルク栓を抜くような音が連続した。

野球の遠投のように青空へ投げ放たれたのは、一発一発が手榴弾《しゅりゅうだん》よりも大きな擲弾《てきだん》の雨だ。

立て続けに一四発。

「っ!!」

ヘイヴィアがモヤシ野郎の軍服を摑《つか》んでトラックの下へと引きずり込む。

着弾と起爆まで三秒とかからなかった。

天空から襲来した激しい爆発と衝撃に、おんぼろトラックが何度も上下に弾む。途中でサスペンションが壊れたのか、不自然に斜めに傾いた。クウェンサーが慌てて足を引っ込めなければ車体に嚙《か》みつかれていたところだ。

爆発物はあくまでも対人用。

実際問題、対車両攻撃なら重機関銃の掃射の方が怖い。

耳の穴にアイスピックを突き刺すような耳鳴りに襲われながらも、顔をしかめたクウェンサーは叫ぶ。間近のヘイヴィアにそこまでしないと声が届きそうになかった。

「医者はどうした？　ブラスカインはッ!?」

「知るかよ!!　どこまでいってもゲリラの一員だろ、それともテメェ見捨ててそっち助けてた方が良かったか!?」

思わず一発ぶん殴ってバカ貴族を黙らせてしまった。

どうやらミョンリの戦車砲の誤射で吹き飛ばされそうになって以降、ずっと目を回していたヘイヴィアは誰に命を助けてもらったか覚えがないようだった。だがクウェンサーは違う。馬鹿馬鹿しいと思いつつも、深入りし過ぎた。はいそうですかで見捨てるには情が入ってしまっている。

ぶわりと景色が歪《ゆが》んだ。

局地的な砂嵐だろう、視界が砂の色に埋まっていき、まるで夕暮れのように陽の光が弱まっていく。

ここしかない。

「何でこんな事になるんだ、くそ……!?」

「あっ、おい。クウェンサー!!」

悪友からの呼びかけを無視して学生はトラックの下から這《は》い出《で》た。

もう血の匂いがした。

ろくに視界を確保できない砂嵐の中でも、はっきりと分かった。分厚いカーテンをかき分けるようにして進むと、仰向けに転がる影を見つけた。

ブラスカイン＝ミントフラッペ。

本当に『資本企業』軍が彼らを友軍として思いやっていれば、無人の砲撃なんぞに巻き込まれるはずのなかった医者が。

「早く行け……」

「ふざけんなよ」

「トラックはダメでも、荷台のバギーがまだある。この砂嵐の中なら『ランチボックス』も照準をつけられまい……。方位だけ確かめたら、基地までまっすぐ走れ。チャンスはここしかないぞ」

「ふざけるんじゃあねえ!! 俺はまだアンタに借りも返していないんだぞッ!!」

間近の叫び声に、ブラスカインは小さく笑っていた。

ズタボロの傷に大量の砂が入り込む事が、どれだけ致命的か医者の男なら誰より詳しく知っているだろう。なのに気にした素振りもない。

「……これで良《い》い。少なくとも、そう思ってくれる人が現れたのなら私の勝ちだ」

「何を」

「宇宙エレベーターを、マザーレディを止めてくれ……」

息も絶え絶えに。

それでもブラスカインは、誰も幸せにしない巨大な異物のある方向を見上げて告げた。

願いを。

「あのエレベーターが、一回五ドルのワクチンで何とかなる病以上の災厄となってしまう前に」

「……、」

「薬としては強過ぎたんだよ、マザーレディは。『彼女』だってこんな展開は望んでいなかったはずだ。だから、誰かが止めてやらないと。だけど誰に言っても共感は得られなかった。ゲリラとして勇敢に戦い、結果として自分の子供を失う羽目になった遺族の両親と話し合っても。誰も捨てられなかったんだ、マザーレディが与えてくれる近代的な生活を……」

「彼女？」

つい、クウェンサーは尋ねてしまった。

だがそれがいけなかったのかもしれない。これまでも、前置きなしでたびたび出てきた名前が医者の口からこぼれてくる。

「ルイジアナだって、トゥルカナ方面の大自然を見て感動していた。その部分に嘘偽《うそいつわ》りはなかったはずだ」

悪い兆候だと思った。

ブラスカインの両目がぶれる。ここではないどこかを見始める。

「留学中の話だった」

「おい、思い出話はやめろ」

「……大学で航空宇宙学を学んでいるルイジアナと知り合った。畑は全然違ったけど、意気投合するのに時間はかからなかったよ。そして彼女も信じていたんだ。宇宙エレベーターは極めて有用だが設置できる場所が限られる、だから見捨てられたアフリカに脚光を浴びせてくれるって。でも間違っていた。ルイジアナは苦悩していた、トゥルカナ方面を救いたかった。アフリカとヨーロッパでは何故《なぜ》こんなにも違う、同じ砂漠でも北米とはどう違う？　地形によって発展しやすいしにくいが分かれるなんて不公平だ。そんな風に言いながら。誰かが止めてやらなくちゃならなかったが、私にそんな力はなかった……」

「やめろってば!!　現実を見ろ、おい、記憶の中に逃げ込むんじゃない!!　おいって!?」

いくら呼びかけても、それっきり動かなかった。

猛烈な砂嵐が開き切った目の中にまで大量の汚れを流し込んでいくが、瞬《まばた》きすらしない。どうにもならなかった。

クウェンサーは死した男から目を逸《そ》らし、首を横に振る。

それから斜めに傾《かし》いだトラックに向かった。より正確には密閉された後部の箱形荷台に。表面はズタズタになっているが、積荷《つみに》までやられたとは限らない。

「ヘイヴィア!!　手伝え、バギーを引きずり出すぞ。何があってもここから生きて帰る!!」

15

ガォン!!　というエンジン音が勢い良く吼《ほ》えた。

この砂嵐の中ではまともな視界など確保できない。ヘッドライトを点《つ》けても数メートル先を照らせれば良い方だろう。さらに言えば、携帯端末の地図も無線機もジャミングで使い物にならない。

かろうじて見えるオレンジ色の太陽から方角を探って、一直線に整備基地ベースゾーンへ向かうしかない。一度でも迷ったらその時点でおしまいだ。視界ゼロの中、同じ場所を延々ぐるぐると回り続けるなんて事態にもなりかねない。

『ランチボックス』側も動作不良に陥っているのは同じだ。

カメラ、マイク、センサー系は激しい砂嵐に擦《こす》られて使い物にならないし、そもそも通信自体が阻害されている恐れもある。『資本企業』側が発しているジャミングを回避するために使っているであろう、超音波や赤外線を使った通信も完璧とは言《い》い難《がた》いはずだ。昼間、熱砂の砂漠の場合は人の体温より熱い砂と大量の砂鉄が混ざり合うのだ。下手なチャフやフレアよりも効果は甚大《じんだい》となる。

いくつかの段差を立て続けに越える。

大ジャンプする。

至近、数メートルのすぐ横を岩の塊のようなものが通り過ぎた。いいや、おそらくあれは『資本企業』の陸上戦闘無人機だ。後から遅れて機銃の連射音が炸裂《さくれつ》するが、どこに弾が飛んでいるかは想像もつかない。

バギーには屋根がない。

ヘイヴィアは軍服の襟元を摑《つか》んで無理へ口元に当てながら喚《わめ》いていた。

「最初っからこれを待ってりゃ良かったんだ!!　命懸けで肉薄して小細工なんかしないでよ!!」

「そんなに都合良くは行かないぞ。宇宙エレベーターの弱点を知らないのか、ヘイヴィア」

「あん？」

「カーボンナノチューブのワイヤーは熱圏にさらしておけるほどの耐熱性を持っているけど、それでも高圧電流、つまり雷には弱いんだ。そいつを避けるために『資本企業』は防衛用の天候兵器をしこたま配備しているはずなんだよ!!」

ぼきゅっ!!　と。

大きく抉《えぐ》るような音と共に、頭上が大きく開けた。

何か巨大な爆発が砂嵐をまとめて吹き飛ばしたようだった。汚れたスクリーンにいくつもの大穴が空き、グラビアのパチモンヌードのように青空が広がっていくが、一つ一つの穴はキロ単位の直径を持っているはずだ。

「ありゃ何だ!?　マザーレディがまた何か落としやがったぞ!!」

「閃光《せんこう》や爆音はない。おそらく濃硫酸か何かだ」

「金の亡者《もうじゃ》どもめそんな危ねえもん人様の頭の上にばら撒《ま》いてんのかッ!?」

思わずヘイヴィアは目《め》を剝《む》いたが、クウェンサーは真面目な顔で続けた。

上空一万メートル以上で炸裂《さくれつ》しているので、そのまま真《ま》っ直《す》ぐ落ちてくる事はないだろう。だが確実に、どこかの大地を汚す。霧のままか、水分を吸っての酸性雨かは知らないが。

つまりは、

「燃料気化爆弾みたいに圧縮した状態で弾頭に詰めておいて、炸裂時《さくれつじ》には霧状にしてキロ単位で広げている。硫酸は金属を溶かす他に、急激な乾燥剤としても使えるんだ。雲ってようは水分の塊だろ、邪魔な雷雲を化学的に消し飛ばすならこれ以上に安価で効果的な薬品は存在しないよ。もちろん、周りの環境なんて一ミリも考えなければな!!」

水分が急激に奪われれば空気の密度が変わるので、結果として『大きな大気』が動く。風が生まれる。今まで局所的に発生していた砂嵐が夢から覚めたように取り除かれるのも無理らしからぬ話だった。

宇宙エレベーターが一つあれば、ここまでできる。

天気予報なんかもはや必要ない。晴れも雨も、風向きや湿度も、人の都合で毎時単位の天気を自在にデザインできる。

そして逃げるクウェンサーやヘイヴィアにとっては、砂嵐は身を守る分厚いヴェールだった。いきなり不意打ち一発で取り除かれれば、後はクリアな視界で剝《む》き出《だ》しの陸上戦闘無人機『ランチボックス』と目を合わせるだけだ。

「あの小せえ無人機は!?」

「『キッチンナイフ』はオモチャくらいの速度しか出ないし、しかも有線だぞ！　走っている車から放り投げて使えるようなものじゃない!!」

クウェンサーはとっさにヘイヴィアが持ち歩いていた携行ミサイルの発射筒を摑《つか》んだ。専門の訓練を受けていない彼にはミサイルは撃てない。

しかし、だ。

助手席からクウェンサーが身を乗り出して発射筒を肩に担《かつ》いだ途端、バルガガガ!!　という重機関銃の掃射がよそへ逸《そ》れた。

「何した何やった!?」

「こいつ、照準用にかなり強力な赤外線レーザーを使っていたはずだ。それを『ランチボックス』のカメラレンズに直接叩《たた》き込《こ》む。サッカーでマナーの悪い観客が選手の目玉にやってるアレだよ、アレは機械相手にも通じるんだ!!」

とはいえ何度も通用する手ではない。

そもそも必勝法がいくつもあったらクウェンサー達だって立ち往生なんかしなかった。

騙《だま》し騙《だま》しは承知の上で、

「整備基地ベースゾーンまであとどれくらいだ!?」

「今時速一二〇キロ!!　これでも芝刈り機みてえに小さなエンジンが焼きつくくらいアクセル踏み込んでんだぜ、一時間かかるとは思えねえけど!!」

三〇センチ未満の無人機『キッチンナイフ』はもう使えない。

真後ろからの追い討ちを避けるため、クウェンサーは身を乗り出して水筒の中身や黒い粉末を剝き出しの後輪にぶっかける。こんなのでもタイヤの力で後ろへ舞い上げられていく。

「どれもこれも一ドルショップで揃《そろ》うようなアイデア武器ばっかりだな。相手は『資本企業』の最新兵器だぜ。いつまでも騙《だま》していられるのかよ⁉」

放物線を描いて飛んできたいくつもの擲弾《てきだん》が列を作ったまま落ちて、クウェンサー達からやや離れた辺りで次々と爆発していった。こちらについては上空の大気が安定しないので弾道がズレたのだろう。つまりクウェンサー達の努力とは全くの無関係だった。無風だったら今ので死んでいた。簡素なバギーには屋根も壁もないのだ。

両手でハンドルを握りながら嚙《か》みつくようにヘイヴィアが言った。

「早くっ対策しろお‼」

「うるさいな考える時間を寄越せ‼」

当たり前だが、アスファルトで舗装されていない道を進むのはそれだけで命懸けだ。まして時速一〇〇キロ以上となれば自殺行為と言っても良い。オフロード仕様とはいえ、途中でばんばん跳ね続けるバギーがいつバランスを崩して片輪走行になるかも分からない状況だった。

「……結局は目に見えないだけで赤外線を使っているはず。放物線を描くって言ったって、狙いを定める時には真《ま》っ直《す》ぐ照射してくるに決まっているんだ。方角よりも距離、距離さえ誤認させる事ができれば当たらずに済むんだから……」

「来るぞクウェンサー!!」

「ちくしょう!!」

ばきりというプラスチックを割る音が響いた。

ヘイヴィアがぎょっとして、

「なに自分で装備壊してんの!?　ご乱心かよ!!」

「黙って前見て運転しろ!!」

クウェンサーは軍服の上着を脱ぐと、自分で作った『キッチンナイフ』を分解し、黒い粉末を取り出す。上着の表側だけを黒い粉末でぐしゃぐしゃに汚した。裏地は奇麗なままだ。それから袖を二つ、バギーの真上の金属バーに結び付けて旗のようにたなびかせる。

時速一二〇キロの猛烈な風が、海賊の旗のように激しくはためかせる。

シュココン!!　というやたらと丸っこい砲撃音が連続した。ただし放物線を描いて飛んできた擲弾《てきだん》の群れは、クウェンサー達よりかなり手前に流れて爆発していく。

今度は偶然ではなかった。

「黒は光を吸収するし、白は光を反射する。それは目に見えない赤外線領域だって同じ事だ。直線的なレーザーを浴びせてその反射・減衰率で距離を測るレーザー測距なら、白と黒が交互に激しく切り替わるような物体には対応できない。値がズレて正しい距離を求められなくなるはずなんだ‼」

　そのまま突っ切った。

　整備基地ベースゾーンのある方角へと、少しでも近づくために。

　しかし付け焼刃で対抗したところで、根本的な解決にはならない。『ランチボックス』側は一度射撃に失敗したところで何度でも再挑戦できるし、宇宙エレベーター・マザーレディがある限りいくらでも天高くからパラシュート付きの貨物タンクを戦場へ投下できる。

　ざざざりざり‼　と車載の無線が不自然な雑音を鳴らした。

　常時分厚いジャミングが展開されている状況だが、それとはまた別だ。

「レーダー照準⁉　まずいっ、対応できないぞ‼」

「摑《つか》まって、ろ‼」

　ヘイヴィアはさらにアクセルを強く踏み込む。

　分厚い装甲の塊である『ランチボックス』は、速度自体で言えばスクーター並みだ。時速一二〇キロで荒野を突っ切るバギーの全速力なら振り切れる。

　振り切れるが、射程距離から逃れられるとは限らない。親指より太い対物弾を使う重機関銃なら二〇〇〇メートル先の兵士の頭を吹き飛ばす事もできる。野球の遠投のように放物線を描く擲弾《てきだん》ならもっとだ。

　しかも今はもっと恐ろしいものがある。

もしも地上からの照準情報を巨大な宇宙エレベーターが共有していたとしたら、

「何だ……？」

ハンドルを握るヘイヴィアがよそ見運転をしていた。

「青空が……昼間だってのに、星が散らばってやがる……」

「マザーレディの人工流星雨だ、ちくしょう!!」

ズバウアッ!!　と。

後方、地平線の向こうが横一列、数キロ単位で砂埃《すなぼこり》の壁に埋め尽くされた。しかもその一回ではない。巨大なコピー機で大地に印刷を施していくように、次の一列、そのまた次の一列と、順番に大地が耕されていく。均等に、隙間なく、何より無慈悲に。

同じ交戦エリアに照準情報を送った相手がいてもお構いなし。『ランチボックス』は無人機だ。いいや、たとえ命を持つ兵士からのデータであっても躊躇《ちゅうちょ》しただろうか？

爆発の速度は、クウェンサー達がしがみつくバギーよりも速い。

しかしヘイヴィア＝ウィンチェルには一つだけ勝算があった。

先ほどから気づいていた事があった。

ゴッ!!　と、『正統王国』軍の砲塔の真横をバギーが突き抜ける。

より正確には車高を抑えてバレないよう、穴を掘って隠してある戦車のすぐ横を。

通り過ぎた直後、凄《すさ》まじい砲声がバギーと馬鹿二人を本気で叩《たた》いた。

戦車のものではない。

照準情報の共有は『資本企業』だけの特権ではない。赤外線か超音波でデータを受け取った超大型兵器が火を噴いたのだ。

つまりは、三七の主力兵器『ベイビーマグナム』の主砲が。

冗談抜きに、その砲声だけで走行中のバギーがひっくり返った。危うくすり潰された血と肉をアフリカの大地に吸われるところだったが、莫大《ばくだい》なエネルギーが光り輝く大空を抉《えぐ》り取《と》る。

人工流星雨の布陣にムラを作り、『正統王国』のジャガイモ達は宇宙空爆の死角に潜り込む。

全面装甲の陸上戦闘無人機とはいえ、サイズで言えば三メートルほど。

『ランチボックス』は味方の流星雨を浴びて粉々に砕け散っていた。

一〇メートル以内の至近だからか。それだけ戦車に積んでいる機材が高出力なのか。とにかく久しぶりに無線機から雑音混じりの声が飛んできた。

『クウェンサーさーん、ヘイヴィアさーん、時間にルーズな脱走兵がわざわざ営倉送りになるために命懸けで戻ってくるとは殊勝な心がけでーす』

「「テメェ元はと言えばミョンリ貴様の誤爆が全ての原因だろうがッッッ!!!!!!」」

16

『報復』の意味が変わった。

クウェンサー達が携帯端末に詰め込んだ地下水脈のデータが、マザーレディ地上基地を締め上げる『正しい根拠』となったのだ。データさえ合っていれば、後はオートで正しい計算シートが組み上げられていく。

装備を借りているだけのゲリラ達を攻撃しても感情的には収まらない。それよりはエレベーターを直接攻撃した方が良《い》い。例えば、冷却に使っている地下水脈を土木工事で塞ぐ事で完全制圧してしまおう、とか。

日没までには片をつけられそうだった。

クウェンサーとヘイヴィアの両名がもたらした情報により、『資本企業』の陸上戦闘無人機『ランチボックス』への対処法が決まったのも大きかった。彼らは大型のペイント弾に黒い塗料を詰め直して現場に向かう。基本的には戦車で吹き飛ばし、撃ち漏らしについてはアフリカ大陸赤道直下の強烈な陽射《ひざ》しを利用して熱暴走で倒していく。専用の速乾塗料となると、『資本企業』のオペレーター側が事態に気づいて無人機を揺さぶり、こそぎ落とそうとしても、その程度で何とかなるものではない。

　工兵達が分厚い鉄板を垂直に突き刺し、地中深くの地下水脈を閉鎖していく。

（エレベーター連盟はただの会社じゃない。『資本企業』の『本国』を牛耳る七つの大会社が共同出資した巨大な宇宙開発機関なんだ。絶対こんなのじゃ終わらないぞ……）

　ドーム球場の何十倍も大きな地上施設の至近で、クウェンサーは無線機へ口を寄せた。

　相変わらず軍用ステーションからのジャミングは続いているが、大掛かりな通信中継車を挟めば何とか届く。電波ではなく、一度高出力の赤外線に変換して届けるのがポイントらしい。

「ひとまずケリはつけました、フローレイティアさん。高所の壁に取り付けられた対戦車レベルのコイルガンはお姫様の装甲でごり押ししてくれましたし。宇宙エレベーター・マザーレディ、その地上基地の制圧に成功。エレベーター連盟のオペレーター達は両手を上げて投降しています。捕虜に取るのが面倒なので地元のゲリラに渡しちゃっても良いですか？」

『ダメだ。捕虜については外交で使うから丁重に連れ帰るように。ロサンゼルスに潜っていた「正統王国」の諜報員《ちょうほういん》がヘマしたらしくて、新年早々大量の交渉カードが必要なんだとさ』

「チッ。テロリスト用のカプセルホテルよりも小さな独房にぶち込んでくれると約束してくれるなら従いますけど」

　小さく舌打ちして、クウェンサーはよそへ視線を振った。

　基部だけで二〇〇〇メートル。ワイヤーの上端が見えなくなるほどの巨大構造物。

「……こいつ一つを奪うために、ゲリラは大勢死にましたよ。きっと恨まれるのは『資本企業』じゃなくて『正統王国』だ」

『ヤツらに情でも移ったのかクウェンサー？　必要ならカウンセラーに相談しろ。「資本企業」の甘言に惑わされて連中の軍事拠点の建設を許した時点で、ここのゲリラは親「資本企業」派だよ。「空白地帯」だから平和主義は通じない。敵の「本国」を牛耳る７ｔｈコアの代弁者、エレベーター連盟から利益の供与を受けた者に我々「正統王国」が甘い顔をする理由は特にない。まだ説明がいるなら薬を処方してもらえ』

その通りだ。

一〇〇点満点の解答だが、何故《なぜ》かクウェンサーはその優等生ぶりにイライラした。

正しければ正義という訳でもないのか。

「次の仕事は？　俺のリュックにある量じゃ、ここの基部を爆破するのは難しそうですが」

『そこまでは学生に期待しちゃいない。私も業腹《ごうはら》だが、上はカーニバルの休暇前にこの厄介なエレベーター問題を完全に解決したいらしい。よって次の戦いはよそでやる』

「？」

地上の問題は解決した。

しかしまだ宇宙エレベーター・マザーレディを巡る問題は終わっていないような口振りだ。

『時間を稼いでいる間にエレベーター連盟の主要な残存勢力は数日かけてエレベーターを使って上に上がっていたようだ。宇宙側のステーションを占拠して戦闘を継続するつもりらしい』

「……まぢですか？」

『これだけで直径二〇キロに及ぶ要塞だ。電力も地上と宇宙で独立しているから足元を制圧しただけでは止められない。同連盟の言葉が正しければ、軌道上のステーションにある機材をバカスカ投下するだけで「戦争国」も「安全国」も関係なく、地球のどこでも灰に変えられるだけの兵器を搭載しているらしい。しかし残念な事に、我々「正統王国」には脅迫の窓口などどこにも開いていない。よって、「だから」で戦争をやめる選択肢はない。私達が始めた戦争だ、私達で片付ける。これから宇宙に上がるぞ、クウェンサー。地球が何色だろうが、SNSに写真を上げるなよ』

行間一

『資本企業』の『本国』、北米大陸の西側半分を制圧する七つの大会社がある。

通称は7thコア。

当然ながらその影響力は世界的勢力の隅々にまで及び、今回の宇宙エレベーターにも深く関与していた。エレベーター連盟は七つの大会社が共同出資して作った宇宙開発機関だ。

彼らは資本主義の権化《ごんげ》だ。

あらゆる事象を自社にとっての利益に結び付けられるか否《いな》か。戦争から慈善まで、全てはこの判断基準に委ねられている。

「……それではカスケード方面シアトルの社有不動産を三棟売却します。よろしいですか？」

「ああ」

「内一つは極めて高度な情報技術研究施設を含みますが」

「もっと大きな利益を得られればそれでよい」

その初老の男は、たかだか一億ドル程度では眉一つ動かさない。

何度も繰り返し同意を求める年若い美人秘書に辟易《へきえき》とすらしているようだった。

「例えばライバル会社の買収とかな。元手を市場取引で適当に膨らませたらすぐに始めろ。……ＡＩ研究などくだらん、邪魔なライバルさえ潰せば無駄ないたちごっこの開発競争からは解放される訳だ。私は早く本題に入りたい。今欲しいのは鉄鋼と、頑丈な自動車だ」

「では、そのように」

全ては金のために。つまり当然ながら、アフリカのトゥルカナ方面に宇宙エレベーターを建造する事にも意味があった。ネット通販のカバー範囲を地球全土に広げるなどという即物的なものではない。

彼らはもっと大きな利益を見ている。

自社からは数百人、ライバル社からはその一〇倍以上の人生を破綻させる計画を淡々と進めながら、初老の男はこう尋ねてきた。

「どう思う？」

「妥当な配分ではないかと」

西米、セントラルバレー方面ロサンゼルス。

すなわち『資本企業』の『本国』、まさに首都。居並ぶ超高層ビルの中でも頭一個突き抜けたインテリジェントビルの最上階で、そんな言葉があった。

ラファエロ＝ゴールデンクリッパー。

それからセレナーデ＝ブラックローズ。

ワンフロアを丸々使った社長室の椅子を独占する初老の男と、不釣り合いなくらい年若いスーツの秘書の組み合わせだ。

「月面には短期滞在用の別荘などが建設されておりますが、地球からの物資輸送が前提となっております。半永久的な移住とまではいきません。火星や木星も現段階では否定的ですし、結局は既存の惑星にしがみつくのが現実的な選択ではないかと。そのためには、『彼女』の提案は有益であると判断します」

「この星もいつかは枯渇《こかつ》する」

「人口削減計画はコスト面から考えれば不向きであると、広告代理店のシミュレータから結果が出ておりますが」

「……結局最後の問題は人間か」

はい、という秘書の声は淡白だった。

そのまま応じる。

「しかし人件費やサービス料というお題目がなければ定価の取り決めに差《さ》し障《さわ》りが生じます。仮に工場を完全無人化した場合、原材料費でそのまま商品を売りに出す他なくなりますからね。効率的に儲《もう》けを得るには、非効率な人間を生産体制の中に組み込む必要もあるでしょう」

「ふむ」

「人間が商品の値を釣り上げ、人間が値の釣り上がった商品を購入する。しかし彼らには安定してもらわなければなりません。そのためのオブジェクトです。民衆から兵を募っても『元軍人』が暴動に火器を持ち込むだけ、これは高度で特異な技術であるほど損失が拡大します。戦う力は限られた者だけが独占していればよいのです」

資本の王は、むしろ逆に紙の札束など触らない。

金はステータスで、必要なのは社会で使える肩書きだ。であればデータ上の存在で構わない。オモチャのような紙幣には興味が湧かなかった。

「他の六社の意見は？」

「概《おおむ》ね期待通りです。一部、劣勢に立たされたエレベーター連盟へ不信感を抱いているようですが、かと言って他に代替案は出ておりません。本気で離脱するつもりであれば、むしろ黙るのでは」

初老の男は、ネット越しの密会すら顔を出さない。世の中には知らない事で守られる人間もいる。そしてそういった汚れ仕事を担当するのが秘書の業務内容だ。

そうでもなければ、後宮並みに多くの美人秘書が控えている中、この若さで戦略秘書としてCEOの隣を独占する事はない。

「では継続か」

「はい。経過の観察を続けます」

第二章　破綻　〉〉トゥルカナ方面宇宙エレベーター攻略戦・Spステーション

1

君のタマシイは五倍速の世界についてこられるか？　当社比五倍の超濃縮、ケモミミエナジー・マキシマムボトル!!　いよいよ世界に登場。

ピックアップトラックの荷台に乗ってきゃっきゃはしゃぐ小麦色の水着美女達を眺めながら、ヘイヴィア＝ウィンチェル上等兵は遠い目をしていた。新製品のＰＲにお忙しいビキニの美女達はどうやら五〇〇ミリのガラス瓶に詰めたエナジードリンクを道行く人達に配りまくっているらしい。

南米、アマゾン方面の話であった。

南半球は夏真っ盛りである。

「……飲むなってどういう事よ？」

「今、何の待機中か分かってて言ってる？　シャトルの順番待ちでしょうが。炭酸なんか胃袋に詰めて宇宙に飛び出したら体が中から破裂するよ」

「何でそんなに水着の美女に冷てえ訳？　騙《だま》しの告白でも動画配信されたの？？？」

「俺はバッドブル派なの」

背の高い金網フェンスに寄りかかりながら、クウェンサーはあくびをしていた。

時折軍服の上から体をさすっているのは新品の肌着の着心地が悪いからではない。

彼らの後ろ、つまりフェンスの向こうで天に向かってそびえているのは巨大な構造物だった。とはいえこちらはエレベーターではなく、繰り返し使用可能な宇宙往還機である。垂直に立てられた本体がざっと四〇メートル以上、ジャングルジムみたいに取り囲んでいる足場がもうちょっと、といったところか。これが規則正しくずらりと並んでいた。金属で作ったトウモロコシ畑みたいだ。

クウェンサーはうんざりしたように、

「燃料の無駄遣いだよ。何で『資本企業』がそんなそこまでしてエレベーターにこだわるのかが分かりそうな話だ、つまりコスパだったんだな」

宇宙エレベーターだのマスドライバーだので規格競争にお忙しい四大勢力がいがみ合っている隙をついて、旧式だが実績のあるオモチャのリバイバルに動いた研究機関があったらしい。ようは、色々な建前をこねて国の税金を使って蒸気機関車を手入れする鉄道マニアなお役人と一緒。わざわざ名前を一度は引退したはずの『スペースシャトル』にしている事からも明らかだ、実益よりもロマンを重視している。

クウェンサーは都会の踏切《ふみきり》よりも慌ただしく上下に開閉するゲートの方を眺めながら、

「バタバタ忙しいね、みんな」

「そりゃ地球の半分は例のマザーレディのおかげで世界中のロケットが打ち上げを邪魔される状況だからな、四大勢力なんかもう関係なく。宇宙ステーションは今もエレベーター連盟の手の中なんだ。実質的には『資本企業』全体を取りまとめる7thコアの総意ってヤツだろ。レーザービーム、ジャミング、隕石《いんせき》、お邪魔デブリ、つまり何でもあり。地上で邪魔されるより空中で邪魔される方がおっかねえだろ。だから官も民も学も軍も揃《そろ》いも揃《そろ》って困り果ててる。ひとまず地球の裏側から打ち上げてみようって話になってくる。殺到するのは無理もねえ話だ」

「たった一つのエレベーターで……」

「どうにもヘンタイの匂いがするぜ。戦場でインテリがはしゃぐと大体ろくな事にゃならねえ」

困った事に、ここまでお茶の間を騒がせてもマザーレディはまだ世界の悪役には転落していない。安価で大量の貨物を世界の隅々まで運ぶ宇宙エレベーターは、たった九ヶ月の『試験運転』期間中だけですでに世界中の『安全国』の家計を支える庶民の味方になりつつある。

電子シミュレート部門の話では、本格稼働《ほんかくかどう》すれば軽く一〇倍以上の金を吸い取られるらしい。もちろん弊害だってゼロじゃない。例えば通販の空き箱、貨物タンクは？　回収サービスを提供するというお題目が通れば、ヤツらは世界中に治外法権の基地を造れるようになるかもしれない。

それまでにへし折って、ケリをつけなければ。

もちろん簡単な話ではないのだが。

「何しろ、エレベーターって『地上から積み上げている』んじゃなくて『宇宙から垂らしている』訳だからなあ……」

「？」

「『本体』は宇宙側って事。聞いた話じゃ直径二〇キロらしいじゃん。冷却に使っている地下水脈を閉鎖して地上基地は乗っ取ったけどさ、それでもまだ終わらない。最悪、ワイヤーをカットして自由を手に入れた宇宙ステーションが『他の候補地』に移動したって生き永らえるんだ。砂漠の地上基地を制圧したくらいじゃチェックメイトとは言えないんだよ」

水着のお姉さん達が立入禁止のフェンスの横にピックアップトラックを停《と》めて試供品を配っているのも、つまりはそういう事だ。普段は都市部にいるはずのＰＲチームがこの人だかりに目をつけ始めている。

カンカン照りの中、クウェンサーは呆《あき》れたように息を吐いて、

「……素人《しろうと》の広告代理店にも察知される程度の流れだよ？　『資本企業』軍が放っておくと思う？」

「だから軍規で雁字《がんじ》搦《がら》めの金の亡者どもがルールを整備して動き出す前に宇宙へ出ちまおうって腹だろ。ちくしょうどこの馬鹿だ渋滞作ってる野郎は!?　なに、手荷物検査なの？　それとも健康診断で虫歯か性病でも見つかりやがったか!?」

「口でする時はうがい薬でケアをするんだ。良い子のみんな、これはマナーだぞ」

ぶつくさ言っている馬鹿二人の無線機で短い電子音が鳴った。

ようやっとの出番らしい。

ヘイヴィアはフェンスに沿ってゲートの方に向かいながら、

「にしても大丈夫かね、うちのお姫様は？」

「エレベーターの地上基地グラウンドベースを乗っ取ったってご近所中のゲリラが消えてなくなる訳じゃない。何かしら、デカい守りを置いておかないと包囲されて奪い返されるぞ。ＣＭにうるさい『資本企業』はネガキャンも得意みたいだしさ」

「分かってるけど、あの世間知らずがお留守番だぜ？」

「見守りカメラでいつでも覗《のぞ》ける状況だろ。一人ぼっちでもじもじしているって訳じゃない、整備兵のばあさんもついている。そもそも『ベイビーマグナム』一択じゃないさ。マザーレデイだって地上基地はこっちの制御下にあるんだ。何だったらご自慢のレーザービームで威嚇射撃してやる手もある」

「……専用の宇宙軍にでも任せりゃ良《い》いんだ。そうすりゃ仕事を切り上げて新年の休暇に戻れるのによ」

「宇宙軍なんてほんとにあるのかね？　名前だけは勇ましいけど、あいつらコンピュータを並べた地上の基地から妨害電波を放ってよそ様の衛星や宇宙機の活動を邪魔するってだけだろ」

「その心は？」

「真空で放射線だらけの宇宙だなんておっかない場所にわざわざ行きたがる馬鹿なんかいない。こんなの誰も手を突っ込みたくないクソ仕事って事だろ、いつもの事じゃんか」

『正統王国』軍のジャガイモ達はこんなカンカン照りの中でもお揃《そろ》いの軍服で整列だった。これでも三七は二つに隊を分けて行動しているはずだが、身分証を確認しながらゲートを潜るだけで長蛇の列だ、時間がかかる。

クウェンサーはイモムシみたいにのろのろと動く列にうんざりしながら、

「……俺達、死ぬ時もこんな感じなのかな？　間もなく敵軍のオブジェクトが到着しまーす、押さないで順番にシェルターに入ってくださーい、ひゅーどかーん」

「何寝ぼけた事言ってやがる、デスクワークのお役人がそんなお優しい言葉を投げてくるかよ。ヤツらパソコン画面の外に広がる現実なんか一個も見えてねえんだ、どうせ最後の一人まで勇敢にオブジェクトと戦って死にたまえだろ。……にしても、やっぱ『正統王国』軍は出遅れてるぜ。きちんと軍で専用の宇宙基地を造るべきなんだ」

これもオブジェクトが核の時代を終わらせてしまった弊害か。新時代の戦場については奥様向けのワイドショーでも取り沙汰されているが、今は宇宙よりもサイバー空間の方がウェイトは大きい。互いに殴り合うのに使う国防費だって税金だ、生活に密着し『大衆が恐怖を実感しやすい』方が対策や応用研究としての魅力が高いのだろう。

「ここ最近立て続けにネットで話題をさらった映画女優の流出写真ってさ、世論操作のためのプロパガンダだって話もあるんだって」

「宇宙派が盛り返すにゃあもう大気圏外から〇・〇一ミリの極薄ゴムでも地上に投げ捨てるしかねえってか？　使用済みのヤツ」

そんな訳で。

ようやっと踏切《ふみきり》みたいに上げ下げするゲートのバーを潜った時だった。

ちょっと離れた場所でわあわあという叫び声と小さな人だかりができている。

「おっ、何だ。揉《も》めてやがるぜ」

「……摂氏三八度の炎天下でこの渋滞だよ？　こんなトコに所属も関係なくバラバラの人間をかき集めるからだ。なに、環境保護団体とエネルギー会社が鉢合わせしたの？」

「しお派としょうゆ派の熾烈《しれつ》な戦いかもしれねえ。ヤツらは絶対相容《あいい》れないからな」

「そこにとんこつ入れなかった時点でお前もうギルティだけどな。けど、うわ、何あれ金切り声じゃん、うわあー、鬼みたいな顔で髪の毛振り乱す女の子は見たくないかなー」

「けどちょっと待て……。聞き覚えがあるぜあのヒステリックな叫び声」

「ぎゃあーフローレイティアさんじゃん⁉　何してんのッ‼」

整備兵の婆《ばあ》さんと離れたのが災いしたか。

なんかおでことおでこをぐりぐりしながら睨《にら》み合《あ》っている人がいた。

片方は言わずと知れたジャガイモ達の女王・フローレイティア＝カピストラーノ少佐。だがもう片方は『正統王国』軍とは異なるデザインの軍服を纏《まと》う銀髪褐色の女性指揮官だ。

というか、

「うっ⁉　あの軍服『情報同盟』じゃねえのか⁉」

「しまった……。ここはあくまで誰でも使える国際宇宙発射機関だった」

クウェンサーは額に手をやっていた。

ちなみに軍は縄張りにとにかくうるさい。比喩表現ではなく、そもそも年中無休で国境を守っているのだから当然だ。レンディさん、ファロリート中佐！　ちょっと冷静になってー⁉とあっちの軍服達もしきりに引き止めようとしている。ただし基本が及び腰なので大した効果はなさそうだ。この辺は『正統王国』も『情報同盟』も一緒らしい。

爆乳なのに絶対触りたくない、鬼上官の口《くち》の端《はし》からは失態を演じた部下に向けるのとはまた違う、いやに低い怨嗟《えんさ》の声がこぼれていた。

「……おうおう何がどうなっているのかしら『正統王国』のオブジェクトがしっかり守っているこのアマゾン方面に不健康なはんだごて臭いのが交じっているようだがこれは目の錯覚か？」

「こんな時代になっても未《いま》だに煙草《タバコ》を止められない遅れに遅れたクソ野郎様はご存知ないかもしれませんが、アマゾン方面は『正統王国』が勝手に幅を利《き》かせているだけで正式な所属は未定のままですよ。まあもっともケツのデカい巨人どもは地元の方々が大変迷惑を被っているという単純な事実すら気づいていないようですけどねえ？」

クウェンサーは唖然《あぜん》としていた。

「（なあヘイヴィア、あれはケンカなの？　それとも戦争なの？？？）」

「（うるせえ今話しかけんな、俺は絶対関わりたくねえっ）」

こそこそしている間にも話は勝手に進んでいく。

フローレイティアは額のぐりぐりをエスカレートさせて、

「状況分かっているの？　こっちがアマゾン方面に何機のオブジェクトを駐留させていると思っている」

「宇宙平和平等条約に守られた我々をここで攻撃すれば困るのは田舎娘の方だと思いますけどお？　それでもヤルならご自由にどうぞ。ぷぷう、オブジェクトの大量喪失の責を取らされて北極基地にでも飛ばされたければ」

「この⁉」

「やりますか小娘ッ‼」

『正統王国』と『情報同盟』の兵士達が慌てて殺到した。でっかいおっぱいの摑《つか》み合《あ》いになるのは結構だが、ここで双方のお美しいお顔にお拳がお一発おぶち込まれたらお世界でお一番おくだらないお戦争がお始まってしまうおっぱい。

そしてクウェンサーはちょっと感心していた。

「あっ、何だかんだで羽交い絞めに向かう人なのねヘイヴィア」

「このどさくさだ、今なら揉《も》めるっ」

喜び勇んで合戦場に馳《は》せ参《さん》じた一番槍《いちばんやり》のツワモノはフローレイティアが振り回したケモミミエナジーの五〇〇ミリ瓶を額にもらってのた打ち回っていた。

残ったクウェンサーは賢明だった。

あの揺れる乳は食虫植物みたいなものだ。惑わされたら死ぬ。

そして彼の公的な身分は兵士ではなく戦地派遣留学に来た学生である。世界の平和とか割とどうでも良《い》い。

「わっわっ、こっち来ないで怖い怖い怖いっ、わあー‼」

両手で頭を守りながら逃げ回っている内に、怒りとストレスとお祭り好きがごっちゃになったような集団から離れていくジャガイモ一号。

しばらくそのままじっとしながら、やがてホッと息を吐いた。

「い、行ったか……」

（というか、何で『情報同盟』が発射基地にいるんだ。宇宙にどんな用が？？？）

根本的な疑問が脳裏によぎった時だった。

どこかから女の子の声が聞こえてきた。

『んしょっ、と』

「？」

幼い少女の声に思わず振り返ってみると、でっかいキャンピングカーが停《と》めてあった。しかも外の部分には洗濯物のようにロープにかかったベッドシーツで囲いがしてある。

その向こう。

太陽の光で透けるシルエットを見る限り、一〇歳くらいの女の子だろうか？　なんか中途《ちゅうと》半端《はんぱ》に腰を折ったまま片足でよろよろ立っている。折り畳んで宙に浮いた足首の辺りを小さな両手で押さえていた。そんな細部まではっきり分かるくらい体のラインが浮いてしまっている。

というか何かを穿《は》いている？　あるいは脱いでいる？？？

『うちゅうふくがひつようならっ、さいしょからようういをしておけというはなしなのです。おほほ、私サイズのうちゅうふくとなるとなかなかサイズがないのは分かりますがっ』

「？」

『ちょっと、そこの！』

首を傾《かし》げているクウェンサーに、ベッドシーツの壁の向こうから鋭い声がかかった。向こうもこっちは見えていないのだろうが、随分と高圧的だ。身内と勘違いしているのだろう。

『おほほ、先ほどからメジャーが見つかりません。そちらにころがってはおりませんか』

「んっ、ああ？　これかな。布の巻尺？」

『それです。こちらへおわたしくださいな』

にゅっと、シーツとシーツの隙間から思った以上に小さな手が出てきた。そしてすーぱー無防備だ。何かを隠しているのだろうが、自分から手を使って縦に割り裂いてどうするのだ。秘密が見えてしまわないとも限らないのに。

無防備少女の柔らかそうな掌《てのひら》が、早く早くと手招きしている。

クウェンサーはため息をついて、その掌《てのひら》に巻尺を乗せた。

『おほほ、けっこう。スリーサイズくらいいつでもていしゅつしているはずなのですが、今回はことがうちゅうですからね』

掌《てのひら》が引っ込んだ。

シルエットを見る限り、アレをあんな所に巻きつけながら、

『それもこれも、年明けのスペシャルうちゅうライブのため。ふおー、まってなさいよファンのしょくん！　おほほ、この私がせかいをほれなおさせてさしあげますわ!!』

（……何だ、モニカと一緒でアイドル系か）

流石《さすが》にこのタイミングでサインや握手を求めても応えてはくれないだろうが。それにしてもいろんな人が宇宙に用があるらしい。クウェンサーとしては、素直にこの女の子が羨ましくもあった。

こっちはこれから戦争だ。

せっかく人様の金で宇宙へ行くっていうのに夢がない。

2

『カウントダウン、ラストシークエンス。九、八、七、六……イグニッション、テイクオフ・ナウ』

まるで遊園地の絶叫マシンみたいだとクウェンサーは思った。

一応座席に腰掛けているが、そもそも椅子に座ると地面と垂直に顔が向く。専用のベルトで固定していなければ最後尾まで真っ逆さまだっただろう。

そして腹に響く重圧。

轟音《ごうおん》。

地球の地べたから飛び立った、という感慨は特にない。そもそも窓がないのだから当然だ。透明で目に見えない、分厚い壁でゆっくりプレスされていく拷問の訓練でも受けているようだった。あるいは、オブジェクトを乗り回しているお姫様はいつもこんな世界で生きているのだろうか。

「ぐえええええ」

クウェンサーはヘルメットの中で呻《うめ》いていた。

しかし地上のプールや遠心回転型の人工重力発生装置で数日体験学習した程度のモヤシ野郎がぐえーで済んでいるだけマシなのだろう。少年はヘルメットに内蔵された通信装置に向かって律儀《りちぎ》に報告する。

「じっ、磁力酸素誘導はひとまず効果あり。これじゃあ楽には死ねませんフローレイティアさん、ちくしょう先っぽが真っ黒になるまで揉《も》みしだいてやる……!!」

急激に気圧が変わるとそれだけで人は気を失ったり、最悪、血液中に気泡が生じて即死する。高山病や減圧症などに代表される気圧外傷というヤツだ。

これらに対処するため、クウェンサーら三七のジャガイモ達は肌着の下にいくつも電極を張り付けていた。爪の怪我から気絶まで色々あるが、気圧外傷の原因は主に二つ。血中での酸素運搬量の低下と、体組織が取り込んでいた窒素成分などが気泡化する事だ。逆に言えば外から鉄分を操って酸素運搬を安定化させ、窒素成分の結合力を調整すれば問題は解決する。

『はっはっはみんなの大好物秘密の試作兵装よ、泣いて喜ぶと良《い》い。元々は瞬間的に二ケタ台に及ぶＧ、莫大《ばくだい》な慣性にさらされるオブジェクトの操縦士エリート向けに研究開発されていた極秘装備なんだけど……』

「そ、それ、うえっぷ、正規装備として採用されなかったのは？」

『死ぬほど健康に悪くて豪華客船よりお高いエリートに使えるはずないからに決まってるだろ』

がりがりがりっ、という金属の爪で壁を引《ひ》っ掻《か》くような音に後ろの席のミョンリがびくっと肩を震わせて、

『うぐえっ。なっ、なんか外で鳴っていませんか⁉　ぐうう、もしかして大気圏から飛び出す事なく空中分解⁉』

「外部のロケットが燃料使い切って切り離されたんだろっ。高温で金具が変に溶けて切り離しに失敗したら逆に一〇〇％墜落コースまっしぐらだぞ。ぐええ！」

理解は恐怖を克服する一番の材料だ。全身にのしかかる痛みや苦しみまでは遠ざけられないが。

そしてクウェンサーは隣を見て絶句した。

馬鹿がもう一人いる。

「フローレイティアさんっ、ヘイヴィアが軍規違反です！　ぎぎ、飲んではいけないものを胃

袋に溜《た》め込《こ》んでいたのか、メットの中でエナドリ系の炭酸ゲロを撒《ま》き散《ち》らしています。これ以上説明したくない感じで。うっぷ、見ているだけでもらいそう……！」

『自業自得《じごうじとく》よ、溺れていようが何だろうが絶対そのヘルメットは外すな。重力が消えた途端シャトル内をくまなく飛び回るぞ』

おぶべけろけろこのケモミミれろテメェが俺の額で叩《たた》き割《わ》っためろめろ五〇〇ミリ瓶のべぶちゃ中身だろうぶべあ、とヘイヴィアが謎の暗号を発していた。高度過ぎて全く読み取れないのでフローレイティアは無視して無線越しに告げる。

『お姫様を始めとした別働隊は、マザーレディ地上基地から上へ上がる方法を模索している。とはいえこっちは陽動ね。宇宙ステーションに陣取る「資本企業」のエレベーター連盟が自分の足元にびくびくしている隙をついて、お前達が地球の裏側から回り込んでエレベーターの頭を押さえ込む。宇宙ステーションがあるのは高度三万六〇〇〇キロの静止軌道だ。正真正銘の宇宙空間、いやあ私も行きたかったなあ羨ましいなあ』

「そりゃ旅行で出かけるならどこだってそうですよ、ぐへっ、でも俺達が行くのは宇宙一危ない戦場でしょ⁉」

『あっはっついに世界一を飛び越えたなクウェンサー、記録更新だ』

ダメだ、ブラック慣れし過ぎたクソ野郎サマにはまともな皮肉なんか通じない。やっぱり慣れてきたのか、後ろの席からミョンリがヘイヴィアの頭のてっぺんに歯医者の唾液吸引みたいなホースをドカリと突き立てていた。ずごごごご、という汚い吸引音が響く。元々はヘルメットのせいでハンカチを使って汗拭きできない船員をサポートするための機材かもしれないが。

『マザーレディを護衛しているのは連中お得意のＰＭＣからの引き抜きが多数、誰も彼も優等生だから気をつけろ。あと要注意人物が一人いる、ルイジアナ＝ハニーサックル』

「……、」

ルイジアナ。

それにハニーサックル。

『普通この手の軍事に転用可能な技術を扱う研究者は表の記録から消されるものなんだがな。学会まわりにいくつか論文が残っていた。巨大建築物が与える惑星環境への影響。あれでもエレベーターを完成させるまでは、稀少動物《きしょうどうぶつ》の保護なんかでも知られていたらしい』

「動物の、保護？」

どうにも噛《か》み合《あ》わない。

ひび割れた砂漠を思い出せばなおさらだ。

『賞罰まわりでは環境保護団体から訴えられているが、これについては金に飽かしてかき集めた弁護士軍団が完全に封殺している。まああれだけの研究者だ、自分で金は用意できる。アフリカ大陸まで出向いて稀少動物《きしょうどうぶつ》の遺伝子情報を盗み出し、欧州の動物園に売り払ったという訴えは無理がある気もするがな』

話を戻すぞ、とフローレイティアは挟んだ。

そこから改めて、

『件《くだん》のルイジアナは今まで机上の空論だったワイヤー式宇宙エレベーターの問題点を徹底的に洗い出し、計画に具体性を与えた天才研究者だ。エレベーターが全てで、「資本企業」らしからぬ事に採算度外視。諜報部門《ちょうほうぶもん》の報告では宇宙ステーション側に籠城《ろうじょう》している可能性が大ね。こいつは「軍」の動き方はしないぞ、変に引《ひ》っ掻《か》き回《まわ》される前に殺しておいた方が良《い》い』

がりがりという音が増えてきた。音に取り囲まれる。ロケットブースターの金具がどうこうではなく、もう空気摩擦そのものが往還機の外壁を削り取りにかかっているのだろう。外から見ればクウェンサー達は隙間なくオレンジ色に赤熱した檻《おり》に放り込まれているはずだ。

地上と宇宙、二つの部隊が同時に展開している状況だがフローレイティアはさして苦労している素振りもなかった。今時は何でもネットワーク作業だ、遠隔で指揮を執る分には困らないのだろう。

そしてそんな事を思っていた時だった。

ふわりと、自分の前髪が浮かび上がるのをクウェンサーは感じ取った。いいやそれだけではない。これは体が慣れたという訳でもないのだろう、あれだけ全身を押し潰しにかかっていた重圧がいつの間にか消えている。

上下の概念が消えている事に気づく。

クウェンサーの主観で良ければ、普通のバスの座席に座っているようなイメージだ。上というより、前を向いている。ただ、背もたれと密着した背中だけでなく、腰掛けていたはずの尻までほんのわずかに浮いているのが不思議だが。ベルトがなければ天井まで浮かび上がって、ふんわり回転していたかもしれない。

「ハロー、無重力ベッドシーンの世界。何もない空中でくるくる回る、もはや制限のない新たな四八の手札が俺達を待っているう！」

『えーとクウェンサーさんの酸素はこのチューブかな？』

背後からミョンリの魔の手が伸びてきてクウェンサーは危うく酸欠で死にかけた。

外壁を削り取るような音が、消えていた。

待っているのは無だ。

今度はミョンリも騒がなかった。耳が痛くなるような静寂に息を呑《の》んでいるようだ。

『宇宙へようこそ』

繰り返して念を押すように、フローレイティアが呟《つぶや》いた。

実感はなかった。エイリアンと遭遇する事もなければ生物としての急激な進化が始まる訳でもない。分厚い壁に動きにくい宇宙服。二重の囲いで遮られた窮屈な箱、という感想しかない。

地平線も水平線もないどこまでも広がる宇宙のくせに、自由というものを一つも感じられなかった。

ゼロ気圧。

酸素のない真空。

減衰なしで直接突き刺さる放射線。

直接肌で触れればそれだけで人が死ぬ世界。死の恐怖に脅《おび》えて絶叫しても、すぐ隣の悪友にすら届かない孤独な場所。群れを広げて星を食い潰してきた人類がもう一度一人一人の個に切り分けられて己の矮小《わいしょう》さを突き付けられる神秘の領域。それが宇宙、ヒトがいてはいけない空間。ここは海よりも冷たく、そして炎よりも熱い地獄だ。

『このまま大西洋上空をぐるりと回ってアフリカ大陸中部まで向かう。お前達の戦争はそこからよ、勇み足で今から座席のベルトを外すといらない怪我《けが》をするから気をつけろ』

「大仰な事を言ってはいますが、ようは長い長い山道を歩き通してリョカンのロテン風呂《ぶろ》を上から覗《のぞ》きに行こうって話でしょ？　バレませんかね？？？」

『今、太平洋と南米から一時間に何発のロケットや往還機が宇宙を目指していると思っているんだ？　そのシャトルも機体の壁にデカデカと「正統王国軍のちょーうカッコイイ最新兵器」とはペイントしていないから心配するな。表向きの書類は工事関係者で揃《そろ》えているよ』

「工事って……」

『月面の別荘』

ラスベガスの砂漠に造られたカジノや屋内人工ゴルフ場よりも縁のない話だった。ジャングルの稀少《きしょう》な昆虫や植物なら生物資源、ネットの新しい可能性ならデータ資源、地球最後のフロンティアこと深海世界なら海底油田やシェールガス。そして今度は月面の土地まで値札をつけて切り売りを始めている。人類というのは結局何でもどこでも金のなる木にしてしまうのか。

『向こうも向こうで大変そうだがな。単純に宇宙ステーション系のジャミングのせいで高速無線インターネットを奪われた情報難民状態で、管制通信もできないからロケットやシャトルも飛ばせない。エレベーター連盟側が意図していたかどうかは不明だが、謎の被弾で宇宙の孤島に閉じ込められている』

良《い》い薬だ、とクウェンサーは吐き捨てた。

それよりも、

「大丈夫なんですかねえ、三七は正規部隊だから騙《だま》し討《う》ちなんかしたら各方面からお叱りを受けるんじゃあ？」

『必要な措置だ、物理的なステルスにも限界はあるしね。ああ、外は見なくて正解だぞ。そこらじゅうに産み付けられた殺戮《さつりく》の卵に脅《おび》えなくて済むからな』

「そんなに、ですか？」

『キラー衛星よ。宇宙エレベーターは大気圏外に物量を持ち込んだ、おかげで今じゃアフリカ直上には腹に爆薬を積んで自由自在に動き回る軍事衛星が数万単位で敷設《ふせつ》されている。敵を感知したら音もなく近づいてドカンだ、小指の先ほどの穴が一個空いたらどうなるかは分かっているな？』

「……、」

『宇宙で起きる爆発は殺傷範囲も広いぞ、無重力で空気がないから剃刀《かみそり》みたいな破片の壁は基本的に減速しないしな。もうぶっちゃけるけど、脇道に慣れたピザ屋のバイトでも宙に浮いた地雷原を潜《くぐ》り抜《ぬ》けていくのは不可能よ。だから母よりも優しいこの私が書類を書き換えている』

「ともあれ、これで軌道に乗るのには成功したか。宇宙まわりは精密機器で作ったドミノ倒しみたいなブースターやタンクの切り離しが最初の難関なんだ、ここで船員の死亡率の五〇％は確定する。ここさえ越えてしまえば……」

ごごん、という小さな音が響いた。

クウェンサーが上――――と言っても自分の座席と首の可動域を参考にした方向に過ぎないが――を見上げるのと、ミョンリが小さく笑ったのは同時だった。

「あっはっは、あれだけ大口叩《たた》いていた割に予想を外したみたいですねクウェンサーさん。まだ切り離しがあったんじゃないですか」

「……、」

クウェンサーはちょっと黙っていた。

それから宇宙服のヘルメットの密閉や手首のメーターの酸素残量を確かめ、背中にある船外活動ユニットを強く意識する。三二ヶ所の噴射口から窒素ガスを吐き出すためにケーブルで繋《つな》がったグリップを摑《つか》んで離し、最後に座席のベルトに手を掛ける。宇宙服のせいで指先がもこもこしていて簡単な操作も難しい。

いいや。

震えているのか、指先が。

「……ミョンリ、装備をチェックした方が良《い》い。今すぐに」

『はい？』

「往還機の切り離しは外部のブースターとタンクの二回で終わっているよ。宇宙空間だから空気摩擦もない。今のはなんか別の、明らかなアクシデントだ！　何か来るぞ!!」

べきべきべき!!　と。

いきなり、だった。鉛でシールドされたシャトルの屋根一面がめくれ上がったのだ。

そこはもう真空の宇宙。

地上から見上げる星空なんて、ビニールハウスの壁でも挟んで眺めるようなものだった。本物はあまりにも鮮烈。そして何よりクウェンサー達の頭の上にあるのは青い輝きだった。地球。思ったよりも小さい。

全身に張り付けた電極の恩恵がなければ、一目見る暇もなく圧力差で全身の赤血球を破かれて即死していたかもしれないが。

しかしそんな不思議な光景に心を奪われている余裕すらなかった。

シャトルに何か張り付いている。

銀色の光沢を輝かせるのは、一辺二メートル程度の奇麗な立方体だった。左右に広げたソーラーパネルの下に、攻撃ヘリのように兵装があった。複数の関節がついた作業用アームがこちらに伸びている。シャトルの屋根は元々開閉できるようにはできていたが、四本のアームを使って薬品か何かで開閉部分を切断すると力任せに摑《つか》み取《と》り、左右に引っ張って引き千切ったのだ。ポテチの袋か何かのように。

目《め》を剝《む》いたヘイヴィアが叫んだ。

『キラー衛星⁉』

衛星を破壊するための衛星。人間のサガがついに地球の外まで飛び出した訳だ。『資本企業』には宇宙エレベーターがある。宇宙の戦いに物量を持ち込んだ彼らは、実に数万単位のキラー衛星を地雷のように展開しているのだったか。

『ちくしょ、どうにかしてシャトルを守らねえと……‼』

「っ、ダメだヘイヴィア‼」

悪友の叫びに呼応して――と言ってももちろんヘルメット同士の通信によるもので、空気を震わせる肉声ではないが――何人かが慣れない宇宙服の肩にストックを押し当て、アサルトライフルをキラー衛星に突きつける。

『ちくしょ、まん丸メットのせいで覗《のぞ》きにくいな……!! デカいグローブのせいで握りにくいったらねえぜ。これでもトリガーガードは切断してんのによ!!』

しかし、

『がっ⁉』

『ぎゃあ、目が!!』

発砲より前に兵士達の方で呻《うめ》きがあった。暴れ回って必死に両目を押さえようとしているようだが、分厚いヘルメットに邪魔されている。またもやアクシデントだ。おそらく張り付いて傷を広げているキラー衛星側が先手を打ったのだろうが、光も音もない。

いいや、

（センサー潰しのレーザー光線か何かを目に当ててきたのかっ？）

『野郎ッ!!』

ついにヘイヴィアのアサルトライフルが火を噴いた。

宇宙空間だと反動を抑えられないはずだが、座席に体を押し付けてしのぐつもりらしい。顔にＶＲゴーグルを引っ掛けてでっかい水槽に沈められた以外は大した訓練も受けていない割にはなかなかサマになっている。

隣の座席で体を固定したまま発砲しているのに、もうクウェンサーには音なんか聞こえない。どうやらヘルメットを外したら死ぬ領域と化しているらしい。

そして学生は迷わず座席のベルトを外した。

「みんな注意だ!!」

警告は届いたか。

直後の出来事だった。

ガカァッッッ!!!!!!　と。

音は伝わらなかった。ただ落雷よりも凄《すさ》まじい閃光《せんこう》が襲いかかってきた。

一定のダメージを受けたキラー衛星は遂行不能と判断するや否《いな》や、内側から爆発してパチンコ球より小さな鉄球を二〇〇〇発も撒《ま》き散《ち》らしたのだ。

そもそもキラー衛星にはかつてのSDI計画のように、高速で飛んできた弾道ミサイルをレーザービームやレールガンで正確に撃ち落とす『曲芸』など求められていない。

基本はゆっくり近づいての自爆。

シンプルで原始的な破壊力があれば良い。

そこへ時代の流れに合わせて機械やコンピュータの精度が上がってくると、『自爆までの間にやれる事はないか』という余裕が生まれてきた。だから敵対衛星に強いレーザー光を浴びせて離れた場所からセンサーを潰したり、弾の補給がいらない金属アームで発電パネルを摑《つか》んでへし折るなどの『オプション』が盛り込まれていった訳だ。

どうせ最後には爆発して果てる。

だから最新技術なんか不要、ボディなんかぺらっぺらのアルミホイルみたいな外壁で十分だ。俊敏な機動性も高い命中精度もいらない。安価で大量の使い捨て。異形のテクノロジーの出番なんかない、これがくそったれな現実に広がる宇宙の戦争である。

「があ!!」

ベルトを外したクウェンサーは背負った船外活動ユニットのノズルから窒素ガスを噴き出し、とっさに座席の下のわずかなスペースに潜り込んでいた。体を丸め、背中側で――――つまり金属製のボンベを背負った側で――――柔らかい宇宙服を庇《かば》うような格好で、だ。

これもまた、宇宙では敵機を貫通したり輪切りにしたりする高威力は必要ない。〇気圧無重力の宇宙なら引っかき傷を一つつけるだけで衛星の姿勢を崩して制御不能に追い込めるし、内部に酸素を溜《た》め込《こ》む往還機やステーションなら内外の気圧差から空中分解を誘える。

いかに広範囲にくまなく細かい傷をつけられるか。

距離無制限の散弾銃みたいな攻撃が理想なのだ。……後になってから、自らが生み出した大量のデブリに苦しめられる事さえ気にしなければ。

実際に、

『うぶふぐがあ……ッ!!』

「ミョンリっ、手伝え！　コッテージの両腕を押さえ付けろ、俺が気密テープで封をする。早くしないとそいつ死ぬぞ!!」

どこまで効果があるかは知らない。科学的根拠のないただの『お守り』として支給された可能性もある。だけど破れた宇宙服をそのままにしておくよりマシだと信じるしかない。酸素というより急激な気圧差で高山病のように意識が飛びかけている隊員の太股《ふともも》をダクトテープに似た補修器材で強引に縛り付け、上からはんだごてのお仲間みたいな電熱線のアイロンを押し付けて接着成分を溶かし、目に見えない隙間を埋めていく。

「コッテージ、死ぬなよ。お前を手当てしているのは女の子だぞ、夢のようなシチュエーションじゃないか！　だから死ぬな!!　いいかお前は今、運動会で半袖体操服にブルマの真面目な柔肌女の子から傷の手当てをしてもらっている。この幸せを味わうんだッ!!」

『あれ結構元気そうですよコッテージさん』

「良《い》いぞミョンリその調子だ、お前はそのまま保健委員さんパワーを注ぎ続けろ。迂闊《うかつ》にクウェン子ちゃんで媚《こ》びて励ますと真実を知った時の揺り戻しでショック死しかねん!!」

往還機はもう限界だった。

オープンカーみたいに屋根を大きくめくって剝がされた時点でもう正常な航行はできない。

そもそも『資本企業』エレベーター連盟側のキラー衛星に捕捉されている。あの一機だけでなく、ここはネットワークで連結された地雷原なのだ。放っておいても進行方向で待機している複数のキラー衛星がサッカーのディフェンスみたいに互いの間隔を狭めて群がってくるだろう。こちらはまともに舵《かじ》も利かない往還機だ、機敏に回避なんか望めない。この調子で爆発を繰り返されたら機体が保たない。

クウェンサーは叫んだ。

もはや真空の宇宙なので肉声なんか届くはずもないのに、地球の癖が抜けない。

「そのグローブだけで保持するのは無理だ、銃のストラップは手首に巻いておけよ。飛び降りろ!!」

『ここ宇宙だぜ!?』

ヘイヴィアが目《め》を剝《む》いたが、時間がなかった。クウェンサーは痙攣《けいれん》が止まらないコッテージを抱えたまま座席を蹴る。黙っていても勝手に破れた屋根から放り出されるような環境ではあったが。

プログラム制御なのにヘイヴィアはわたわた両手を振りながら、

『よく一発で使いこなすよな、船外活動ユニットなんて。三二個も噴射口があるんだろ……』

「これほとんど民生品だよ。『安全国』の学校で似たようなの見た事がある。あっちは圧縮した海水をばら撒《ま》いて空中に浮かび上がるマリンレジャー用のオモチャだったけど。宇宙遊泳は軍事的な価値が小さくなったからな、今じゃ民間業者の方が進んでいるんだ。つまり、元から素人《しろうと》でも簡単に使えるように操作手順が簡略化されてる。今はもう紙の説明書なんかないからな、スティック一本とボタン二つより難しい仕組みじゃお客さんが離れる世界の話だ」

『その心は？』

「研究開発のモニタリング協力すると学校にある水深五メートルくらいの馬鹿デカい実験用プールで好きなだけ遊べるんだよな。うふふ何も知らない水着美女をタンデムで手取り足取りサポートしたりしてさあ……」

クウェンサーの言葉に従ったのか、あるいはただ単純に船外へ投げ出されたのかは知らない。とにかく、おそらくその時、大多数のジャガイモ達は宇宙服でビニール包装されたまま何もない死の宇宙空間へ逃げ出していた。

ただ、全員ではない。

クウェンサーを信じられなかったのか、あるいは焦《あせ》りのあまり座席のベルトを外すという簡単な作業もままならなかったのか。いくらかの兵士達はズタボロにされたシャトルに張り付いたままだった。

分厚いヘルメット越しに彼らと目が合った、気がした。

直後に無数のキラー衛星が間隔を狭め、音のない爆発が連続した。オレンジ色の流星となった往還機が、砕けて爆炎に包まれていく。

宇宙では爆発で撒《ま》き散《ち》らされた鋭い破片は減速しない。ここで見ているだけでも危なかったが、クウェンサーには真っ当な命の危機なんて覚えているほどの余裕がなかった。

何もできない。

ただ、歯噛《はが》みするしかなかった。

クウェンサーはぎゅっと目を瞑《つむ》る。

再びこじ開ける。

「……っ」

『最後の聖域ひきこもり部屋を暴力ママンに取り上げられちまったぞ、おい……。ここからどうすんだっ、酸素は⁉　背中のボンベの容量って何時間だよ、丸一日なんか保たねえぞ！』

「残量を気にするならまず呼吸を整えて、無駄なおしゃべりを控えるんだへイヴィア」

『宇宙で死ぬって、俺らこれからどんな奇抜な死体になっちまうんだよッ⁉　カラッカラのミイラか、それとも冷凍食品か⁉』

「死にたくなければ頭を使えよ！　喚《わめ》いたってそのニンニク臭い口から酸素が合成される訳じゃない‼」

学生だってパニックくらい起こしている。

ここは足元すらおぼつかない無音の宇宙空間で、母なる地球は彼らを拒絶するように青く輝いていた。のしかかる吊《つ》り天井《てんじょう》のような惑星を見上げてみれば、あちこちに赤い光点が見て取れる。いわずもがな、人間の文明の象徴。オブジェクトが生み出す規格外の戦火だ。

（……何が地球は青かった、だよ。それとも核ミサイル突きつけ合っていた頃はまだまだ平和だったって言うのか？）

クウェンサーは心の中で毒づいてから、

「例のエレベーターは、マザーレディはどっちだ……？　あれだけ馬鹿デカい構造物なら宇宙でも目立つだろ」

『まだお行儀良く作戦なんか続けるのかよ！　状況は完全に脱線してる。戦闘続行できる条件が崩れたんなら速やかに撤退するべきだ!!』

「一体どこに？　助けを求めたら地べたのフローレイティアさんがラッパを吹いて騎兵隊でも連れてきてくれるのか。こんな大気圏の外まで？」

『……、』

「生き残りたいなら自分で動くしかない。直近、十分な酸素を抱え込んでいるのは宇宙エレベーターの宇宙ステーションだけだ。背中のこいつが空っぽになる前に中まで潜り込めなきゃ俺達は揃《そろ》って全滅。分かったら行動しよう、時間がない。『資本企業』がレーダーの光点だけ眺めて戦果を確認しているとしたら、俺達はシャトルと一緒に死んだものとみなされているはずだ。今ならキラー衛星の網を素通りできる！」

当然ながら、キラー衛星は敵対する衛星や宇宙機など、大型の機械を想定して開発された兵器だ。『宇宙に人がいる』という条件自体がほぼありえないのだから、普通は探知しない。空港の管制塔にある馬鹿デカいドップラーレーダーがスカイダイバーや洗濯バサミから外れて飛んでいったぱんちーなんかを一つ一つ追ったりしないのと同じように、設計思想の外にいるクウェンサー達は見逃されている可能性が高い。

「無線は禁止だ、近距離のレーザーに切り替えろ」

『……くそったれ。いつも通りの展開だぜ、都合が悪くなると爆乳はだんまりだ』

「通信電波はキラー衛星に傍受される。フローレイティアさんなりに気を配ってくれているんだろ、ツンデレが高度過ぎて読み取りがメチャクチャ大変だけど」

『んー、むー!!』

「納得いかないならこうイマジネーションしなよ、彼女は通信切った向こうで下着に手を突っ込んでごそごそしてるってさ。祈りが届けば何かの拍子に映像が繋《つな》がるかもしれないぞ」

クウェンサー達はノズルから圧縮した窒素ガスを噴射して姿勢を保つ船外活動ユニットを装備しているが、これは基本的に宇宙空間でバランスを保ったり射撃の反動を抑えたりするもので、つまり扱い的には回数制限のある『ブレーキ』だ。宇宙船やロボットのブースターみたいなベタ踏みの『アクセル』といった使い方はできない。

無重力では姿勢が全てだ。

酸素よりも先に窒素ガスのタンクを空っぽにした場合、無音の宇宙で何もできずくるくる回りながら酸欠までの長い長いカウントダウンを一人孤独に続けるしかなくなる。酸素と窒素なら、酸素からなくした方が末路としてはまだマシだ。

クウェンサーは腕についた液晶画面を指で操作する。もこもこに膨らんだ宇宙服の指先での使用を前提としているはずだが、普通のスマホと比べてとにかく画面の反応が鈍い。

「ぴかぴか電波を飛ばしやがって、王様のつもりかよ……。見つけた、最短距離で五〇キロ先！　エレベーターはあっちだ!!」

宇宙全体で見たら五〇キロなんて目と鼻の先だろう。だがジャガイモ達は二本の足をいくら動かしたって一センチも前には進めない。地面がないのだから当然だ。歩けもしないし泳げもしない。

『どうすんだそんなもん……？』

「これだけ大量のキラー衛星が配備されているんだ、撃破されたのは俺達だけじゃない。……絶対あるぞ、衛星軌道上を流れている大型のスクラップが。行き先は分かっているんだ。軌道を計算して同じ道を通るトラックをヒッチハイクしよう」

幸い、チャンスはいくらでもあった。

宇宙は広いが地球の衛星軌道上は過密地帯でもある。塊のまま漂うロケットや衛星の残骸は（公式に申告・確認されているだけで）一八〇〇以上。一センチ以下のボルトやナット、塗料片などに至っては追い切れるだけで三〇〇〇万台に及ぶとされている。大半は『核の時代』に大衆へ夢だけ語ってオブラートで包んだ、馬鹿げたロケット（＝ミサイル）開発競争の老廃物だ。オブジェクトの時代になって理性を取り戻してからは、宇宙は計画的に開発されていった。飽きて興味をなくした、とも言い換えられるが。

こちらの狙いは、一定の大きさがあって、あまり速度が出ていないもので、余計な回転の加わっていないスクラップ。

元々は宇宙ステーションに追加の物資を送るためだったのか、焼け焦げた円筒形の貨物タンクがクウェンサー達を追い抜こうとしていた。

（レーザー測定は……よしっ、許容範囲の速度だ。これなら触れた瞬間に腕が千切れる事もない!!）

「お先っ」

『マジかよプールを使ったシミュレータにそんな訓練メニューなんかなかったぞっ！』

迂闊《うかつ》に手で摑《つか》むとギザギザになった断面で手袋を切りそうだったので、体を固定するためのカラビナを突き出た扉の取っ手に手錠のように掛ける。後は相乗りできる所まで流されていくだけだ。

一定間隔でキラー衛星が配備された、窮屈な宇宙を進む。

クウェンサーという成功例を見たからだろう。ヘイヴィアやミョンリ達が各々《おのおの》瓦礫《がれき》を見繕い、後からおっかなびっくり追従してくる。

『ひい、ひい、ひいぃ⁉』

「この通信切れないのかへイヴィア、鬱陶しい‼」

『ゴミの多い宇宙ですね……。エレベーターの人達、ゴミとか不良品のスペアパーツとかは大気圏で焼いているんでしょうか』

一本のワイヤーで真っ直《まっす》ぐ昇降しているだけなら、エレベーターの機材が宇宙を漂うとは思えない。意図的にやっているのだ。中には大型バスほどの大きさのかごそのものが浮いている事まであった。

宇宙に物量を持ち込んだと言っても、基本的に自爆兵器のキラー衛星は有限の資材だ。一回迎撃するごとに一機失う造り。なので、敵性のないスクラップは登録して攻撃対象から除外する事で『無駄撃ち』を回避しているのだろう。焼きついた外壁に張り付いているクウェンサーも込みでエレベーター連盟の警戒網を素通りできる。

のしかかるような地球と比べて、月はいつでも小さかった。

宇宙まで出ても、少年如《ごと》きの手は届かない。

月はやっぱり寂しげな女王のままだ。

「……、」

薄皮一枚向こうの真空に脅《おび》えるクウェンサーとしては、わざわざあんな場所に別荘を建てて喜ぶセレブどもの神経が信じられない。あるいはオブジェクト設計士として大成し、札束のバスタブにでも飛び込んでみれば理解できるようになるのだろうか。

ともあれ、

（これでやっと最低限。『戦い』の形までは持ち込める訳か……）

宇宙に地平線はない。空気もないんだから視界を遮る要素はない。そう思っていたが、実際には太陽やその照り返しを受ける地球そのものの青い輝きが邪魔してくる。だから、だ。近づくにつれて見えてくるものがあった。はるか地上から不自然に延びた、長い長いライン。人工物の侵食はついに惑星一つを飛び越え、宇宙にまで歩を進めていた。

宇宙エレベーター・マザーレディだ。

『なあ、おい』

ヘイヴィアの声がヘルメットに届いた。

今は近距離の赤外線しか使っていないから、意外と近くにいるはずだ。どこか別のスクラップにでも相乗りしているのだろう。

『正直さ、このまま何事もなく進めると思うか？』

「すごいなヘイヴィア、すっかり教育されているぞ。ここまでアクシデントにまみれておいて、まだ何事もなかったように見えているのかよ？」

『そうじゃなくてよ』

いつもの心配性が顔を出してきた。

ヘイヴィアは最新オブジェクトなど、未知のテクノロジーに触れると途端に臆病になる。新作のスマホやタブレットを見ても、明るい未来より閉塞した管理社会を連想してしまうように。

ジジイの思考だとクウェンサーは辟易《へきえき》しているのだが、

『確かに登録済みのスクラップに便乗すりゃキラー衛星の警戒網は素通りできるかもしれねえ。だけどデブリと呼ぶにゃデカ過ぎるスクラップって、エレベーターの宇宙ステーションのある方に向かってんだよな？』

「じゃないと俺達、あてどもなく広い宇宙を旅する羽目になるぞ。それが？」

『……ええーっとだな……。つまりこのスクラップ自身が宇宙ステーションにとっちゃ立派な脅威に見えるんじゃあねえのか？　クズ鉄を撃ち落とすための迎撃兵器にロックオンされちまうって可能性は？？？』

ジジイの話には含蓄があった。

クウェンサーが慌ててカラビナを外してスクラップの壁面を蹴った直後、無音の真空空間を極太の青白い電子ビーム兵器が突き抜けていく。円筒形の貨物タンクのど真ん中を貫かれ、壁が内側から破裂していく。

ちなみに誰にも届かなかった補給物資は性処理グッズだったようだ。

コンピュータだらけの宇宙ステーションの設備に動画やVRデータを読み込ませると全部ログが地上の管制センターに送られてしまうからだろうか。やたらとアナログな紙の本とシリコンでできた筒と等身大の人形の猛吹雪にまみれながらクウェンサーが叫ぶ。

「切り離せ‼　隕石《いんせき》やスクラップなんかの『災害対策』なら人間大の影は感知できない‼」

『……ひいい、地球側じゃなくて宇宙側に流れていきますよ、お恥ずかしいグッズの山が。まだ見ぬ宇宙人に恥だらけの文化が洩《も》れてっちゃうう――……』

「はあ？　何言ってんだミョンリ、こんなの歴史と伝統だろ。まだアメリカって国があった頃に打ち上げられた外宇宙探査機だって、宇宙人とコンタクトを取るために世界一頭の良い《い》学者達が大真面目な顔して裸の男女を描いた金属板を積み込んだって言うし。頭は良《い》いけど絵心がなかったせいで、有識者の皆さんから間違った地球の文化を宇宙に広めるなって猛クレームが来たらしいけどな」

　本も人形も使い方が分からなければ普通に精巧な人体の資料とみなされるだけだ。これで円盤を乗り回して牧場を荒らすリトルグレイどもだって無暗《むやみ》に人間を誘拐したり内臓を抜き取ったりする必要もなくなるはず。ひょっとしたら、解体新書みたいに博物館で大切に保存してもらえるかもしれない。何故《なぜ》だか知らんが乳牛とカントリー系の巨乳美女が大好物な宇宙人よりも、今は標的となる宇宙エレベーターである。

　人間と人間の戦争をしよう。

　エレベーター連盟の造ったマザーレディは目と鼻の先だった。

　花の花弁か、あるいは、アナログ時計の文字盤か。地球から垂直に延びたワイヤーに貫かれる形で、巨大な円盤状の構造物が見て取れた。中心の球体からドーナツ状の居住・貨物管理ブロックが接続され、さらにその外側へ八枚の『花弁』が鋭く延びている。中心の球体から花弁の端まで入れれば、半径は一〇キロを超えるだろう。

貫かれる形で。

そう、つまりワイヤーはここに留《とど》まらず、さらに宇宙の外側に向けて長く長く延びていた。地平線も大気もない宇宙空間のせいだが、ぼんやりと輝く地球の青い光に邪魔されてワイヤーの終端は見えない。おそらく使い終わったワイヤーリールなど、錘《おもり》となる何かが連結されているのだろうが。

宇宙ステーションがあるのは高度三万六〇〇〇キロ付近だが、実際にワイヤーの端は一〇万キロ先まで延びているらしい。そうしないとバランスを取れないからだが、つまり地上から宇宙ステーションまでの距離よりさらに二倍近くあるのだ。

ちなみに月はさらにその先、三八万キロに佇《たたず》んでいた。地球の戦争とは無縁の高級別荘地は、わざわざ無音の宇宙まで出ても未《いま》だに殺し合いをやめられない無能なジャガイモ達を冷たく見下ろしているようだった。

『……へっ、世界最大の宇宙ゴミだぜ』

へイヴィアが吐き捨てるように言った。

こうしている今も断続的に真空の空間を切り裂くように青白い連速ビーム兵器が飛び交い、

自分で作り出した大型のスクラップを自分で焼き払っていた。どうやらキロ単位の長大なソーラーパネルを貼り付けた八枚の花弁がそのまま兵器化されているらしい、鋭い先端を迂闊《うかつ》に覗《のぞ》くと溶接みたいな閃光《せんこう》に目をやられそうだった。

ただし、クウェンサーの読み通り、向こうの狙いは焼け焦げた金属の塊だけだ。手放してしまえば、すぐそこを漂っているジャガイモ達に迎撃兵器が突きつけられる心配はない。

ほとんどつるりとした壁しか見えない馬鹿デカいステーションに到達する。

接触。

『怖《こ》ええっ!?　うわっ、どこも摑《つか》めねえ、体がまた離れていくよう!!』

「不安だからって甘えた声出すな気持ち悪い!!　船外活動ユニットのガスで壁に体を押し付けるんじゃ無駄遣いだ、ワイヤーで固定しろよ!!」

着地のワンステップだけでも七転八倒《しちてんばっとう》だ。冗談抜きにヘイヴィアは宇宙で宙返りしている。むさ苦しい野郎の腰にしがみつくか、このまま見捨てて宇宙に放り出すか、かなり真剣にクウェンサーは迷った。結局、学生が壁に固定したワイヤーの逆の端を放り投げてヘイヴィアの片足を搦《から》め捕《と》って固定する。

どうにかこうにかステーションの壁に張り付き、お礼も忘れて馬鹿が言う。

『はあ、はあ……！　そ、それで、どこからお邪魔するんだ？　ここまできて壮大な三部作とかはやめてくれよ、こっちの酸素残量にゃ限りがあるんだぜ』

「……気密テープがある。コッテージの野郎がまだ息をしているって事は一応の効果はあるみたいだ。爆弾でエアロックに穴を空けて、潜り込んでから内側をシールドしよう。俺達だって酸素はいるんだ。考えなしに風船を割っても誰も生き残れないぞ」

本命の宇宙ステーションまで肉薄してしまえば、周囲に万遍なく展開されたキラー衛星もこちらを狙いにくくなる。『資本企業』のエレベーター連盟だって自分で外壁に風穴を空けて真空の宇宙に放り出されたくはないはずだ。

こういう使い方は思いっきり非推奨だが、背に腹は代えられない。すぐに資材の豊富な宇宙ステーションから装備を奪えると信じて、クウェンサー達は船外活動ユニットの窒素ガスを使って大きく花弁を広げる標的に近づいていく。狙いは鋭い花弁ではなく、その一回り内側にあるドーナツ状の居住・貨物管理ブロックだ。まるで花の蜜でも狙う羽虫のようだった。

ゴムパッキンで補強されたエレベーターの自動扉みたいな四角い凹凸にクウェンサーは張り付いて、

「これがエアロックか？　もっと銀行の大金庫っぽいのをイメージしていたのに、意外とペラペラだな……。おいヘイヴィア、ライフルにゴテゴテついているセンサーを貸してくれよ、超音波で扉の材質と厚さを測ったらプラスチック爆弾を仕掛けるから……」

エアロックを睨《にら》みながら手を差し出すと、にゅっと影が覗《のぞ》き込《こ》んできた。

銀色テカテカ、全長は三メートル以上。

船外活動をしていた『資本企業』軍のパワードスーツだった。

「…………………………………………………………………………………………」

思考が真っ白に飛んだ。

一拍遅れてクウェン子ちゃんの口から女の子より甲高い悲鳴が炸裂《さくれつ》した直後、『正統王国』軍の携行ミサイルと『資本企業』軍の大型ショットガンとが交差した。

「きゃああーっ!!」

『窒素をケチるなクウェンサー、壁から剝がされるぞ!!』

3

やはり『資本企業』の戦術は一発の貫通力より、引っかき傷を広く浅く、であった。貫通しなくても一発当てれば制御不能のスピンを誘えるし、分厚いビニールみたいな宇宙服なんて針一本分でも気密を破った時点で中の人間は死ぬ。防弾繊維や金属プレートで全身を覆った地べたの戦争とは命の奪い方が全く違う。血液よりも空気が生死を分かつ戦争だ。

その点、一発撃てば広範囲に広がるショットガンはおあつらえ向きだ。

空気も重力もない宇宙空間なら距離が離れていても威力は減衰しない。

派手なマズルフラッシュが真正面から炸裂《さくれつ》した。

「こ、コッテージ⁉」

『気密テープの前に弾を抜き取れっ、発煙弾だぞあれ、考えなしにテープで塞いだって中で燻《いぶ》されちまう‼』

「ああ、普通に間に合ってるよ。不死身の男かあいつは……」

可愛《かわい》いミョンリに手当てしてもらえば大丈夫らしい、性欲を戦闘力に変換できる男は無敵だ。

クウェンサーが呻《うめ》いていると、通信越しに隣のヘイヴィアから舌打ちが聞こえた。

『くそっ、さっきからライフルもミサイルも弾道が安定しねえ。風を切るように設計された地球の弾は全部ダメか！』

「そんないい加減なミサイル撃ち込んで俺を助けたのかクソ野郎……⁉」

命を助けられてこの言い草、が平和ボケした学生のクオリティである。自炊もせず、毎日ママにご飯を作ってもらう子だと当たり前に料理がある事にありがたみを感じる機会はないのか。『資本企業』側がショットガンを使ってくるのも弾道が安定しないからだろうか？

それにしても宇宙用に開発されたハイテクがバカスカ出てくる。つい最近まで地べたの亀裂に身を隠して敵をやり過ごしていたのを忘れてしまいそうだ。

ヘイヴィアはうんざりした調子で、

『……「島国」はロボット文化の聖地だし、向こうにゃ大真面目な顔して何でもフル３ＤＣＧにしちまうハリウッドがあるんだぜ。教育されてる。絶対ヤべえよ、どれだけゲテモノに形を与えているか先が見えねえ!!』

「つまり表に出せないテクノロジーの宝庫って事だろ。全部この目で拝んで盗んでやる、それくらいなくちゃ死の宇宙までやってきた釣り合いが取れないよ」

そして宇宙服と比べれば大分マシだろうが、パワードスーツの防御力は装甲車程度だ。専用のミサイルや対物ライフルがあれば撃ち抜けない事はない。

とにかく酸素が欲しい落ち武者達は無音の宇宙で爆発を起こしてパワードスーツをステーションの外壁から虚空《こくう》に放り捨てながら、

『気づかれちまったぞ。早くエアロック爆破しろよっ。この先何がどれだけ群がってくるか誰にも分かんねえんだ!!』

「そこ爆風の殺傷圏だけど大真面目な顔して月面の別荘にでも突き刺さりたいのか？」

エアロックを爆破して内部へ。

一度に全員を通すだけの時間的余裕はない。幸い、エアロックならそこらじゅうにある。クウェンサーは仲間をいくらか引き込むと二重扉の外側を気密テープで塞ぎ、面倒でも工具で内側をこじ開けると（こっちは爆薬を使うと二重扉に挟まれたクウェンサー達は全滅してしまう）、いよいよ宇宙ステーションへお宅訪問していく。

白々しいＬＥＤ灯《とう》で照らされた内部は、不自然なくらい清潔だった。最適過ぎるのが逆に不健康というか。イメージだけで言うならゾンビウィルスの開発でもやっている地下深くの研究機関のようだ。

ただの通路なのに、ここだけで片側二車線の道路くらいの幅がある。やんわりカーブを描いていて、奥の方は見えない。

無駄に大仰で、宇宙なのに無駄を持ち込む余裕が見て取れる。一グラムの軽量化で頭を悩ませるロケット産業では考えられない話だ。

宇宙エレベーターは駅であってホテルではないからか、遠心力を利用した人工重力などは特になかった。普通にふわりとした無重力が継続される。

（……普通に無重力、ね。人間ってのは簡単に慣れるもんだ）

ヘルメットの中でクウェンサーは皮肉げに笑う。地球に戻った時、きちんと自分の二本足で立てるだろうか？

彼は腕のコンピュータに目をやる。野球のグローブよりも大きな掌《てのひら》だと、こんな指先一つの簡単な画面操作だけでも大変だ。

「圧力がある……。一気圧だから多分空気があるぞ」

『なら言い出しっぺがメットのバイザー開けろよ。俺は外した途端に風船みてえに膨らみながら死ぬのはごめんだぜ』

やっぱり宇宙は有象無象のマユツバな豆知識がぎゅっと固まって適当な輪郭を作っている。実際には真空での死はそこまで悲惨なものにはならないだろう。死ぬには死ぬけど。

『……実際、宇宙で死ぬってどうなんだ？　ここにゃ腐敗菌とかもいないんだぜ、完全密閉された宇宙服の中で永遠に腐らないまま太陽系の外までふんわり流れていって、いつか宇宙人にでも拾われるってのか？？？』

「腹の中なんか普通に腸内細菌だらけだろ、肌には顔ダニ、歯だって虫歯の菌がついてる。人によっては水虫とか寄生虫なんかもいるかもな。人間なんかくたばって体を守る免疫関係が機能停止したら、内側から食い破られてぐずぐずになっていくぞ。密閉された宇宙服の中は腐肉と汚物と金玉の中で待機していたイカ臭い粘液が混ざり合ってドロドロした粘液だらけになる。びっくり箱を開けたリトルグレイ達は暗い顔をするだろうな、地球の馬鹿どもは何のつもりでこんなひどいプレゼントを流してきたんだって」

迂闊《うかつ》に肺を壊してしまわないよう、呼吸を止めない事だけ注意した。

むしろ宇宙服のボンベを節約したいクウェンサーは率先してバイザーを上げた。仮にボンベが空っぽになった場合、周りを酸素に囲まれた安全な屋内でも宇宙服の中で普通に窒息死してしまう。

外気に触れた瞬間、くわんとクウェンサーの頭が不自然に揺れた。

「うっ……！」

『おい馬鹿野郎、鼓膜なんか破ってねえだろうな⁉』

「だいじょぶ。……三半規管かな、これ……」

酸素ボンベからの供給を切りつつ考える。

どこかに『資本企業』側の酸素ボンベはないのだろうか？

試しにそこらを漁《あさ》ってみる馬鹿二人。全体的にはドーナツ状の構造物だが、でっかい輪っかの内外に向けて潜水艦より頑丈な鉄扉《てつび》、エアロックがたくさんついていた。追加の実験棟などを取り付けるための接続ジョイントだ。

あちこち覗《のぞ》き込《こ》んで、（しっかりクウェンサーがバイザーを開けたのを確認してから）ヘルメットを外した不良貴族が顔をしかめる。

「ぷはっ。何だこりゃ、魅力がねえ」

「何言ってんだっ、宝の山じゃないか！」

ヘイヴィアとクウェンサーで完璧に評価が分かれた。

『実験』と言っても種類は雑多だ。大型バスくらいある円筒形の実験棟には、様々な企業ロゴが貼り付けられていた。これが全部エレベーター連盟の協賛社か。本棚よりもガラスケースで守られたスチールラックと鉢植えの組み合わせは、一年間で何十回も収穫のできる野菜工場か。ただ野菜だけでなく、それを喰《く》わせて昆虫を短期スパンで育て上げる動物性タンパク質工場まである。『食べ物』とは別に、氷漬けにされたミミズやなめくじなんかもあった。こちらについてはコールドスリープの実験かもしれない。

（……ん？　『こっち側』がイマドキの宇宙のトレンドなのか。てっきり新しい合金とかミクロな薬品開発とかの方向だと思っていたんだけど……）

「おっ、飲料水だってよ」

「へイヴィアそれ宇宙飛行士が出した小便をろ過して使う再利用マシンだぞ」

「ぶふっ⁉　あぶっねえ‼」

なんか派手にリアクションしようとしたヘイヴィアが無重力空間でくるくる回っていた。

遺伝子情報が冷凍保存された区画もあった。ようは動物の受精卵だ。

「こっちはシマウマ、こっちはキリン……？　ライオンやハイエナもあるな」

「おい、何だそりゃ？　『資本企業』じゃクリック一つで保護動物までネット通販できんのか？？？」

「……、」

クウェンサーは少し考え、改めて機材と向き合った。

水に土、栄養剤や堆肥まで。改めて調べてみれば、どれもこれも無菌の実験室で作った感じではなかった。土を掘ってそのまま拾ったものらしく、袋詰めされた『資材』にはカビの塊や小さな虫がそのまま収まっている。

「へっ。金持ちセレブ様は実験機材まで無添加無農薬を極めてやがんのか？」

「いいや違う、これってまさか……」

「？」

ヘイヴィアは首を傾《かし》げていたが、クウェンサーは悪友の顔を見てもいなかった。

「……リ・テラ、だったのか？」

「知らねえよ今日ここでエレベーターをぼっきりへし折れば何が進行中だろうが知ったこっちゃねえだろ。おいこれじゃねえか、『資本企業』印の酸素ボンベ！」

あった。

というかボンベ自体はそこらじゅうにある。

「おいおいおい、やっぱエレベーター側は潤沢だな。夢の酸素が部屋の隅に落ちてるちぢれ毛みてえにゴロゴロ転がってやがるぜ」

「そこはせめて消火器とかAEDとかくらいは言えんのかクソ野郎」

ただし実際に金属製のボックスから取り出してみると、ソケットが合わない。『正統王国』基準の装備には取り付けられないようだ。

「役に立たねえ謎の毛だぜ！　何でこう融通が利《き》かねえんだ、くそ‼」

「こういう風に鹵獲《ろかく》されるのを恐れてだろ」

金属製の金具なんてそこらの実験棟を覗《のぞ》いて旋盤で軽く削れば管の直径を合わせられそうなものだが、事は宇宙だ。わずかでも『漏れ』があればそこから致命傷に繋《つな》がりかねない。手作業は怖すぎる。残念だが、今は手放すしかなさそうだ。

（……この判断基準がリアルな宇宙なのか、テキトーな知識に引きずられた宇宙のイメージなのかも分からないんだけどな。自分の命がかかっているっていうのに……）

クウェンサーは自嘲気味に笑いつつ。

このまま一気に宇宙ステーションを占拠するのが一番だが、ダメでも仕切り直しのためにはある程度長期滞在できる宇宙機が欲しい。とにかく生活環境の確保が最優先。補給なしで叩《たた》き出《だ》されるのが最悪の展開となる。酸素か窒素か、宇宙で活動するための物資が底をつけば無の空間で干からびる末路から逃げられなくなる。

「……それにしてもさっきのパワードスーツ、素直に羨ましかったな。引っかき傷一つで簡単に破れる宇宙服なんかと比べて安心感が違う。どこか、倉庫に同じの転がっていないか？」

「『資本企業』印だぜ、奪ったってよその出入口から潜り込んできたウチの別働隊に撃ち抜かれちまうぞ」

ヘイヴィアが呆《あき》れたように言った。

そういう意味では、ボンベだけでなく宇宙服ごと『資本企業』から奪う、というのも同じ理由で危ない。

「全長だけなら二〇キロ以上だ、メチャクチャ広いぞ。有人だか無人だか知らねえが、多分配備されている戦力は俺らよりエレベーター側の方が多い。どこを襲う？　ピンポイントで標的を決めねえと数で囲まれちまうぜ」

「分かってる」

無重力空間ではあるが、人工的に合成された空気がある。つまり屋内であれば地上用に開発された銃弾はきちんと当たってくれるだろう。重力を計算に入れる長距離狙撃でもない限り。

（マザーレディの動力は地上側だけじゃないみたいなんだよな、それならお姫様達が地上基地の電源を落とせば済む訳だし。花びらみたいなソーラーパネルか、他にも何かあるのか……？ダメだな、仮に原子炉を積んでいたとしたって、二〇キロの要塞のどこに置いてあるかは分からない）

クウェンサーの狙いは一択だった。

詳細な図面がない以上、大雑把に場所の分かる重要区画を狙うしかない。つまり宇宙ステーションの構造的に絶対外せない施設だ。

「中心に向かおう」

「うなじだの耳たぶだのじゃなくて、ストレートに一番奥を狙おうってか。具体的な標的は？」

「……どれだけデカくたって姿勢制御が必要なのは変わらないんだ。ここはただ浮かぶだけの宇宙船じゃない、長いワイヤーで繋《つな》がったエレベーターだぞ。ワイヤーが月までの距離の四分の一、一〇万キロとすると固有振動数も計算できる。馬鹿デカい弦楽器の揺らぎを相殺《そうさい》するためのジャイロなり振り子なりが必ず用意されているはずだ。こいつはワイヤーに直接干渉しなくちゃならないから、通り道であるステーション中心に絶対ある。そいつが機能停止したらこの宇宙ステーションはワイヤーからの振動をまともに浴びて内側から分解されるよ」

「全長二〇キロでも？」

「一〇〇キロでも二〇〇キロでも同じ事だ、建物の大きさの問題じゃない」

つまり交渉に使える。

立てこもるなら心臓部が一番だ。

ヘイヴィアは走るというより壁に手をついて伝うように移動しながら、

「なあっ、宇宙ステーションは分解に任せて俺らは脱出艇で安全に抜け出すってのはどうよ⁉」

「その脱出艇？　今一番欲しい夢の便利グッズをきちんと人数分確保できて、なおかつ崩れゆく宇宙ステーションからケツに極太の電子ビーム砲を撃ち込まれないならな。このデカブツを最終的にどうするかはさておいて、まずは中央を占拠しないと選択肢のカードはテーブルに並べられないぞ」

ぎゅりぎゅりぎゅり、という分厚いゴムが潰れるような音が遠くから響いてきた。

片側二車線ほどの幅を持つ通路の角からひょっこり六輪の装甲車が顔を出した。

普通にワンボックスくらいある。

「ここ屋内だぞ馬鹿野郎ッ!!」

ヘイヴィアが叫んでとっさに傍《かたわ》らで棒立ちのモヤシ人間を突き飛ばそうとして、ここが無重力の宇宙だという事を失念していたようだ。

背中の船外活動ユニットを使わないと反動を殺せない。

と－んっ、と重さを全く感じさせない動きでクウェンサーとヘイヴィアがそれぞれ左右に離れていく。

装甲車の機銃が唸《うな》り、二人の中間地点を灼《しやく》熱《ねつ》の弾丸が突き抜けていった。

「おっかねえ!?」

「コッテージだ、とにかく新兵器はコッテージで試せ!!」

何が詰まっているんだか分からないナゾの金属タンクの陰でガタガタ震えるヘイヴィアとは対照的に、クウェンサーは壁から出っ張った柱の裏に体を潜らせながら疑問の声を発していた。

「……ヤツは射撃の反動で後ろに飛んでいかない？　ああそうか、さては小惑星の探査機だな……。あのタイヤ、空気の力で膨らませている訳はないもんな。床に引っかかる仕組みになっているんだ。吸盤、じゃなくてオナモミに似たトゲトゲスパイクかな。電気の力でトゲトゲの角度は自由に切り替えられるとかで……」

「変態自慢は良《い》いから役に立つ事を言ってくれ!!」

「大仰だけど、同じ事の繰り返しだろ」

装甲車の機銃で狙われているにしては、生身のクウェンサーには余裕があった。

「アルミでできた軽量第一の探査機に、後から装甲板をＤＩＹでくっつけて持ち味を台無しにした程度だ。ガチの戦車と比べれば防御はぺらっぺら。撃ち込まれている弾だって貫通力を無視した『引っかき傷』ばっかりだ。……これ、普通の戦場よりも大分ヌルいぞ。宇宙服を切り裂かれて脱衣モードに突入したって、周りを人工空気で満たされた宇宙ステーションの中なら致命傷にはならない」

そう。

無難、だった。

変な多脚とか反重力走行とかはない。無理して新方式に挑戦したって誤作動の素にしかならないから、結局エレベーター連盟は一番経験を積んで信頼性の高い『車輪』を採用したのだろう。あの分だとおそらく動力も普通の電動だ。空気のない宇宙でガソリンやディーゼルを『燃焼』させるのは論外として、なら何が有効か。おそらくゲテモノは積んでいない。

向こうとしても、装備はあっても親指よりも太い対物弾を毎分何百発もばら撒《ま》くような戦争をしたくない。巨額を投じ、苦労して作った宇宙ステーションを内側からバラバラにしたくはないはずだ。

普通で妥当であっけない。

宇宙なのに。いいや、宇宙だからこそか？

ヘイヴィアは物陰で縮こまったまま、

「理屈は分かった。具体的に何すりゃ良《い》いのか教えてくれ」

「話聞いてないなクソ野郎。『資本企業』が一番嫌がる戦争をしてやれば良いのさ。一五〇メートル、向かって右側の壁。今すぐ連射で蜂の巣にしてやれ!!」

船外活動ユニットの窒素を節約するためか、ヘイヴィアは分厚いタンクを片腕で摑《つか》んで固定しながらアサルトライフルを撃っていた。まさかの片手持ち。ピンポイントで眉間をぶち抜くのではなく、大雑把に壁へ当てるだけなら何とかなるのか。

装甲車のすぐ横。

『壁』と言っても色々ある。

例えば追加の実験室を合体させる前の、余ってしまったエアロックなどだ。

ゴッッ!!!!!! と。

風穴の数が両手の指で数えられなくなった辺りで、内外の気圧差によって金属の扉が外側に毟《むし》り取《と》られた。巨大な風船から空気が逃げていくように、凄《すさ》まじい突風がすぐ近くにあった装甲車を床から剝がした。そのまんま真っ黒な宇宙へ投げ出されていく。

功労者のヘイヴィアだが、今日に限って自慢話はない。

やっちまった感でいっぱいになった不良軍人が顔を真っ青にして叫んだ。

「おい、おいおいおい!! あれどうすんだっ、どうなんだよここから!?」

「『資本企業』側に理性があれば、中央管制がシャッターでも閉めるだろ」

反応はない。

エレベーター連盟に理性はなかった。

「そんな訳で隣のブロックへ逃げろ！」

「馬鹿じゃねえのか戦争やってる敵対的勢力の善意なんか作戦に組み込むなよなッ!?」

嵐のエリアは加速度的に広がっていく。

「怖《こ》ええよ、すげえー吸い込みじゃん!?　あんな欲張りババアに咥《くわ》え込《こ》まれたら全部持っていかれちまうよ!!」

「そのイカれた脳みそをちょっとくらいすすってもらえよ馬鹿野郎」

自分達のいる場所まで空気を吸われる前に、クウェンサーやヘイヴィア達は壁を蹴って竹の節みたいな通路の仕切りを飛び越え、手動でレバーを引いて分厚い隔壁を下ろす。

九死に一生を得たが、死にかけた事で分かった事実もある。

「……エレベーター連盟は致命的におぞましい相手じゃない」

クウェンサーはゆっくりと深呼吸し、まだ屋内に酸素がある事を確かめつつ、

「宇宙エレベーターや衛星軌道っていうインパクトにやられていたけど、『今のところは』そこまでぶっ飛んだ戦争はやってない。兵器はあり合わせ、火薬の量はわざと低く抑えている。オブジェクトの出番がない無重力の戦争なんてどんなもんかと身構えていたけど、これは核と

核を突きつけて安全を確保するような、一秒先も見ていない破滅的な戦争なんかじゃない」

「つまり？」

「破滅的じゃないなら交渉ができる。懐柔か恫喝《どうかつ》かはさておいてな」

とにかく目指す先は変わらない。ドーナツ状の居住・貨物管理エリアから中央のエレベーター本体に向かう。長い長いワイヤーは周期的に振動するのでそれを相殺《そうさい》する仕組みが必ずある。そこを押さえれば、宇宙ステーションへのダメージに気を遣ってもじもじしながら戦死者を増やしていくエレベーター連盟と交渉を始められる。

散発的に現れる人影に銃を向けていくが、大抵は『正統王国』軍のジャガイモ達だった。

「おいフィリップ、なんか合図出せよ。危うく撃っちまうトコだったぜ！」

「出した方が怖《こ》ええっての、日頃の恨みで誤射されちゃあ敵《かな》わないって」

ジャガイモはジャガイモだった。同じ部隊の中でギャンブルや金の貸し借りを始めるとあっという間に疑心暗鬼の温床となる。世界を守る軍隊なんてトランプの束が一つあれば内側から壊滅だ。

何組かの『正統王国』兵と合流しながら、クウェンサー達は中央に近づいていく。

エリア間の出入口は隔壁が下りていたが、これについては『学生』のプラスチック爆弾で吹き飛ばして先に進む。

イメージと違った。

もっとこう、巨大な空母の艦橋みたいな光景が広がっているかと想像していたクウェンサーだったが、実際に潜り込んだ心臓部は空港の貨物管理室やジュース工場のようだった。縦横無尽に固定用の突起がついたベルトコンベアが走り回っていて、高速道路のインターチェンジやジャンクションみたいにあちこちのレーンが繋《つな》がっている。ただし高速で大量に流れていくのはスーツケースやペットボトルよりも格段に大きな円筒形の貨物タンクだが。

ここだけでドーム球場よりも大きい。

中央の中央にはいくつかのラインが並行に走っていた。広い空間を上下に貫いているのは細い糸ではない。幅は八〇センチほど、厚さは剃刀刃《かみそりば》以下。平たいベルトのような形状だった。いわずもがな、エレベーターの要《かなめ》であるカーボンナノチューブ製のワイヤーだ。

ところが、宇宙エレベーター本体に目を奪われている暇もなかった。

巨大な弦楽器のようなワイヤー群を挟んで向かい側に、重力なき世界で白衣をなびかせる女性が浮いていたのだ。

しかし、軍人という感じはしない。

というかあんな格好の兵士がいてたまるか。

おそらく『安全国』の学校装備だろう。半袖体操服に赤いブルマの組み合わせ。足なんか黒いニーソックスと機能性重視なスニーカーだった。さらにその上からぶかぶかの白衣を羽織っているため、かろうじて研究職だというのが分かる。

エレベーターに関わる女性研究者。

一つ一つの記号や属性がクウェンサーの頭の中で乱舞する。というか、長い髪や白衣の裾を無重力空間でなびかせる少女の傍《かたわ》らにはタブレット端末が浮かんでいた。その裏側にアルファベットのシールが何枚も貼り付けてあり、思いっきり『ルイジアナ』と並んでいるのだが……。

「えっ、何だ？」

眼前に答えがあるのに、クウェンサーは目を白黒させていた。

「同姓同名？　影武者っ？　嘘《うそ》だろ、そんな訳あるか！　だってルイジアナ＝ハニーサックルってブラスカインの思い出話の中で出てきてたろ⁉　控え目に言って最低四年くらいはブランクがあるはずなんですけど‼」

「院もあったから六年だよ」

「？　？？？　いやあの一七歳はどこ行った？　それともアンチエイジングを極めた不死の外見一七歳か⁉」

「ほらまあ私は天才だから、飛び級していたからなあ」

「ぶっ」

クウェンサー＝バーボタージュは基本的に死者には唾を吐かない人間だ。

そう自負していたが、ここで誓いを破る羽目になった。

もう反射で。

Louisiana

「ブラスカイィィン!!⁉??　ほろ苦い恋バナみたいな感じで過去を語っちゃっていたけど、お前一体いくつの女の子に恋してやがったんだクソ野郎ォォおおお!!」

「何だこいつ知り合いか⁉」

ヘイヴィアは油断なくアサルトライフルを構えながら叫んだ。

ルイジアナ＝ハニーサックル。

こいつがどれだけ宇宙関連のテクノロジーを独占する化け物だろうが、あの服装だ。どう考えたって防弾や耐爆の加工ができるとは思えない。にも拘《かか》わらず、ニヤニヤ笑う体操服少女は無数の銃口を突き付けられながら両手すら挙げなかった。

「ふざけた格好しやがって……」

「ああ、済まないね。素材の関係かもしれないが、ものによってはブラが透けてしまう事もあるんだ」

「テメェ!!」

「合理性に基づく選択だよ。無重力生活がどれだけ筋力を低下させるか知らないのか？　カルシウムだって影響が出るから、骨の強度も心配だ」

「おい、対等に言葉が通じる関係だなんて思っちゃいねえよな？　それとも何か、今からタイヘン科学的な念動力でも使って鉛弾を堰《せ》き止《と》めるとでも⁉」

「ＰＫは流石《さすが》に専門外だな……」

冗談めかした言葉だった。

その奇妙な余裕から何かを嗅ぎ取ったクウェンサーが、直後にハッとする。

「ダメだ!!　待てヘイヴィ、」

爆音とマズルフラッシュが炸裂《さくれつ》した。

しかし実際に凍りついたのは、威嚇射撃したはずのヘイヴィアの方だった。

彼の頭のすぐ横、ほんの数センチの位置をライフル弾が貫いて、そして向かいの壁に突き刺さったのだ。

「優しいな」

固まったヘイヴィアに、あくまでも薄ら笑いを浮かべたまま宙に浮かぶ一七歳の少女が小さく拍手した。裾は入れない派なのか、ふわりと浮かんだ半袖体操服の下から形の良《い》いおへそが露《あら》わになる。

どうやら本気で防弾装備など必要としていないらしい。

「初弾で私の眉間を狙っていれば、『お返し』の一発で君は死んでいただろうに」

「……、」

「お見舞いされた後も、軍人君は卵のままか。そっちのひよこ君は気づいたようだがね。このカーボンナノチューブは全長一〇万キロのエレベーターを支える巨大な交通インフラの心筋だ。

鉛弾程度で千切れるような代物じゃないよ。下手に当てれば、弓やパチンコのように包み込んだ弾丸を君達に『お返し』するぞ？」

いつの間に合流していたのか、器用貧乏のミョンリが自分の胸についた手榴弾《しゅりゅうだん》へ視線を投げる。他、こちらは多人数で訪問しているのだから隊を二つに分けて左右から回り込むだけでも『ワイヤーの盾』は使い物にならなくなる。

ゆっくりと逆さに回りながら、ルイジアナはこう呟《つぶや》いた。

「何か質問は？」

「ブラスカインとは、その、ぷっ、プラトニックな恋愛ですよね⁉　大学生だからってイロイロ解放されて目一杯ハメを外した感じじゃなくてだ‼」

「……何でこう、男女の繋《つな》がりと聞いて何でもかんでも色恋沙汰に結び付けようとするんだ。性欲でエンジンを回す高校生だからか？」

呆《あき》れたように息を吐くルイジアナ。

どうやらクウェンサーの質問はクレバーではなかったらしい。お気に召さなかった天才少女は逆さになったまま、手近なものにほっそりした指先を伸ばした。

つまりは、

「カーボンナノチューブの使い道は消極策だけとは限らない。では今度は肉食系でがっついてみよう」

ぴんっ、と。

弾く。その指先が、ベルト状のワイヤーの縁を。たった一本の指で。

直後だった。

ぎぎっゆわぃインっっっ!!!?⁇　と。

音というより透明な壁だった。

意味不明な衝撃波をまともにもらった『正統王国』のジャガイモ達が、一斉に壁や搬送機材まで吹っ飛ばされて背中から叩《たた》きつけられる。

クウェンサーは危うく胃袋の中身を吐き出すかと思った。

「がっ!?」

「ワイヤーはワイヤーだ。ここは振動を抑えるための施設だが、こちらから与える事もできる。そして屋内は人工空気で満たされているのだから、当然ながら音や振動は伝わる。総延長一〇万キロ、地球から月までの距離の四分の一を超す世界最大の弦楽器の音色はいかがかな?」

想像以上だ。

そもそも使っているテクノロジーが違う。銃や爆弾の延長線上にある超技術というより、いきなり剣と魔法のファンタジーにでも投げ込まれたような気分にさせられる。

　エレベーター連盟は、ただの一会社ではない。

『資本企業』の『本国』を牛耳る七つの大会社、７ｔｈコアが共同出資した巨大な宇宙開発機関。平たく言えば、連盟の言葉は『資本企業』全体の総意に等しい。モンスター級七社の資金と最新技術が惜しみなく注がれている。ゲテモノであって然るべきだ。

　ただし、

（見た事もない新技術で不意打ちされたにも拘《かか》わらず、初見の一発で命までは取られない……）

　酸《す》っぱい唾を無理矢理飲み込みながら、クウェンサーは強引にでもポジティブに思考を切り替えていく。

（やっぱり『オブジェクトの戦争』とは違う。ヤツらなら最初の一発を見過ごしてクリーンヒットをもらったら、その時点で部隊が丸ごと消し炭に変わってる!!）

「できるだけ」

　ついっ、と。

　ほっそりした指先で振動するワイヤーをなぞりながら、体操服に白衣の天才少女は囁《ささや》いた。

　彼女が見ているのはカーボンナノチューブであって、クウェンサー達ではない。

　もはや、銃口如《ごと》き交渉カードにならない。

　規格外の航空宇宙学研究者がテーブルに広げたのは、得体の知れない念動力以上の超常だ。

「この子を殺しのためには使いたくない。マザーレディが時代を変える兵器なのは私も認めるが、トゥルカナ方面にために使ってやりたくてね」

「ご自慢のエレベーターのために騙《だま》して土地を奪い取り、地下水脈を吸い尽くして砂漠化を進めやがったのにか⁉　テメェの博愛が理解できねえよ‼」

「……リ・テラ」

ゆっくりと、だ。

痛みに顔をしかめながら、クウェンサーがそっと割り込んだ。

「リ・テラフォーミング。狙いは世界の統一環境化か？」

彼はこれまで見てきたものの意味を探り、知りたくもない仮説を組み立てている。

「この宇宙ステーションにあるのはトゥルカナ方面の動植物、それから土や水だった。地上基地から吸い上げて、宇宙からばら撒《ま》く。それこそ世界中に！　そうやってアジアもヨーロッパも南北アメリカも、全世界をトゥルカナ方面と同じ環境に作り変えようとした。他の星を改造するんじゃない、この地球を作り変える。そうすれば、地形や環境に関係なく世界は全部平等になると信じてだ‼」

「んー？」

ルイジアナはまともに答えなかった。

イエスともノーとも言わず、ただ自分の腰の後ろに指先をやっているだけだ。敵軍の言葉よりも、お尻に食い込んできた赤いブルマの方が気になるらしい。

目線すら向けずに、そのまま言う。

「何か勘違いをしていないか。根拠のない推論で人を糾弾するのは良くないよ」

「……、」

「そもそも『信心組織』じゃあるまいし、まさか考えなしにオブジェクト信仰を続けていれば世界は救済されるだなんて思っていないだろうな。君は、世界を救う方法なんか持っていない。あれもダメこれもダメくらいなら子供の癇癪《かんしゃく》と同じだ」

宇宙エレベーターは大気圏外に物量を持ち込む。それ故の、最大規模の宇宙計画。こんなものが実行されれば、降り注ぐ火山灰が都市機能を麻痺《まひ》させるどころの話ではなくなる。地べたの人間がいくら躍起になって除去を進めようとしても到底追い着かない。環境さえ無理矢理整えられてしまえば、元々そこにいた生き物は淘汰《とうた》されてしまう。全てが統一されてしまう。乾いた大地ではなめくじは生きていけないし、硬い大地ではもぐらは暮らしていけない。生物分布なんて、土壌や水質によって容易《たやす》く制御されてしまう。……もちろん、呆《あき》れるほどの物量を投下できれば、だが。

全世界でほぼ変化のない深海の海底は、しかし一〇〇〇年に一ミリの速度で淡々と水深が上がっているらしい。これは宇宙塵《うちゅうじん》と呼ばれる大気圏外から降り注ぐ微細な異物が積み重なった結果だが、ルイジアナはこれを一日にメートル単位で実行しようとしている。

キリンにライオン、絶滅の危機にある動物達は増えるかもしれない。

だけどそれでは多様性を保てない。『正統王国』は『何が薬になるか分からない。だから常に多種多様な動植物を保護する』という非常に大雑把な計画で戦争を進めていた。もしも、何かしらの奇病が蔓延《まんえん》して、もしも、薬に必要な動植物が絶滅してしまっていたとしたら？　環境の統一は、ただただ柔軟性を奪って絶滅の可能性を増やしていくだけだ。

トゥルカナ方面の動植物に問題があるのではない。

こんなの地球のどこをピックアップしたって同じだ。そもそも動植物の間に優劣や順位なんかない。例えば人間にとっては有益な一品種の麦やブドウだけで全世界を覆い尽くしても、何かのタイミングで『滅亡』が起きるリスクは跳ね上がっていくだけ。一見使いどころのない雑草や街灯の下に集まる羽虫だって、巡り巡って大きな世界を支えているのだ。

たった一人で、世界を変える。

比喩表現ではない。本当に惑星環境そのものを変えてしまう。

（……ルイジアナ＝ハニーサックル。天才って言ったって規格外過ぎるぞ‼）

それでも、だ。音を使うなら音の性質に縛られる。ワイヤーを利用するならワイヤーの形状に囚《とら》われる。ルイジアナ＝ハニーサックル。自らの叡智《えいち》でもって宇宙に手を伸ばし、自らが生まれた惑星全体を作り変えようとする研究者は、しかし杖を持った魔女ではない。

これは高度に成長した科学の産物だ。『法則』さえ理解できれば、ヤツの手札は封じられる。

「ヘイヴィア、銃を構えろ……」

「おいっ、一時撤退じゃねえのかここは⁉」

「ルイジアナは掛け値なしの化け物だ、エレベーターの構造を知り尽くして軍のセオリーを無視し、『魔法』まで使ってくる。考えなしに本人を狙おうなんて考えるなよ」

だから打つ手なしだろ。

そんな言葉が飛んでくる前に、クウェンサーはこう差し込んだ。

「だけどワイヤーの総延長は一〇万キロ、固有振動数だって確定。数字は最初から分かっているんだ。『魔法』の正体は知れている、外から干渉するのはそう難しい話じゃない‼」

「ああ、怖い怖い」

演技がかった仕草でルイジアナは肩をすくめる。その余裕が怖かった。殺しと流血を生業《なりわい》とする軍人数十人に取り囲まれて、何故《なぜ》笑う？　根底にあるのが信仰ではなく科学だというのなら、自分の手札が絶対じゃない事くらい分かっているだろうに。

科学は、仕組みさえ分かれば万人が平等に利用できる技術体系だ。だから人類が最も支持するモノサシになれたのだ。

なのに、

「では、こちらも遊びはやめて切り札を出そう。ここから先はロマン溢《あふ》れる宇宙の話ではなくつまらない軍事の世界だ、開発コードは『エリナベル』」

7thコア。

七つの大会社の資金と技術を結集した、エレベーター連盟。

その全権を握る天才、怪物、本物のモンスター。そいつは万人が平等に使えるはずの科学の世界で、ありえない特権を振りかざしてきた。

天才。

たった一つの単語に凝縮された、オカルトやジンクスじみた見えない壁。『学生』のクウェンサーが持っていないモノを抱えた研究者が、指先を操る。

パチンと人工空気を震わせ、ルイジアナ＝ハニーサックルが紹介する。

イカれた才能を、思う存分。

「宇宙専用に開発・実戦配備まで完了した、我が軍の第二世代オブジェクトさ」

4

たった一瞬で、常識は消滅した。

5

視界は戻っていた。

しかしいつまで経《た》っても頭の後ろの空白が埋まってくれない。チカチカと、目に映る全てが不快な点滅としか捉えられず、色や形が何を意味しているのか頭の方で吸収ができない。

五感の感覚がしばらく戻らない。

釣り糸で指先をぎゅっと縛ってから解放したように、いっそ変に気持ちが良《い》い。

「はっ、はっ……」

クウェンサーは過呼吸寸前の荒い吐息が妙にこもっている事に後から遅れて気づいた。ヘルメットの分厚いバイザーが下ろされているのだ。それで正解だろう。上も下もない、距離も方角も測りようがない星空へ放り出されているのだから。

ここは宇宙だ。

(なにがっ、ちくしょう。一体何が起きた⁉　宇宙ステーションの中心部分から何をどうやったら宇宙空間に放り出されるんだ……‼)

記憶が繋《つな》がらない。

機能的な問題というより、弱い心が思い出す事を拒んでいる。

「ヘイヴィア、ミョンリ！　誰か生きているか、おいって!?」

返事はなかった。

みんながみんな真空の宇宙でバラバラの肉塊となっているのか、あるいは迂闊《うかつ》に電波を放つ事で敵に位置情報を探られる事を拒んでいるのか。

敵。

７ｔｈコアの代弁者。

エレベーター連盟の、力の象徴。

「……、」

荒い息が止まらない。珠《たま》のように丸まった汗がヘルメットの中を泳ぐが、片手で振り払う事すら叶《かな》わない。

（……あれは、そう）

ジグソーパズルか、ハードディスクのデフラグにも似ていた。

クウェンサーの中で思い出す事を拒んでいた断片同士が勝手に繋《つな》がっていく。少年の望むと望まざるとに拘《かか》わらず。

（隙をつかれたんだ。ルイジアナはいつの間にかカラビナで体を固定していて、笑いながら壁のレバーを下ろしていた。火災時の排煙口。そのせいで俺達はまとめて宇宙ステーションの外へ投げ出された……）

では、何故《なぜ》ルイジアナ＝ハニーサックルに隙をつかれたのか。

白衣の女性がどれだけ天才でも、『正統王国』軍の兵士が大量に集まっていた。時代劇のチャンバラじゃあるまいし、あそこからたった一人で大立ち回りをするのは現実的ではない。

実際の戦争はシビアで、そしてつまらない。

格好つけるために戦争をやっている訳ではないのだから当然だ。

だとすると、

(アレが、来た)

両軍がぶつかる戦争で片方がもう片方を押しのける理由は一つしかない。敵より優れた兵力を投入した方が勝つ。シンプルだが絶対の法則だ。

(あの野郎が『何か』して……宇宙ステーション全体を大きく揺さぶった。だから俺達は虚をつかれたんだ……)

ごくりと喉を鳴らす。

チカチカと頭の奥が痛い。目じゃなくて脳が眩《くら》んでいる。思い出したくもないトラウマが浮かび上がるとは、こんなにも苦しい気分なのか。

認めたくない。

こんな現実、受け入れたくもない。

だというのに、ぎちぎちぎちぎちとクウェンサーの首が勝手に動く。回る。抗《あらが》いがたいその強制力こそが、最強の兵器だけが纏《まと》う事の許された究極のカリスマ性だというのか。

そこに。

宇宙では、わずかとでも呼ぶべきか。数キロ先に。

全長五〇メートル以上。

核にも耐える巨大な塊が、確かにいた。

まん丸の球体状本体に、ウニやイガグリのようにびっしり備え付けられたレーザービームやプラズマ砲。中でも特徴的なのは、球体状本体よりも一回り大きな半円状の追加パーツ。まるでヘッドフォンのように固定されたブリッジ部分には、等間隔で円筒形のタンクが取り付けられている。

推進装置らしきものは、球体状本体の後ろと真下にある大きな輪。

ただし二〇万トンの巨重を支えるためのものとはとても思えない。おそらく何かしらのエンジンを等間隔で積み、逆噴射まで考慮に入れた多機能な姿勢制御装置だろう。

『馬鹿デカいへその緒から自慢の愛娘《まなむすめ》が切り離されやがったぞ……』

呆然《ぼうぜん》とした声が無線越しに聞こえてきた。

ヘイヴィアだ。

『それにしたってエレベーターのどこに埋まってやがったこんなもん！　もっと上のステーションか、てっぺんのオモリか⁉』

「知るか‼　重要なのはそこじゃない‼」

何をするのか想像もできない。

主砲の方式は、推進方法は、装甲板や動力炉は地上用と何か違うのか、そして想定される戦術は。

目の前にあるのに、何一つ情報が頭に入ってこない。

ただ、

「ぎゃあーっ‼」

「体を小さくしろっ。退避だ、遮蔽にできるものを探せえ‼」

「無理だよ、オブジェクトだぞ。生身の人間がかくれんぼしたところで何になるっていうんだよお⁉」

命が引き裂かれていく音だけが、鼓膜というより全身を震わせた。

そしてクウェンサーは気づく。

宇宙空間ではあってはならない現象に。

（おと、が……？　真空なのに、音が直接聞こえている？？？）

通信機を通して耳にしている訳ではない。明らかに肉声が体の外からぶつかってくるのが分かる。まるで光線を撃ったら普通に音が一面へ響き渡る、映画やゲームの世界だ。

ばばしゅっ!!　という奇妙な噴射音があった。

例のオブジェクトだ。左右一対の主砲らしきもの。だが正面ではなく、その側面にびっしり空いた小さな穴から、何かガスのようなものが噴き出している。

いいや、

「さん、そ……???」

冗談だろう、という想《おも》いだった。

だが悪夢のような無駄遣いは目の前から消えてくれない。

７ｔｈコア。

『資本企業』全体が世に送り出した怪物。

エレベーター連盟はただ者では終わらない。ルイジアナ＝ハニーサックルが顔を出した辺りからそんな予感だけはひしひしと感じていたが、ここにきて悪夢が具体的な形を作ってきた。

真空の宇宙。

基本の中の基本すら一撃で粉々に破壊する、その正体とは。

「ふざけっ、冗談じゃない！　あの野郎、まさかこの真空の宇宙で『酸素』を自在に操るオブジェクトだっていうのか!?」

じゅわ、という鉄の焼ける音があった。

安物のシガーライターみたいな感じだった。

しかし死の宇宙を満たしているのは濃密な酸素。中には宇宙服やヘルメットを破壊されたまま、それでも訪れない死にホッと安堵《あんど》している兵隊だっていただろう。酸素が一定量あるという事は、まさかある程度の気圧まで備わっているのか？？？

命の酸素。

それが。

ボバッッッ!!!!!!　と。

鋼鉄をも溶かす超高温の炎の材料として消費されていく。

悲鳴は、あった。

真空の宇宙なら本来聞かなくても済んだはずの断末魔の絶叫が、クウェンサーの耳から入って脳にこびりつく。

「あ、ああ、ああああああああッッッ!?」

酸素エリアの外縁にいたクウェンサー自身も、くるりとひっくり返って爆炎の外側へと放り出された。炎は直接ぶつからなかったが、本来なら大量の熱線を浴びて丸焼きにされていただろう。生き残れたのは、熱線を弾く宇宙服を着ていたからだ。

酸素だけでこれだけの現象を起こせるかどうか、計算ができない。

ひょっとしたら水素やアセチレンなど、他の気体も併用しているのかもしれない。だがその時、クウェンサーが絶句したのはテクノロジーの問題ではなかった。

肉と同じ色の球体が無数に漂っていた。

いったん液状になった人肉が無重力空間でまとまって冷えたものだと遅れて気づく。人は死ぬと夜空の星になる。大昔からの稚拙な連想に、テクノロジーが実現というアンサーを突きつけてきた。ただこれは、明らかに叶《かな》えるべきでない願いだった。クウェンサーは強く思う。言葉のイメージとは裏腹に、実際に見てしまえば尊厳なんて欠片《かけら》もなかった。ただの丸。ヒトがモノになる。それ以上でも以下でもない。

酸素の使い方は、これだけではあるまい。

焼却、冷却、酸化。生命の維持に必須の元素を無尽蔵に供給できるなら、別の生物兵器を併用してくる可能性さえある。例えばアルミを喰《く》う微生物やビニールを齧《かじ》る虫の幼虫などだ。

「ルイジアナ……」

『資本企業』は宇宙エレベーターを完成させた。

戦争に物量を持ち込んだ。

マザーレディを組み上げてまで大量の資材を宇宙に上げたがっていた理由は、これか。

「ルイジアナ＝ハニーサックル!!!!!!」

6

「宇宙専用の第二世代……」

遠く離れた南米・アマゾン方面の民間宇宙基地でフローレイティア＝カピストラーノは呻《うめ》いていた。こちらのオブジェクトはアフリカ大陸だ。弾道ミサイル迎撃にも使われる第一世代だが、地べたの『ベイビーマグナム』からピンポイントで『資本企業』軍の第二世代を撃ち抜く事は適《かな》わない。

（……それにしても7ｔｈコアの連中、七社総出で札束の山をしこたま積んであんなものを宇宙で組み立てて、そこまでやって一体何と戦争するつもりなんだ？　敵対的勢力の衛星を制圧して無線情報網を牛耳るだけならキラー衛星で十分だ。月面の別荘地帯を蹂躙《じゅうりん》するか、あるいはエイリアンと戦う事まで視野に入れているのかしら？？？）

今ある戦力を頭の中でまとめ、銀髪爆乳の指揮官は改めてノートパソコンに向かい合う。『本国』に緊急の支援を要請してみたが、こちらについては（全くの予想通りに）芳《かんば》しくなかった。一分一秒が惜しい中、一〇分もかけて返ってきたのは『エレベーター連盟が保有する新型オブジェクト、その敵性コードネームは「ワールズエンド」とする』の一文だけだ。

（世界の果て、か。相変わらずブラックユーモアだけは溢《あふ》れた連中だ。酸素を操るオブジェク

【ワールズエンド】
WORLD'S END

全長…95メートル（主砲正面展開時）

最高速度…時速450キロ

装甲…1センチ×1000層（溶接など不純物含む）

用途…大気圏外燃焼兵器

分類…宇宙専用第二世代

運用者…『資本企業』軍エレベーター連盟

仕様…酸素噴射式ロケットエンジン

主砲…誘爆式酸素放射器×2

副砲…レーザービーム砲、連速ビーム砲など

コードネーム…ワールズエンド
（地球の外にまで呼吸可能領域を広げる事から）

メインカラーリング…シルバー

WORLD'S END

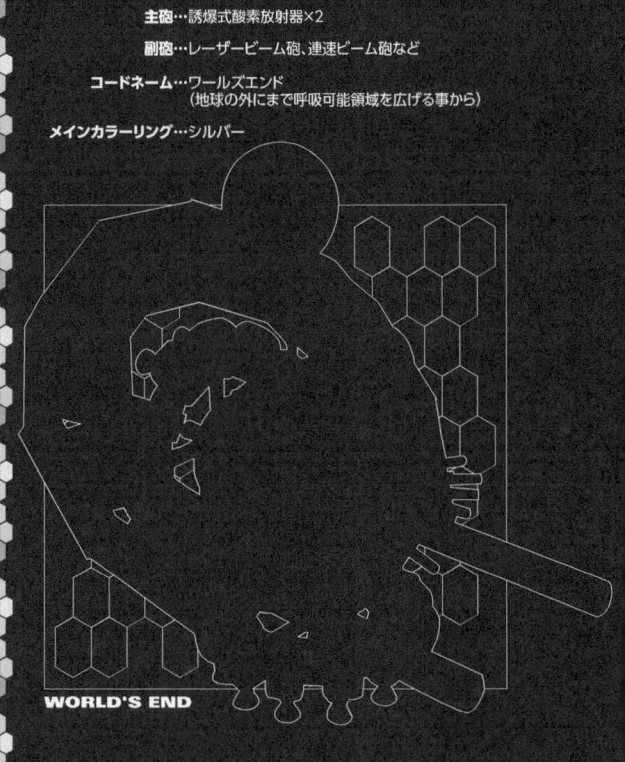

トにそんな名前をつけるだなんて。生物が肺呼吸可能なだけ空気のある領域の端が『果て』だという定義であれば、そりゃ確かにヤツのいる場所が常にワールズエンドとなるな）

当然、人類が観察しているのは自分達が生まれ育った惑星だけではない。レーダーに電波望遠鏡、様々な方式で宇宙は観察されている。五〇メートル以上の塊が漂っていたらプロアマ問わず様々なUFO目撃談でも上がっていただろう。

だとすると、

（宇宙エレベーターの上層は、静止軌道上にあるステーションとさらに上に高層ステーションがあるらしいんだよな。そっちが丸ごと造船所みたいな組み立て工場になっていた訳ね）

『どうするの？』

「我慢よお姫様。まて、まだおあずけ。自慢のエレベーターを使ったって、『ベイビーマグナム』を丸ごと宇宙へ上げられる訳じゃない」

『そうじゃなくて、「ちじょうきち」からできることは？』

ふむ、とフローレイティアは細長い煙管《キセル》を咥《くわ》えて思案する。

宇宙エレベーター・マザーレディ自体の主導権は地上の『正統王国』ではなく宇宙の『資本企業』が押さえている。しかしだからと言って、本当にできる事は何もないのか。

「よし分かった。お姫様、頼めるか。エレベーターのワイヤーはカーボンナノチューブ製だからつまり炭素よ。こいつの性質を利用して……」

と、デキる女がリカバリーの指示を飛ばそうとした時だった。

ガクガクッ!!　と。

いきなりノートパソコンの画面が不自然に固まってしまった。

「んうっ……!?」

思わず火の点《つ》いた煙管《キセル》を口《くち》の端《はし》から落としそうになり、慌てて両手で掴《つか》み直《なお》すフローレイティア。しかし状況は変わらない。元からお姫様は無表情なので分かりにくいが、通信用のウィンドウは完全に停止してしまっている。

画面端にある通信用のアンテナは見事にゼロ本、圏外扱いであった。

軍用回線は複数の方式が並行して用意されており、不具合があれば自動で切り替えるようにできている。にも拘《かか》わらずうんともすんとも言わない。

今時の情報技術を使えば、アフリカ大陸と宇宙空間の二面同時作戦をアマゾン方面から監督する事は十分に可能だ。ただしそれも、通信トラブルでデータの送受信が途切れてしまえばどうしようもない。

そして『本国』で机に齧《かじ》りついているウサギよりも繊細なハートの将校サマ達は、さてそんな事情など汲《く》んでくれるだろうか。無茶ぶりをやるだけやってヘマをすれば現場の人間に責任を押し付ける。そういう保険の掛け方をするデスク組は、自分の指先に小さな傷がつくのを何より嫌うはずだ。事情を知っていても、知らんぷりするのがヤツらの必勝法なのだ。

……かなりヤバいかもしれない。

フローレイティアはあれこれ設定画面をいじくり、頭を抱え、そして床に置いたノートパソコンの縁を片手で触れ、タイトスカートの腰を折ったまままもう片方の腕と脚を不自然に水平へ伸ばしていった。

新体操のストレッチか、あるいは大昔の踊るひまわりのオモチャか。

とにかくナゾのポーズでくねる。

どうせ一人きりなのだ、短めのタイトスカートとか気にしている場合ではない。

「んっ、うう―――ん……？　何とか、こう、復活しろ電波っ！　私の出世のために!!　やぁーんやだよおこんなのでぇ始末書書かされて僻地《へきち》に飛ばされる展開とかあーん!!」

神に祈るのと人間アンテナに挑戦するのはどっちがマシか。誰も見てない密室なのを良《い》い事に半泣きで究極の選択を遂げた甘えん坊フローレイティアだったが、

「カピストラーノ少佐、失礼いたします」

「ぶばふっっっ!!⁉⁇　げふんげふん、うおっほん!?　……何か？」

深く追及したら殺すの咳払《せきばら》いで全てを誤魔化し、冷静沈着に振り返る。

飛び級しまくって電子シミュレート部門まで転がり込んできたインテリ女子（一二歳）は訳

が分からず小首を傾《かし》げたまま、

「超高高度より極めて高出力の全帯域ジャミングを確認、おそらく上を押さえているエレベーター連盟ですね。宇宙から闇雲に電波を撒《ま》いているのでこの発射場が特定された訳ではないと思いますが、念のため軌道上からの宇宙空爆に留意して戦車ベースの重装作戦指揮車への搭乗をお願いいたします」

「……おのれ『資本企業』め、卑劣な真似《まね》をしてくれる……!!」

合点《がてん》がいった。道理でプライドを切り売りして手足をピンと伸ばしてもアンテナが一本も回復しなかった訳だ。なんという羞恥心の無駄遣いなのだ!?

「ノートの利便性はなくなりますが、通信については有線で繋《つな》ぎ直《なお》しましょう。光ファイバーの海底ケーブル網を使えば、ひとまずアフリカ大陸で展開中の部隊とは通信回復します。『ベイビーマグナム』の持つ強力な通信設備を使えば強引に妨害電波を貫いて宇宙まで電波を送れるでしょう。つまりこのケースの場合おまじないは不要です」

「手早く回復してくれ。私は何もしていないがなッ!!」

全身の内側からカッカと湧き出る火照《ほて》りを抑えきれずに（一二歳より子供っぽい）フローレイティアは叫んでいた。

恥をかかされたら一〇〇倍にして返すのが血筋と名誉を重んじる『正統王国』の流儀だ。ハダカ踊りくらいじゃ許さない、と辛《つら》く険しい戦争への決意を新たにする少佐であった。

「うふふ。私もたまにしますよ、おまじない。休暇中、オーブンを使ってお菓子作りしている最中にお料理サイトを映していたタブレットが突然固まってしまった時とかに」

「頼むこんな私でも一二歳の顔は殴りたくないの。飛び級の天才少女ならちょっとは頭を使って黙っていてくれ……!!」

7

死が迫っていた。

このリアリティを感じられない無重力空間で、これ以上ないくらい間近から。

今はもう宇宙エレベーターだの地球の統一環境化なんぞにかまけている場合ではない。一秒先の自分の命すら保証がない。

『どうすんだっ、おい……』

クウェンサーの宇宙服のヘルメット、その内側に無線通信が割り込んできた。

悪友のヘイヴィアの声だ。

『「ワールズエンド」？　名前なんか聞いてねえよ、具体的にどうすんだって！　今のでガリガリ通信はおしまいかっ、オブジェクトがあるなんて聞いてねえぞ⁉　あんなもん倒す装備なんかどこにもねえよ馬鹿!!』

（……ならまずこの意味もない無線を切れ本物の馬鹿!!　位置を探られて死にたいのか!?）

迂闊《うかつ》に警告を飛ばす事もできない。

宇宙専用第二世代、『資本企業』軍の中でも異形を極めた最新オブジェクト。

陸や海を疾走する既存のオブジェクトとは根本からして違う。エアクッション機関や静電気式推進装置のような『二〇万トンの巨重を浮かばせる仕組み』がまずない。球体状本体の後ろと下に丸い輪に似たパーツはあるものの、かなり華奢《きやしゃ》な印象がある。具体的にどんな方式かは不明だが、等間隔に推進装置を取り付け、姿勢制御と噴射・逆噴射を行うためのユニットだろう。

真ん丸の球体状本体にはヘッドフォンや羽衣に似た追加装備が取り付けてあり、そこには等間隔で円筒形のタンクが固定されていた。主な武装は左右から延びた高圧酸素放射ノズル。ありえない事に、この真空の宇宙で大量の酸素を自在に操り、確実に敵性分子を焼き尽くす無駄と贅《ぜい》の集合体となった機体だ。

推進装置はおそらく後ろと下。ガスコンロに似た円形のユニットがあるが、一つ一つを自由に動かせるらしい。

酸素、イオン、光子、ジェット。詳細な方式は不明だが、あれで姿勢制御、加減速、旋回などを担《にな》っているのだろう。ヤツの主砲は装甲を溶かす他、各種の噴射を乱して敵機を回転させる意味もあるかもしれない。

(……『資本企業』は、確か半分鎖国化した『島国』を抱え込んでいたよな)

クウェンサーはごくりと喉を鳴らして、

(向こうで語り継がれている、風神と雷神の意匠か？　くそっ、思った事感じた事をそのままカタチにできる金と才能を持った連中はこれだから……!!)

そして悠長に観察している場合ではなかった。

何にもない宇宙空間で無防備にくるくる回っているだけではオブジェクトの一撃から逃げられない。勝ち負け以前の話として、ヤツの攻撃が届かないように何かを盾にしないと生き残れない。

バシュシュッッツ!!　という炭酸飲料よりも強烈な音が響いた。

酸素だ。

伝達しているという事は、音を伝達させるだけの物質がすでに存在しているという事だ。

「宇宙ステーションだ……」

クウェンサーは船外活動ユニットからケーブルで繋《つな》がったグリップを掴《つか》み直《なお》した。

危険を承知で彼は叫ぶ。

「いいか、返事はいらない。すれば位置を読み取られるぞ。あのクソ野郎だって自分で自分の本拠地をぶち壊したくはないはず!!　とにかく何でも良《い》い、窒素なんか使い切っても構わないから寄り添え。早く!!」

叫びながら、『学生』は巨大なドーナツ構造の宇宙ステーションの壁に向かった。より正確には、緩やかな曲線を描く外壁から突き出た、通信用の巨大なパラボラアンテナの裏側へと。

理屈は間違っていないはずだ。

太陽を見れば分かるが、宇宙空間では熱の伝わり方が違う。空気や水が温められていくのと違い、太陽光は熱線という形で照射され、それを浴びたものがエネルギーを受け取る。つまり直線的だ。元々、機械の誤作動や健康上の問題を解決するため放射線を弾くように作られた宇宙関係の建造物なら、遠赤外線くらい普通に反射してくれるはず。

しかし、だ。

目に見えない、本来なら生存の象徴である酸素は物体の裏側まで回り込む。

着火と同時に、コンテナ状の追加実験棟モジュールを遮蔽物にしていた宇宙服の兵士達がまとめて焼き尽くされた。まるで正確に動いて獲物を搦《から》め捕《と》る、カメレオンの舌のようだ。

クウェンサーからほんの二〇メートルもない。宇宙を舞台とする天文学のスケールで言えば目と鼻の先どころか薄皮一枚レベルである。

『ぐぎゃあーっ⁉』

その時学生の耳をつんざいたのは、あれだけ何度も生き残ったコッテージからの叫びだった。あのオブジェクトが相手では、奇跡の男も太刀打ちできない。今度ばかりは保健委員の妄想が入り込む隙さえなく即死だった。それが本当に人の声だったのか、通信設備が熱で壊れていく雑音だったのかもクウェンサーには判別がつかなかった。

後にはまん丸の珠《たま》がいくつか散らばるだけだ。

肉と同じ色をした、例の珠《たま》。

同じ悲劇の繰り返し。安定の地獄。

人間の尊厳が奪われ、生き物がただの物に置き換えられる。全自動で人体を加工して革のバッグを作る工場の製造ラインでも覗《のぞ》いてしまったような気分だ。

『いつまでもは保たねえぞ……』

どこに隠れているのかも分からない覗《のぞ》き見《み》野郎へイヴィアが、その利点を自分から捨ててまで通信でぼやいていた。そうでもしないと過剰なストレスで内側から心臓を壊してしまうとでも脅《おび》えているのかもしれない。

『そもそも移動の自由なんか一個もねえ！　窒素を使った船外活動ユニットは姿勢を安定させるためのもんであって、移動用のブースターじゃねえ。無理に噴射したってあっという間にガス欠だ、そうなったら何にもねえ宇宙空間で永遠にくるくる回り続けるだけだぜ。死んだ後も永遠にな!!』

熱や放射線に強い宇宙ステーションの外壁を破壊しない程度に酸素を放出し、遮蔽物の裏側まで行き渡らせてから着火する。これを繰り返すだけで新型オブジェクトは大切な花についたアブラムシどもを奇麗に取り除ける。あれだけのデカブツのくせに、繊細に『威力を調整できる』のは地味だが強い。おかげでクウェンサー達は、エレベーターや宇宙ステーション……マザーレディの施設そのものを人質に取る事すら叶《かな》わない。

（……どうする？）

自分の顔の汗すら拭えない不快な宇宙で、クウェンサーは荒い呼吸を繰り返していた。今なら邪魔なヘルメットを放り捨てても呼吸できるんじゃないかと思うが、もし本当にそうなら一瞬後には極悪な火炎放射で骨も残さず焼き殺されている。

（どうすれば生き残れる、こんな状況から!?　相手は核でも破壊のできないオブジェクト。こんな広い宇宙で体のバランスに気を配りながら豆鉄砲を撃ち続けたって傷一つつかないぞ……!!）

また少し離れた場所で、爆発的な炎が炸裂《さくれつ》した。今度は多少の距離があり、マーブル模様に広がる酸素が途切れていたらしい。クウェンサーの方まで壮絶な音は聞こえてこず、まるで古い時代の無声映画でも観《み》るような空虚さがあった。だけど焼き尽くされる命は、クウェンサーと同じ軍服を着た三七の兵士達だ。

『欲求不満でもじもじしてるお姫様に連絡とかつかねえのかよっ、エレベーターの地上基地を守っているって事はちょうど真下にいるって事だろうがよ!?』

「さっきっから長距離通信はガリガリ雑音だらけだろ、これじゃオモチャのリモコンを押したって反応なんかないよ！　大体、連絡ついたとして地上からの攻撃が届くと思っているのか。

ここは高度三万六〇〇〇キロ、地球一周にちょっと足りないくらいの距離が開いているんだぞ！　それも垂直に!!」

『対空レーザービームとかっ』

「そもそも廃れて久しい弾道ミサイルが飛んでいく弾道軌道は高度三〇〇〇キロくらいだ、世界が違う!!」

むしろ『資本企業』軍の第二世代『ワールズエンド』に地上攻撃用の兵装がない事を祈るばかりだ。衛星軌道上からオブジェクトレベルでの爆撃が可能だった場合、お姫様は一方的に嬲《なぶ》り殺《ごろ》しにされてしまう。崖の上から熱湯や生石灰を投げ落としていた紀元前の合戦から画面にタップ一つで地形が変わる現代戦まで、上を取られるというのはそれだけで痛い。

そして博愛精神を発揮している場合ではない。

今ここで直接狙われているのはクウェンサー達だ。オブジェクトを吹き飛ばせるのはオブジェクト級の火力だけ。ないものねだりと分かっているが、自前で調達できなければただただ二〇万トンからフルボッコだ。

「どうする……⁉」

8

アフリカ大陸・トゥルカナ方面。

三六〇度何にもない、ひたすら広大でひび割れた砂漠の真ん中で、お姫様は日向《ひなた》ぼっこしている猫みたいにあくびをしていた。厳密には第一世代オブジェクト『ベイビーマグナム』のコックピットでの話である。

砂漠の資料映像を眺めながら座席後ろにある冷凍庫のアイスを舐《な》めるのももう飽きた。何だかお腹《なか》がたぷたぷしてる。

（……なんかもう1工夫がほしいな。かき氷マシンとか。こう、やまもりのフラッペの上にまん丸のバニラアイスをのせて、そこにアイスミルクティーをかけて……）

無線越しに、整備兵の婆《ばあ》さんからの声があった。

『集中を切らすなよ姫さん』

「分かってる」

『急にシャキっとしてもデータには出とるぞ、バイタルは丸見えじゃ』

宇宙エレベーター・マザーレディの基部である地上基地は動かせない。『資本企業』軍のエレベーター連盟は金や物資をばら撒《ま》いて地元のゲリラを手懐《てなず》け、宇宙エレベーター本体の防衛に回していた。いったんは地上基地を制圧しても全方位から終わりのない魔の手が迫りくる泥沼の奪回作戦に巻き込まれてガリガリ疲弊していく。そんな悲観的な予測もあったが、実際にはそうでもなかった。

やってくるのは散発的な迫撃砲くらい。

空中で無数の弾頭をばら撒《ま》くＭＩＲＶ方式の長距離弾道ミサイル攻撃すら正確に全て撃ち落とすオブジェクトの対空レーザー技術があればそれも怖くない。野球の遠投みたいにポンポン飛んでくる爆発物を、クレー射撃よりも簡単に撃ち落としていく。やはりオブジェクトが派遣されたのは強かった。いくらでも使い捨てにできると考えていた『資本企業』側の思惑に反し、ゲリラ達に闇雲な突撃作戦などは見られない。

お姫様はゴーグル越しに瞳を高速で動かす。

空気を引き裂いて飛来する爆発物を正確に追尾している……のではなく、

「ねえばあさん。トゥルカナほうめんってなんしゅるいくらいどうぶつがいるんだっけ？」

『愛護団体の記録によれば野鳥は一五〇種、急速な砂漠化が進む前のデータじゃがな。それが？　鳥に偽装した爆発物というのは古代中国から見られたオモシロ兵器ではあるが、特殊なドローンでも見つかったとか？』

（……半分コンプ。のこり半分はどこかなー？）

整備兵の婆《ばあ》さんの懸念《けねん》とは関係なく、お姫様は野鳥レベルの影をひたすら捕捉して印をつけていく。これに飽きたら昆虫レベルまでレーダースケールを変えてみようか。地元のゲリラ達は心が折れて迫撃砲を撃つ気もしなくなったのか、もうそれくらいしか空中に異物がない。

おかしな話ではあった。

このエレベーターは『資本企業』全体の肝いりで、向こうの『本国』を支配する七つの大会社７ｔｈコアが共同出資して建造したのではなかったか。

借り物の武器でおっかなびっくり現場をつくゲリラ達だけではない。一体いつになったら『資本企業』軍が開発した究極の第二世代が地平線の向こうから押し寄せてくるのだろう。ひたすら手作り図鑑を埋めながら、お姫様はもう一度あくびをした。

(今回はこのままでばんナシかなあ……)

「あふぁあ……。へいわすぎて死にそう」

9

なんかもう恐怖で覚醒しそうだった。

カチカチと不規則に鳴る自分の歯がやかましい、イライラする。クウェンサーが両手で自分の顎を押さえ付けようとしても、まん丸のヘルメットに遮られるだけだ。

危険を承知でヘルメット内側のマイクに叫ぶ。

「爆破するぞ。みんな適当な支柱にしがみつけ‼」

音はしなかった。

宇宙ステーションの外壁がバラバラに散らばる。もちろん初手から往還機を失ったクウェンサー達には、逃げ込む先がない。やり過ぎてステーションを空中分解させてしまった場合、待っているのは酸欠による確実な死だ。しかし逆に言えば、分解さえさせなければ。大量の破片を宇宙にばら撒《ま》いても許される。

姿勢制御用の船外活動ユニットだけでは、ブースターのような長距離移動はできない。だけどそれも、辺りに散らばる破片を摑《つか》んで『相乗り』してしまえば。

『ちくしょっ、向こうは最新鋭のオブジェクトを好き放題振り回してきやがるのに、こっちはトタンの廃材で波乗りかよ⁉』

「総シルクで完全防御の喪服よりも公園で拾った新聞紙をツギハギして作ったドレスの方がセクシーに見える時もあるさ。文句があるならご自慢の船外活動ユニットでも使えよへイヴィア。行け、早く‼」

『震えが止まらねえんだよ‼』

「だったらどうした。野球のボールと一緒だ、赤外線レーザーで速度だけ測って安全な瓦礫《がれき》にしがみつけ‼」

あちこちに向けて散らばる破片の内、畳くらいの大きさの薄板にしがみつきながらクウェンサーが叫ぶ。これでやっと『移動』が始まった。破片は一方向にしか進まないので、方向転換するなら破片から別の破片に飛んでしがみつくしかないが。

『資本企業』の異形のオブジェクト、『ワールズエンド』。

宇宙専用の最新兵器に動じる気配はなかった。

バシュシュ!!　という気体が噴き出すような音が炸裂《さくれつ》する。クウェンサーの耳にも届くという事は……、

『ひい、来た。来やがった、例の酸素だ。ケツから延びた死の導火線に火が点《つ》きやがった⁉　みんな丸焦げになっちまうよ!!』

「うるさいな分かってる!!」

叫び返しながら、少年はボールペン状の電気信管を粘土に似たプラスチック爆弾『ハンドアックス』に突き刺して放り投げた。適度に距離が離れたところで無線を使って起爆する。

ボバッッツ!!⁉??　と。

燃料気化爆弾にも似た、一都市を丸ごと包みかねない大爆発が巻き起こった。クウェンサーの個人装備ではありえない大爆発。酸素を使ったものだ。ただしクウェンサーを呑《の》み込《こ》むよりも、ずっと手前で破裂している。炎は誰も呑《の》み込《こ》まない。

額の汗も拭えないまま、クウェンサーは安堵《あんど》の息を吐く。

生きている。自分で組み立てた理論が命を繋《つな》いでいる。鎖で繋《つな》がれた飼い犬が決まった時間になると地面に置かれる餌皿へ顔を突っ込むのとは違う。自分で考えて自分で生き抜く、これが人間が生きているという現象なのだ。

「酸素は平等だ、誰かの思惑で着火の有無をジャッジしたりはしない。向こうの操縦士エリー

トよりも早く火を放ってやれば、こっちのタイミングで起爆だってできるはず……」

酸素だって消費物だ。

十分に広がりきる前に燃やしてしまえば威力を殺せる。

目には見えない酸素だから怖いのだ。放出から着火まで数秒でも、わずかなラグがあるのであれば、逆手に取れる。

レーザービームなどの副砲が意外と襲ってこないのも酸素のおかげか。元々小さな標的を狙うものではない上、向こうだって予想外の場所で着火したくないのだ。

「地球は酸素で満たされているけど、だからそれだけで大爆発が起きるって訳じゃない。実際、かなり高い濃度を保って水素やアセチレンと混合しないと兵器化なんかできないはずだ。宇宙なのに音が伝わる程度でビビるなよ、ヘイヴィア。殺人濃度に達しない限りは怖くない!!」

『何だそりゃ、基準がふわふわで限度が見えねえ!! お一人様のソロプレイは適度にこなしているくらいなら健康的ですと同じくらいあてになんねえよ馬鹿!! 適量ってナニ!?』

そして重要なのは、『ワールズエンド』自身が大量の酸素を操るオブジェクトである点だ。

この真空の宇宙でゼロから酸素は作れない。大量の水を電気分解しているのか、極低温にして液体や固体の形で圧縮保存しているのかは知らない。だがタンクで大量保管しているのだとしたら、そこを破壊してやれば良い。

『島国』の雷神。

太鼓のように等間隔で設置された円筒形は、どう考えても狙い目だ。

「……最新鋭だか異形の機体だか知らないけど、ようは馬鹿デカい火炎放射器だろ。背中に背負った特大の可燃物に火を放って、月面の別荘に突き刺してやる」

『具体的にどうやってだ!?　核でも破壊できねえオブジェクトだぜ!!』

泣き言は無視した。そこから活路は見出《みいだ》せない。生き残りたければパニックなどで思考を止めず、ひたすら自分の意志で恐怖へ挑むしかない。思考を止めたらへたり込んで的にされるか、考えなしの感動にすがって勇敢な突撃人形に陥るかだ。勇気を持て、ただし冷静に現実を見据えろ。前に進む事を諦めなかった者だけが、目の前で揺れる命綱を摑《つか》む事ができる。

(オブジェクトの割にはあんまり機敏に動かないな。迂闊《うかつ》にデブリを蹴飛ばして防衛対象のステーションを傷つけるのでも恐れているのか?)

ともあれチャンスはチャンス。

いくつか『島国』のタタミよりも大きな破片に乗り換えて、クウェンサーはオブジェクトの表面近くまで肉薄する。

プラスチック爆弾を取り出すならここだった。

「行くぞ。手順は一度で覚えろ!!」

粘土を放り投げる。

起爆用のスイッチをもこもこ膨らんだ指先でなぞったところで、不気味な『圧』を感じた。

ただの無人機ではない、じろりと舐《な》め回《まわ》すような視線の圧を。

目には見えないレーザービームで焼かれる訳でもなければ、二〇万トンの体当たりで宇宙の生ゴミにされる訳でもない。

ぶずず、という濁った音があった。

クウェンサーは自分の右腕に目をやる。手首から肘にかけて、ピカピカに磨かれているはずの宇宙服が黒っぽく変色し始めている。

「酸化……ッ!?」

やはり酸素。真空での使用を想定した宇宙服ではありえない種類のダメージ。

一〇層以上ある宇宙服が磨き抜かれているのには訳がある。そうしないと太陽の熱線や放射線を弾《はじ》けなくなるからだ。このまま放っておけば大自然の猛威を全身に浴びて命を落とす。目には見えない猛毒で確実に殺されてしまう。

恐怖に呑《の》まれそうになるのを抑え、歯を食いしばってスイッチを押す。

音は伝わった。

ぐるんっとクウェンサーの視界が大きく回る。爆発は、雷神の太鼓と太鼓を結ぶ半円状のブリッジ、ヘッドフォンのようなパーツに直撃したはずだ。

「タンクはっ、破らなくても良い。衝撃を伝えるんだ、タンクとタンクを結ぶ内部パイプラインに向けて……!!」

『そんなもん何になる？　衝撃？　マッサージ器を押し当てた程度であのオブジェクトの腰が砕けるとでも思うのかよッ!!』

「固体から液体、液体から気体。どんな形にせよ、『ワールズエンド』は極低温で酸素そのものを別の形に置き換えて圧縮保存している。だとしたら、必ず気体に変換しなくちゃならない……」

しがみつこうとしたが、ダメだった。

タタミよりも大きな破片から両手が外れ、クウェンサーは手足を振り回す。

別の破片を求めながらも少年は必死に叫ぶ。

「だとしたら、できるはずだ。車のエンスト条件と一緒だよ。液体の中に気泡が混ざれば誤作動の条件になる。パイプを揺さぶる事は無意味なんかじゃない。破壊はできなくても、千切る事なんかできなくても、それでもわずかな衝撃を加える事で誤作動は外から誘発できるはずなんだ!!」

ヘイヴィアやミョンリ達も追従したようだ。誘導の利かないミサイルがいくつか飛んでいくのが見える。

その時だった。

ぐりんと勢い良く『ワールズエンド』が方向転換した。

その大雑把な動きに、周囲がざわつく。より正確には左右に広げたソーラーパネルの下に四本のアームを装備したキラー衛星が異物の反応を捉え、一斉に近づいてきたのだ。

宇宙専用オブジェクト。出撃自体が想定されておらず異物扱いされたのか、あるいは熱でセンサー系が故障したのか。そのまま五〇メートルの機体表面に爆発物を搭載した体当たり兵器が接触してしまう。

無数の爆発が連続した。

「があぁッ⁉」

ただでさえ回転していたクウェンサーの体が、不自然な方向にねじれを加えられる。立て続けに船外活動ユニットを噴射してもブレーキを掛けられなかった。だが宇宙ステーション側に放り投げられたらしい。もうレーザーを使って相対速度を測って、なんて手順を踏んでいる暇もなかった。闇雲に振り回した右手が硬い物を摑《つか》んだ。おそらく箱詰めしたキラー衛星をステーションから宇宙空間へ投入するために使ったカーゴ材の残骸だろう。金属の壁に似た大型デブリにしがみつく。

爆炎と大量の鉄球、それから大小無数のデブリを全身に纏《まと》ったまま、しかしオブジェクトは無傷だった。

『ぜんっぜん外しているじゃねえか……』

どこにいるかも分からないヘイヴィアの嘆きが、別の音にかき消された。

バシュワ‼　という高濃度の酸素が真空空間に投げ出される音だ。失敗したからと言って頭を抱えている暇などない。次の攻撃は始まっている。

音が聞こえているという事は、もう酸素自体は広げられている。

クウェンサーは慌てて『ハンドアックス』を取り出す。

『あれだけ自分からキラー衛星を吸い寄せて爆発させているんだぜ。体に張り付いたノミを蹴散らすためだけに、だ!!　外から衝撃を与えた程度で誤作動なんか狙えるかよッ!!』

ドグゥアッッッ!!!?!??　と。

打開策も分からないまま、一都市を呑《の》み込《こ》むほどの大爆発が炸裂《さくれつ》した。

10

チチッ、という小さな電子音があった。

半袖体操服に白衣の少女、ルイジアナ＝ハニーサックルは自転車にまたがっていた。厳密には宇宙ステーション内の貨物仕分けシステムを使って、そういうトレーニング機材を積んだコンテナごとエレベーターの中心部に持ってこさせただけなのだが。直径二〇キロ。これだけの広さがあると、部屋を丸ごと運搬するくらいの仕組みを作らないと快適な生活を過ごせない。

高度三万六〇〇〇キロ。安全で快適なドーナツ状の宇宙ステーションの内、その中心施設であるエレベーターの発着場だ。ここだけでドーム球場より広い空間を確保しているが、その実態は貨物管理とエレベーターかごのメンテ・洗浄を兼ねるので操車場が近いのかもしれない。

無重力なので重さを意識する必要はない。

操車場と違って縦にも機材や順路を積み上げているのが、特徴と言えば特徴か。

(……今日のノルマは三〇キロ。人間の体には無駄がないという話は良く聞くが、細胞レベルで見ればつくづく余計な機能がてんこ盛りだな。家電量販店で投げ売りされているパソコンみたいに)

ペダルを漕《こ》いで小さな汗の珠《たま》を無重力空間に散らしながら、ルイジアナは小さく呟《つぶや》く。

「そろそろかな……と」

誰よりも早く、宇宙を制した天才少女は一人囁《ささや》く。

『正統王国』軍の乱入者どもは、『資本企業』が宇宙専用オブジェクト建造の隠《かく》れ蓑《みの》として宇宙エレベーターを利用したと思っているのかもしれないが、実際には逆だ。ただエレベーターを造ると言ってもお偉方は首を縦に振らないので、巨大軍需ビジネスの形を取る事で必要な予算をひねり出したという方が正しい。

歳《とし》の離れた兄のスラッダー＝ハニーサックルはこの辺りが弱かった。

生涯をマスドライバー方式に費やし、それが否定されると『資本企業』全体からの離反まで引き起こしたあの男。宇宙に対する理想を語るのは結構だが、振り回されれば実現が遠のく。

ルイジアナの場合は妥協によって理想を曇らせる事を許容できるだけの柔軟性があった。

エレベーター連盟。

掲げた名前の通り、あくまでも主体は宇宙エレベーターの建造と運用。その部分さえ忘れなければ歪《ゆが》まない。

トゥルカナ方面では随分と世話になった。人生の全てを賭けたエレベーターを建てるなら絶対にここだとも。確かに一時的には地元の人を苦しめるかもしれない。だが絶対に報いる。ルイジアナ＝ハニーサックルの頭の中では、すでに必要な計算は終わっている。

無心でペダルを漕《こ》いでいるつもりが、単純な運動はかえって自分の心を内向きにさせていく。

薬が足りないと嘆いていたのは、かつての同級生か。

ブラスカイン＝ミントフラッペ。

アフリカとヨーロッパでは何故《なぜ》こんなにも違う、同じ砂漠でもアフリカと北米ではどういった差があるのだ。いつもそんな、環境や地理の話で一緒に悩んでくれた。あの生真面目さにいつも寄りかかってしまったものだ。

それももう終わる。

世界の問題は、間もなく修正される。平等に。今苦しめられているものには恩恵を、今恵まれているものには危難を。さて、世界全体ではこの日はなんと刻まれるだろう？　喜ばれる方が多いと信じているから、ルイジアナの歩みは止まらない。

とはいえ、

（……とっくに気づかれている、か。ことここまできても『資本企業』本国から増援のオブジェクトがやってこないという事は、『上』の皆々様は見た目の期待と違ってさほど戦略的価値……つまり魅力を感じていただけなかったようだ）

『どうも』

「ふう。君か、シルクS」

ハンドル部分の中心にある小さな液晶画面が切り替わった。

7thコア。

エレベーター連盟に出資をした七つの大会社、その一つの受付窓口だ。

ルイジアナはペダルを漕《こ》ぐ足を止める。サドルにまたがったまま、自分の体操服の胸の辺りを引っ張って顔まわりを適当に拭きながら、

「良《い》いのか？　無能な社長殿の面倒を見なくても」

『例の赤ん坊でしたらミルクを飲んで眠っております。そもそも自社が大量の幽霊株を発行している事も、所有するビルや工場が知らぬ間にすっかり売却されて「空洞化」している事にも気づいていない程度の裸の王様です。彼がしている「取引」の話は、単なるボードゲームでしかありませんよ』

「恐ろしい」

布を引っ張ったせいで形の良《い》いおへそが見えている事も気にせず、おどけたようにルイジアナは言った。

ただし少なからず本音も混じっていたが。

つまり誰もが良く知る世界最大企業には『商品』も『財産』もない。ただただ実態のない『幽霊株』をばら撒《ま》いて世界中の投資家から大金をかき集めつつ、星の数ほどある企業グループの施設や人員をこっそり他社に売り飛ばして二重に不正な利益を吸収する。それがこの秘書の正体であった。

それでもブランドだけで言えば世界最大企業を保つ。

嘘《うそ》だけで、星の数ほどある他の会社を全て圧倒する。

呼吸を整えたルイジアナは再びハンドルを強く摑《つか》み、すらりとした脚でペダルを漕《こ》ぎながら、

「……『ウェンディゴビークル』グループ全体の時価総額は六兆《ちょう》ドル。ドルの価値そのものに関わる巨大会社でありながら、実際の資産総額はまさかの○セントとはな。怒りに震える投資家が本社所在地を見たら腰を抜かすだろうね。何しろ、社長室以外全てのフロアは空っぽのオフィスに固定電話が一つ置いてあるだけなのだから」

『バレたら王様を見捨ててよそへ逃げるだけですが、今のところその機会すらなさそうですね』

「あれでも存在しない架空の採掘権や遺言状、土地の権利書なんかで元手を集め、幽霊株の架

空取引と存在しない新企画のプレゼンだけで世界中の投資家から金を集めて『資本企業』長者ランカーに名前を残した傑物だぞ。実態なき幽霊会社から始まってライバル社を買収し続け、7ｔｈコアにまで食い込ませた敏腕経営者。そいつが腑《ふ》抜《ぬ》けになるまでひたすら甘やかしたのは君だろうに」

『良《い》い弾除《たまよ》けです』

「まったく、だから君は恐ろしい」

くすくすと、しばし女同士の妖しい笑みがあった。

仮にこの音声が録音されて社長の耳に入ったとしても、彼は迷いなくこう判断するだろう。ひどい捏造《ねつぞう》だと。そのレベルで『教育』は行き届いている。

通称はシルクスパイダー、『島国』の言葉では女郎蜘蛛《じょろうぐも》。

有能な秘書の本名を知る者はいない。ルイジアナはもちろん、戦略秘書として所属する大会社の誰も知らないはずだ。社員情報サーバーにあるセレナーデ＝ブラックローズとやらもありふれた偽名だろう。謎多き美女だが、迂闊《うかつ》に深入りすればどのような手で始末される事やら。世界レベルの衝撃動画としてアングラなネット上で永遠に語り継がれる羽目になりたくなければ、時には謎を謎のままにしておく賢明さも必要だ。

ややあって、

『もうすぐですね』

「ああ。君が見逃してくれたおかげでな」

ガッシュガッシュとペダルを漕《こ》ぎ続《つづ》け、宝石みたいな汗の珠《たま》を無重力空間に散らすルイジアナにシルクＳはこう続ける。

『常日頃、帳簿の計算ばかりしていると退屈でして。たまには採算度外視で大きな花火を見てリフレッシュしたいものなのですよ』

「それはまた、良《い》い枠を譲り受けてもらったものだ」

７ｔｈコアは七つの大会社だ。

いつの間にか顔のない毒婦に乗っ取られていた一社以外の思惑だってある。各々《おのおの》表面上の経営陣など無視し、負けず劣らずの入り組んだ状況に陥っているだろうが。

本来なら死ぬほど経理がうるさいだろうに、それでもこれほどの建設資金が一度は黙認されたという事は、上層部も世界に対してある程度の『懸念《けねん》』は持っているらしい。これで解決すれば御の字。出来上がったエレベーターが期待以下なら適度な戦争の火種として再利用し、戦争特需で払った分以上の金を回収する、といったところか。

ある意味では分かりやすい。

変人の天才だったくせに根っこが潔癖な兄はこの辺りに耐えられなかったようだが、ルイジアナとしてはコントロールが容易としか思えない。

だから、兄と妹が手を組んで一つのプロジェクトで合流する事もなかったのかもしれないが。

『期待しております』

「何に？　私が世界を救うところにか？」

『個人の思惑が、つまらない数字の積み重ねを凌駕《りょうが》する瞬間に、です』

ストロー付きのボトルからスポーツドリンクをすすりながら、ルイジアナは小さく笑った。

告げる。禁断の言葉を。

「……インターナショナルイーター。個人の力で世界レベルの大会社を丸ごと喰《く》らった、君がまさに成功例だろう」

『ふふ、成功者は必ずしも孤独を愛する訳ではありませんよ。私は同じ目線の高さから世界を眺める誰かが欲しい。あなたにその資格がある事を祈っております、では』

それきりだった。

業務内容は一つもなかった。意味のある通信とも思えない、普通に考えればこれ自体がリスクの塊だろうに。本物の戦争に個人の遊びを挟み、道楽で世界を回せる歴史に名前を残さない秘書は、とことん強い。

だからこれは、ただの邪推だ。

ペダルを漕《こ》ぐ足を止め、サドルに腰掛けたままルイジアナはぼんやりと思う。

（あの分だと、向こうのＣＥＯはそろそろダメになるか。シルクＳめ、次の標的でも探すために場を引っかき回し始めたな。……しかし７ｔｈコア以上のカモネギなんて一体どこの誰だ？）

首を横に振る。

益体もない想像をルイジアナは振り払う。

もう少しだけ、意味のある妄想の中を漂ってみよう。

（……スラッダー、君はしくじった）

身内であっても、率直に評価する。

自分しか見ていなかったもう一人の天才は、イーターにはなれなかった。社会にただ喰《く》われて消費される側から抜け出せなかった訳だ。

しかし科学者が雪の結晶やシンプルを極めた数式にロマンを感じないとは限らない。同様に、効率や消費を忌み嫌う瞬間だってある。

（だから私が、宇宙を獲《と》るよ。私に負ければ君も諦めがつくだろうしな）

そっと息を吐いて、ルイジアナ＝ハニーサックルは宇宙エレベーターの心臓部へ視線を投げる。何本かのカーボンナノチューブ製のワイヤーが並行に並べられた、世界最大、ざっと一〇万キロの弦楽器へと。

勝ちを奪う。そのためには必須のオモチャだ。

（ヤツらが第二世代の『エリナベル』とじゃれている間に、私も私でケリをつけないとな。理想に妥協を混ぜて、珠《たま》に疵《きず》をつけてでもエレベーターは調達した。……そのために、トゥルカナ方面で素朴な暮らしを守る人々には何一つ真実を明かさないまま建造予定地となる土地を騙《だま》し取《と》った。ここまで散々苦汁を舐《な》めて耐えてきたんだ、いい加減に甘い汁の一滴くらいでも分けてもらって構わないだろう)

「さあて」

再び強くペダルを漕《こ》いで、自分の体を絞り上げ、単純な運動と適度な疲労によって思考は内向きに導かれていく。

思い出すのはトゥルカナ方面の大自然と、かつての友の顔だ。

恩には報いる。世界の問題を修正する事で。

ドーム球場よりも広いエレベーター心臓部でポツンと一人きり。イタズラを企《たくら》む子供のような瞳で笑って、兄とは違った種類の天才は告げる。

「世界最大の演奏会でも開くか」

11

クウェンサー＝バーボタージュの視界が回る。

回る。

爆発自体は、タイミングを外したはずだ。敵のオブジェクト『ワールズエンド』は酸素を自在に操るが、誰が着火したって平等に起爆する。だから操縦士エリートが最適の広がりを確認してから着火するより早く、クウェンサーがプラスチック爆弾を投げ込んでしまえば『ズラす』事ができる。

しかし。

ぴし、ぱし……という薄氷を踏むような硬い音がいくつか連続した。顔から蜘蛛《くも》の巣《す》に突っ込んだように、何か白いものが視界の左半分を遮る。生理的な嫌悪感《けんおかん》から思わず顔を擦《こす》ったクウェンサーだったが、汚れは消えない。拭い取れない。

亀裂だった。

ヘルメットのバイザーに傷がついているのだ。砕けて気密を破られればどうなるか、想像しかけた瞬間に頭の後ろを猛烈なノイズが埋め尽くした。

「ひっ……⁉」

恐怖の限界値が、喉元で強く感じられる。

しかし叫んだらおしまいだ。自分で生み出したパニックが新しいパニックを呼び起こす、無限の連鎖に繋《つな》がってしまう。クウェンサーは必死に抑え込んで思考する。

（オブジェクト級の火力……）

歯を食いしばる。

現実から逃避するための空想ではない。立ち向かうために考える。

（結局、人間の手じゃどうやったってアレは壊せない。どうにかしてオブジェクトをこの現場に持ち込む。具体的にどうすれば良いのかを考えろ!!）

キラー衛星にオブジェクト、挙げ句に大気圏で焼く予定のゴミや不良品。

エレベーター連盟が好き勝手やっているせいでゴミの多い宇宙。

そして足元には青く輝く星。

いっそ角度を整えて安全な惑星まで帰ってやろうかとまで想像を広げるが、そんな事をしたって助からない。

クウェンサーはもう一度、自分の生まれ故郷を眺めた。そこにある色彩は青だけではない。あちこちにぽつぽつと赤い光があるのは、オブジェクト同士が激突する現代の戦場だろう。こうして宇宙から見ても分かるくらい、ヤツらのスケールはケタ外れだ。

しかし。

こちらから見ても分かるという事は……？

「いや、待てよ」

『おいクウェンサー、なにごそごそしてんだよ。今さら爆弾なんか取り出したってあれは破壊できねえ!!』

「狙いはそっちじゃない。辺りを漂っているゴミの軌道！」

『あん？』

「そいつを狙った通りにねじ曲げられれば、未来が変わる‼」

12

「にゃおーん」

　いよいよ暇を極めたお姫様がついに両手の手首を丸めてネコ化していた。

　のちに控えているお祭り、カーニバルのために用意してあったコスプレグッズの中から黒猫の耳と尻尾まで引っ張り出してきた本格仕様である。

　画面の中で野鳥をしばらく追いかけていたが、ある程度までコンプしたところで諦めた。どうも夜行性の鳥がいるらしく、いつまでカウントを続けても今すぐ図鑑が埋まる訳ではないらしいと気づいてしまったからだ。

　もうやる事がない。

　いっそ寂しい。

　そんな弛緩《しかん》しきった操縦士エリートの耳に通信が入ってきた。

『こちらクウェンサー。ざざざざ‼　じじ、お姫様、ガリガリ、繋《つな》がっているか⁉』

「クウェンサー？　っ。今のナシ、ナシナシ‼　きかないでー‼」

『？』

慌ててぱたぱたと両手を振り回し、真っ赤にした顔を覆うお姫様だったが、どうも向こうはそれどころではないようだ。羨ましい。その身軽さで宇宙まで出かけた少年達は今もきちんと戦争をやっているらしい。ひまだー、とにかく退屈で死にそうなお姫様とは体感している時間そのものが違うっぽい。

『支援を頼む、ガガガリガリ今すぐに!!』

「いやむりだし」

うっすら目尻に涙を浮かべ、唇をもにょもにょさせながらもお姫様は指摘した。

「たいくうレーザービームって言ったって、3万6000キロもあるせいしきどうじょうまではサポートできないよ。だんどうきどうは1ばん上でも3500キロくらいだもん。たかさがぜんぜんちがうでしょ」

『ジジ、欲しいのは対空兵器じゃない』

「ん？　つまりどういうこと？？？」

『分かりやすい主砲なんかどうでも良《い》い！　ジジザリザリ!!　今はとにかくお姫様の協力が欲しい!!』

「んうー……？？？」

13

試作兵器は試作兵器だった。

ルイジアナ＝ハニーサックルが着慣れないタイトスカートのスーツに身を包み、７ｔｈコアの重鎮相手にプレゼンテーションした時はホワイトボードを指示棒の先端で叩《たた》きながら散々メリットを提示したが、実際のところ、宇宙にオブジェクトを置く理由は特にない。欲しかったのは宇宙エレベーターであって、オブジェクトは予算捻出のための客寄せパンダだ。実用性は度外視で良《い》いので、とにかく普通の企画では通らないような異形の装備で全体を固めていった。主砲に高濃度酸素を設定したのもその一環だった。

自転車の形をしたトレーニングマシンの小さな画面で必要なだけの運動量を確かめる。ルイジアナはビーチサンダルに似たストラップから足を抜き、ペダルから解放する。赤いブルマに包まれたお尻がサドルからふわりと浮かび上がる。

(不要なものではあるんだが)

しかしオブジェクトはオブジェクト。

宇宙に二機目が存在しない以上、無重力の戦争では一方的な最強戦力となるはずだ。

(カムフラ用であったとしても、使えるものなら何でも使わせてもらう。せいぜい地獄を見るといい、『正統王国』)

両足を畳んで体育座り。そのまま空中でくるりと回る姿は、まるで胎児のようでもあった。

……そんな女性研究者の意見が、耳障《みみざわ》りな雑音に遮られる。

ノイズ。通信機器を阻害しているのは電磁波だ。

「っ?」

ありえない方角からだった。真下、地上だ。下というのはエレベーター特有の感覚でもある。電波塔や空港の管制レーダーなど電波源はいくらでもあるだろうが、そんなレベルではない。やがては宇宙ステーション外装に設置されたカメラの基板が耐久限度を超え、精密機器そのものが耐え切れずに破壊されてしまう。ある程度の放射線や電磁波の耐性を備えているはずなのに。

何だ、何が起きた?

地上でははるか昔に絶滅した核爆発でも発生したとでも言うのか。いいや、核でもこんな現象は起こらない……ッ!!

「まさか……」

ルイジアナ=ハニーサックルは絶句した。

これだけの天才少女だ、理解ができないなどという話はない。あるいは自分自身が望んでもいない答えだったとしても、彼女の頭脳は正確に答えを導き出してしまう。

「まさかッ!!」

14

　間に三万六〇〇〇キロもの距離を挟んでいるとはいえ、宇宙エレベーターの地上基地にはお姫様と『ベイビーマグナム』が待機している。

　第一世代の対空レーザービームでも届かない距離だが、だからどうした。

　だったらもっと違った力を引き出してやれば良い。

『バガザリザザザ!!　おいっ、何だ？　ジリザリ、何が起きやがった⁉』

　いつの間にかこっちに合流してきたヘイヴィアがクウェンサーの肩を摑《つか》んだ。無重力なのでそれだけで二人揃《そろ》って回転しそうになる。

　ヘイヴィアは慌てて背中の船外活動ユニットで姿勢を保ちつつ、

『テメェお姫様をなんて言ってそそのかした、ジジ⁉　ザリザリ地上のありゃ何だ⁉』

「静電気だよ」

　クウェンサーがありえない事を言う。

　地球で下敷きを擦《こす》ったところで宇宙まで届くとは思えない。

　ただし続けて『学生』はこう言ったのだ。

「いいか、お姫様が乗っている『ベイビーマグナム』は静電気式推進装置を使っている。反発剤を同時にばら撒《ま》いているとはいえ、二〇万トンもの巨重を浮かばせるほど強大な静電気だぞ。こいつを使わない手はない」

『おい、まさか……』

「でもって彼女がいるのは三六〇度見渡す限り何もないひび割れた砂漠だ。主な成分は石英、砂鉄、後は微量のミネラルとか？　質が悪くて工業的に出荷できるようなものじゃないらしいけど、俺達にとっては関係ない。空気中をうっすらと漂う砂埃《すなぼこり》は、粒の大きさや重さによって支配領域が変わる。石英の漂う空間ならあれと一緒だよ、ガラス繊維のはたきとかな」

一〇キロ四方、あるいは一〇〇キロ四方？

とにかくその全てが静電気を蓄積していく。市販の絨毯《じゅうたん》でも一万ボルト以上溜《た》め込《こ》むのだ、これだけ広大になればどこまでケタが変わるか。

「そして、どんな容器もキャパを超えれば溢《あふ》れ出《だ》す」

クウェンサーはそう言った。

「そいつは雷と一緒で、光や音の他にも強烈なものを撒《ま》き散《ち》らす」

狙いはこうだった。

「つまり空電。お空に向けてばら撒《ま》かれるのは分厚い電磁波の壁だ!!」

『ワールズエンド』の球体状本体の表面を埋め尽くすようだった。花火に似た火花が大量に撒《ま》き散《ち》らされていく。

あるいは、電子レンジの中にうっかり金属製のスプーンを入れてしまったように。

『おいっ、お姫様はどうなった⁉』

「核でも破壊できないオブジェクトだ。特に第一世代なら電磁パルス攻撃だって想定しているから致命傷にはならないよ」

それだけ呟《つぶや》く。

さらに、だ。

「光は届く」

クウェンサーは確かに言った。

「地べたの輝きは地球を飛び出しているんだ。オブジェクトがもたらしている戦火の赤が見えるだろ。光だって電磁波だ、あれが見えるなら電磁波は普通に届く！」

ただし。

ヘルメットに届くヘイヴィアの声は、懐疑的だった。

危機が去らない。

『おい、これでおしまいか……？』

火花はあった。

並の戦車や装甲車ならダウンしていたかもしれなかった。

それでも、だ。

『そりゃここまで殺人的な電磁波が届いただけでもすげえよ。大雑把だけど獲物に当たってるしな。だけど相手は核でも破壊できねえオブジェクトだぜ⁉　電磁波は垂直に延びたエレベーターのワイヤーで多少は目測をつけているんだろうが、それでも地上から派手にばら撒《ま》くだけで細かい狙いもつけられねえ。こんなのでオブジェクトの装甲をぶち抜けるのかよ⁉』

「心配いらないよ」

クウェンサーは小さく笑っていた。

まだ笑える。まだここはレールの上だ。

「全部考えてる。忘れたのかヘイヴィア、ここは宇宙エレベーターの支配領域だ。じゃあ問題、垂直に走るあのかごはどうやって動かしていた？　トゥルカナ方面の砂漠で散々煮え湯を飲まされてきたはずだぞ」

その変化は、ある一点を中心に起きた。

『ワールズエンド』のすぐ目の前を、何かが横切る。戦闘に巻き込まれた輸送用コンテナの中身か、あるいはそういう投棄方法なのか。ゆっくりと回転していたのは、予備と思《おぼ》しきエレベーターのかごだ。

こつんっ、と。

オブジェクトの球体状本体に小さく触れる。そうなるようにクウェンサーがプラスチック爆弾の『ハンドアックス』で押したのだから当然だ。核でも破壊のできないオブジェクトは気にも留めていなかったのか、あるいは電磁波のせいで索敵系に悪影響が出ていたのか。

ちなみに大型バスほどの大きさの機材には、ある装置が搭載されている。

つまりは、

「電磁波は、電気にできるんだよ」

ガカァッッッ‼　と。

落雷よりも凄《すさ》まじい真っ白な閃光《せんこう》が宇宙空間を埋め尽くす。

『があぁ‼』

両目を潰すほどの爆発的な光だが、反して音はクリアだった。ヘルメットを通して仲間の通信を聞いているからだろう。自分の声も届いていると信じて、クウェンサーも口を開く。

目玉というより頭の奥が痛い。

何かしていないとヘルメットの中で吐きそうだ。

「っづ……。普通の電球は中を真空にする事でフィラメントが焼けないようにするけど、いくつか例外がある」

『それがっ。ざざ、一体何だってんだ⁉』

「閃光電球《せんこうでんきゅう》、フラッシュバルブ。ガラス球の中を酸素で満たした上で電気を通し、一瞬でフィラメントを焼き切って莫大《ばくだい》な光を生み出す装置だ。似ているだろ、今の状況と。ヤツは自分がばら撒《ま》いた高濃度の酸素で首を絞めた‼」

『ババザリザリ、同じ電球の中に俺らも閉じ込められてんのか……ッッッ‼⁉⁇』

フィラメントは細い糸に整える事で切れやすくしてあるが、それはオブジェクトだって同じだ。ただまん丸の球体状本体があるだけではない、砲、推進装置、タンク、出っ張りなんていくらでもある。

それに、ヘイヴィアやミョンリ達が必死になって叩《たた》き込《こ》んできたミサイルなども。

核でも破壊できないオブジェクトにとっては痛くもかゆくもなかったかもしれない。実際、表面に数ミリにも満たないかすり傷を作るくらいしかできなかった。だけど、そのわずかな爪跡が鉛筆の削りかすよりも些細《ささい》なひらひらを作り出す。その先端に大量の電気が集まり、フィラメントのように燃え上がる。

真っ白な閃光《せんこう》が晴れた時、ヤツはひっくり返り、虚空に向けて飛ばされていた。

やはり先の尖《とが》った部位から集中的に破壊が進んでいったのだろう。ヘッドフォンのように連結されていた酸素タンクの群れは食い破られ、二つの主砲はねじ曲がっている。球体状本体は熱が冷めないのか、今もオレンジ色に表面が煮えていた。

　無駄な事なんかなかった。

　クウェンサーは一言で言った。

「終わりだ」

15

　ガシャガシャガシャ!! と。

　硬い音が連続した。最大の脅威であるオブジェクト『ワールズエンド』を破壊したクウェンサー達が、再び宇宙ステーション内に侵入したのだ。

　真空の宇宙から人工空気で満たされた屋内に踏み込むのは二度目だが、今度は変な眩暈《めまい》もなかった。もう慣れ始めている自分が怖い。

　半袖体操服に赤いブルマ、黒いニーソックスとスニーカー。

　その上から羽織った白衣。

　およそ宇宙という舞台には不釣り合いな格好をした、『資本企業』エレベーター連盟の中心人物。ルイジアナ＝ハニーサックルはドーム球場より広大な心臓部で宙に浮いたまま、相変わらずだった。暇そうにしている一七歳の少女は何故《なぜ》か体をひねっていたのだ。どうやら世界の行方よりも、赤いブルマの縁から下着がはみ出ていないかの方が気になるらしい。

こちらに気づいて、そのまま彼女は語る。

「やあ、人類の破滅に手を貸す者達。この手の災厄は考えなしの『信心組織』辺りがもたらすと思ったが、破滅の名は『正統王国』だったか。ともあれ、これで最後の希望は潰《つい》えたな。私としても読み違えたよ」

「黙れ」

へイヴィアはアサルトライフルを油断なく構えながら、

「テメェのお利口な頭じゃ計算できなかったのか？　御大層なリ・テラだの統一環境だのなんぞ知った事か。このエレベーターは、ただの虐殺兵器だ。あんな化け物を生身の兵士に突きつけたらどれだけ死ぬか、知らなかったなんて言わせねえぞ。生き残った俺らがテメェをどういう風に八つ裂きにしてえかもだ!!」

「でも、問答無用で鉛弾をぶち込む訳でもない」

数十もの銃口が集中する状況で、孤立無援のルイジアナはまだ笑っていた。

たったこれだけ。

宇宙に打ち上げられた当初、どれだけ多くの仲間がいたかなんて考えたくない。

「宇宙エレベーターは総延長一〇万キロにも及ぶ世界最大の巨大建造物だ。邪魔だからと言ってビルの解体みたいに爆薬を仕掛けてドカンという訳にはいかない。撤去のためにも、正確な

設計図と運用マニュアルが必要なんだろう？　それまで私は殺されない」

「……随分と余裕がおありのようだが、聞き出すための方法が合法の範囲に収まるとでも？　恨みについては死ぬほど抱えてんだぜ、こっちは」

「それから」

無視だ。

虚勢ではない。本当にルイジアナには余裕があるようだ。

しかし何故《なぜ》？

「君達は奇抜な方法で『エリナベル』を撃破したつもりになっているようだが」

「っ」

「そう身構えるな、少年」

びくっと肩を震わせたクウェンサーに、ルイジアナがくすくすと笑う。

「君達は、『エリナベル』をきちんと倒したよ。原形こそ残っているもののあれは行動不能、操縦士エリートに脱出の機会もなかっただろう。……だが、倒すのに時間がかかったな。爆発の時、『エリナベル』は自分からある方向に大量の酸素とガスを撒いていた」

「おい……ちょっと待て」

「難しかったかな？　分かりにくいならこう置き換えようか。地球のどこに落とすつもりだと思う？」

待て、と叫ぶ気力すらなかった。

一本。

己の細い顎に人差し指を当て、天才少女ルイジアナ＝ハニーサックルは最悪のクイズの答えを発表した。

「まあ、総重量二〇万トンの落下物だ。地球のどこに直撃しようが世界全体が巻き込まれると思うけどね？」

行間二

少し前の話だった。

宇宙エレベーター・マザーレディの宇宙ステーションには、本体の他に二〇〇八基の外部接続実験棟モジュールが接続されている。

クウェンサー自身もいくつか見てきたはずだ。

例えば一年間に何十回も収穫できる植物工場や、そうやって作った作物を食わせて昆虫を短期製造していく動物性たんぱく質工場。

実益はあった。

だからそこで納得して、流してしまったのかもしれない。

ルイジアナ＝ハニーサックルは紛れもない悪女だ。

彼女はトゥルカナ方面の人々から必要な土地を奪い取るため、環境的リスクを全く説明せずに宇宙エレベーターの建設予定地を騙《だま》し取《と》った。その結果、緑豊かな大地は乾いてひび割れ、元々あった生態系は荒れ果てた。あれだけたくさんいた動植物はその八割以上が死滅した。

だけどここに、全て揃《そろ》っていた。

ありとあらゆる動植物の遺伝的サンプルが、スイッチ一つで解凍できる状態で。


野鳥は一五〇種。

獣は二七八種、魚は五九九種、虫は一万六三〇種、植物は三八一一種。

その全て。

「まあ」

ルイジアナ＝ハニーサックルは一人で笑う。

宇宙エレベーターには各種の観測機器も取り付けられている。地上で何が起きて、誰が倒れたのかはもう分かっている。

ブラスカイン＝ミントフラッペ。

大学時代に知り合って、くだらない事で気兼ねなく笑い合えたあの男はもういない。

目の前いっぱい数式だらけで、それだけ解いていれば世界の全てを理解できると思っていた。

そんな彼女のつまらない人生観は、サマーバケーションを使って出かけたアフリカの大地を見て一変した。

「今となっては、共に祝える者もいない夢だけどね……」

大地は荒れ果てた。

恩を仇《あだ》で返した。

誰とも分かち合えなかったとしても、ここから引き下がる事はできない。ルイジアナ＝ハニーサックルには叶《かな》えなくてはならない夢がある。

そう、『知ってしまった者』の責務として。

あるいはここが、歳《とし》の離れた兄とは違う点だったのかもしれない。

彼女は自分のために宇宙のロマンに挑む訳ではない。

むしろ、宇宙を知らない人に向けて語る方が好きだった。こんな事さえなければ、プラネタリウムの係員でもやってみたかったと夢想するくらいには。

そんな事も言っていられない。

こうしている今も危機は継続している。兄がコンペに負けて『資本企業』を去った以上、その問題にはこちらが対処しなくてはならないだろう。

英傑になるつもりはない。彼女を衝《つ》き動《うご》かしているのは、ただ『知ってしまった者』としての責務だけだ。このままでは何も守れない、放っておけば全てを失う。そんな焦《あせ》りにも似た感情が、結果彼女の手の届く範囲にあった全てを破壊していく。

構わない。

最後に笑うのは自分じゃない。共に分かち合いたい人もこの世を去った。

それでもトゥルカナ方面はそこにある。

であるならば、最後に笑うべきはそこで第二の故郷で暮らす人々だ。

歪《いびつ》な常識を正せ。

一人で孤独に世界を救おう。

第三章　急火　〉〉トゥルカナ方面宇宙エレベーター攻略戦・？・？・？

1

「こいつぶっ殺してやるッ!!」

「よせヘイヴィア、意味がない。『ワールズエンド』は俺達の手で『破壊』したんだ、脅して命令させたって今さら残骸の軌道は変わらない！　ミョンリこの馬鹿押さえてろ!!」

「また貧乏くじですか私ッ⁉」

とにかく時間がない。

宇宙ステーションにある外装のカメラは軒並み破壊されていた。二重強化ガラスの窓に張り付いてみると、オレンジ色の輝きが見て取れた。

「『エリナベル』は二〇万トンの鉄塊だ」

ドーム球場よりも広大なエレベーター心臓部では体操服に白衣の少女、ルイジアナ＝ハニーサックルがうっすらと笑っていた。

何でこいつを庇《かば》わなくちゃならないんだとクウェンサーは歯噛《はが》みする。エレベーター連盟を切り盛りする天才科学者サマの言葉は止まらない。

「小型の核砲弾に匹敵する人工流星雨はどれくらいのサイズだったと思う？　今度はあんな小粒じゃないぞ、被害規模は計算できるかな？」

宇宙専用のオブジェクト、『ワールズエンド』。

クウェンサー達のいる宇宙ステーションよりも、大分高度が低い。青い星に向かってゆっくりと落ちているのは明白だった。

行動不能に陥っていたはずだが、あのオレンジ色は本当にそれだけか？　もっと得体の知れない、おぞましい破壊の力を感じさせる禍々《まがまが》しい輝きであった。

二〇万トンもの鉄塊。

減速もせずまともに落下すれば、全世界は恐るべき衝撃と震動にさらされる。仮にいくらかの人類が生き残ったとしても、後に待つのは舞い上げられた大量の粉塵《ふんじん》が生み出す終わりの見えない氷河期だ。

クウェンサーには信じられなかった。あるいはここで常識がブレーキを掛けるから、自分は天才にはなれないのか。理解不能の怪物を前にして、そんな想《おも》いすらあった。

「こんな……」

宇宙エレベーターを使って全世界に除去不能な量の土壌や水分をばら撒《ま》くリ・テラフォーミ

ング、『統一環境化』は失敗した。

だから？

二つ目のプランとして、こんな方法を持ち出してきた？？？

「こんな方法で、『平等』なんかもたらされると思うのか？　氷河期がやってくれば全ての動植物が死滅するだけだ。そこにチャンスなんかないぞ、トゥルカナ方面だって!!」

知らず、世界を破滅させるトリガーを引いてしまった。

詰めを誤った。

きちんと蒸発させるまで徹底するべきだった。

ルイジアナ＝ハニーサックルはにたりと笑ったまま、空中で小さく両手を挙げていた。

無重力の中、翼のように白衣を広げる悪魔が囁《ささや》いた。

「じゃあ問題だ、どうするね？」

「くそっ!!」

クウェンサーは無線越しに会話を始める。

エレベーターを制圧した事で、ジャミングも解除されている。

「フローレイティアさん、それからお姫様も!!　緊急です、宇宙専用のオブジェクトが地上に向けて落下中。場所はエレベーターに近そうだ、『ベイビーマグナム』の主砲で迎撃できますか!?」

『ぶふっ⁉』

遠い地上の安全帯にいた銀髪爆乳が思い切り噴き出す。

お姫様は冷静だった。

『じゅんすいな「てつのかたまり」ならむり。どうりょくろはまだうごいている？　ないぶにばくはつぶつがあるのなら、そこをつらぬいてくうちゅうぶんかいをねらえるかも』

ルイジアナが鼻で笑った。

「すっかり壊れて動かない『エリナベル』側に、わざわざ危険な動力炉を稼動し続ける合理的な理由があるとでも？」

ちくしょうが、とクウェンサーは呻《うめ》く。

かと言って、『学生』としてもこのまま状況を地上班へ放り投げてはいられない。彼らが引き金を引いた。こうなる事が分からなかったとしても、それを言い訳になんかできない。

自分が生まれた星だ。

いくつもの戦争を勝ち抜いてオブジェクト設計士になり、溺れるほどの大金を手に入れたとしても、帰る場所がなければ使い物にならない。

胡散臭《うさんくさ》い正義のためじゃない。

自分の欲望のために戦おう。

「分かった。お姫様は地上からの迎撃の方向で頼む。JPlevelMHD動力炉は動いていない。だけど『ワールズエンド』は高濃度の酸素を自在に操る第二世代だ。それ以外にも可燃物なら山ほど積んでいる。内部誘爆のチャンスくらいいくらでもある‼」

『おひめさま「は」？』

「放っておけるか。俺達『も』今からそっちへ行く」

ヘルメットの無線を切ると、クウェンサーは身振りでルイジアナを呼び寄せた。

「来い‼　アンタだって地球が必要な人間の一人だ、こんな元凶を作ったクソ野郎でも。滅亡とやらに抗《あらが》ってもらうぞ」

「さあて、本当の滅亡に手を貸しているのはどっちかな？」

「黙れ」

クウェンサーは細い手を摑《つか》んで引っ張る。

意味不明な世迷言《よまいごと》に付き合っている暇はない。必要なのは一分一秒の時間だ。銃やナイフがなくとも、無駄に時間を消費する事がルイジアナにとって最大の『武器』となる。

急にヘイヴィアが狼狽《うろた》え始《はじ》めた。

『おいっ、これから行くってどうするんだよ⁉』

「ここがどこだか忘れたのかヘイヴィア。宇宙エレベーター・マザーレディ。宇宙と地上を一直線に繫《つな》ぐ次世代のプラットフォームだろ」

『……マジかよ』

「ヤツらの施設を借りて、落下中のオブジェクトを追い越す。そうすれば挑める。もう大気圏への突入自体は避けられないけど、まだ終わりじゃない。途中で空中分解させれば最悪の事態だけは阻止できる!!」

『ギリギリで引っこ抜いてわざわざ外に出したイカ臭い粘液を顔で受け止めろってんだろ、冗談じゃねえぞくそ!!』

本来、宇宙エレベーターは時速二〇〇キロくらいで三万六〇〇〇キロを行き来する乗り物だ。片道でおよそ一週間ほどの、楽しい宇宙の旅。だが安全装置を破壊し、重力の力を利用して下るだけならもっと素早く降下できる。元から十分に与圧された宇宙服に包まれていれば、急激な気圧の変化による気圧外傷も出ない。

クウェンサーは箱詰めされていた『資本企業』製の宇宙服を引っ張り出す。これまでもエレベーターの防衛部隊とは戦ってきたが、パワードスーツや装甲車ばかりだった。こうして宇宙服を見てみると、もこもこ膨らんだクウェンサー達と違ってかなりスリムだった。黒ベースで要所に黄色いアクセントを加えた特異な宇宙服。おそらく操縦士エリートの特殊スーツ辺りから応用した技術なのだろう。

(宇宙で黒とか、真面目に生き残る気があるのかこいつら……)

クウェンサーは絶句するが、そもそも宇宙で活動するために赤いブルマと白衣を選ぶようなセンスだ。凡人とは見ている世界が違うのだろう。

とにかくルイジアナに押し付けて、

「……アンタも『正統王国』の手先になるつもりはないだろうが、自分も乗り込むエレベーターだ。いいか、かごのカスタムに手を貸せ。わざと手を抜いたって熱圏で焼かれるのは自分自身だぞ」

「見かけによらず優しい子だ。あるいは何でもスマホで検索できる現代っ子は想像力が足りていないのかな？　私が自殺する事で計画がより強固になるとは考えられないのかね」

「こいつ撃ち殺して良いか？　今すぐにッ!!」

「ヘイヴィア」

短く言って悪友を制止しつつ、

「本当に自殺を望んでいるなら、あの時両手なんか挙げなかったろ。護身用の拳銃でも握って適当に俺達へ向ければそこでおしまいだった。でもアンタはそうしていない」

「……、」

「どんな形であれ、自分で始めた事の結末を確認したかった。違うか？」

「何故《なぜ》そう言える。断言の根拠は？」

「アンタは優れた兵器開発者だ。オブジェクトの設計士が、自分の開発した機体がどうなるか結末を気にしないはずがあるか」

吐き捨てるようにクウェンサーは言った。

一七歳の天才少女ルイジアナ＝ハニーサックルは小さく笑う。これまでの挑発的な笑みとは違った種類の表情だった。

「良《い》いだろう、だが今さら手遅れだと言っておくがね」

「俺達の世界の危険日を切り抜けられるかどうかはこっちの努力で決まる。一人で好き勝手に腰を振って満足したアンタが決める事じゃない」

それだけ言うと、クウェンサーとルイジアナは宇宙ステーションの心臓部、垂直にいくつか並べられたカーボンナノチューブのワイヤーに向かう。厳密にはそこへ連結された大型バスほどの塊を縦にした円筒形の『かご』に、だ。

人員用の分厚い扉から中に入ると、ルイジアナがいきなり予想外の動きに出た。

天才はいきなり自分の服に手を掛けて躊躇《ちゅうちょ》なく脱ぎ捨てたのだ。白衣や体操服から下着まで、何でもかんでも無重力空間に浮かび上がる。

「おまっ、いきなり何だ⁉」

「これから何が起こるか分からない。今の内に宇宙服に着替える権利くらい与えてくれよ、少年？」

「あわわあわあわおまだってそれあわー⁉」

「分かった分かった、君とは分かり合えないな。これやるからちょっと黙っていてくれ。ほらぱんちー、こっちはブルマだ。はいおかわり」

クウェンサーの頭の中がスパークした。すっかり辟易《へきえき》した天才少女の手で、ほんのり温かい薄布を丸めて口の中にねじ込まれたからだ。

向こうは全く気にしていないらしい。

無重力下において、二つのおっぱいはどのように振る舞うのか。密室の中にいたクウェンサーは一つの研究に答えを得た。そう、元々の重みと下着の支えを失ったおっぱいは柔らかく浮かび上がるのだと‼

一方。

「ふう、やっぱりこいつがないとしっくりこないな」

「ぶはっ‼」

クウェンサーが吐き出した下着の話ではなかった。

ボディラインをこれ以上ないくらい露《あら》わにした黒の特殊スーツに身を包んだルイジアナは、宙に浮かぶ白衣を掴《つか》んで冗談半分に袖を通したのだ。頭については球体っぽいヘルメットではなく、どちらかというとタコみたいなまん丸の覗《のぞ》き窓《まど》、アイピースが二つついた古いガスマスクみたいなものを装着していた。おかげでニッチを極めたボンデージマニアのお姉さんのように見えなくもない。本人は全身ぴっちりガードしているつもりなのかもしれないが、大変困った事になっていた。具体的には、お股の辺りとか視線を投げられそうにない。何をどうしたってYの字はYの字である。

二つの丸いアイピースからルイジアナはこちらを見据える。

『これで「安全」は手に入った。さて、それじゃあ本題だ』

『正統王国』のジャガイモ達も、大分数が減った。

ルイジアナは料理でも作るような気軽さでこう言ってきた。

『宇宙で加速するのは簡単だが、問題はむしろ空気のある地球だな。重力落下を利用して速度を稼ぐなら、いくつかあるブレーキを破壊して動作不能に追い込むしかない。当然ながら取り除いた分だけ安全性は失われるぞ』

「分かってる」

『それからワイヤーとの接触面には冷却剤を新規追加する必要がある。カーボンナノチューブのワイヤーが摩擦で焼き切れないようにするためにな』

「……熱圏に常時さらされている頑丈なワイヤーが、摩擦程度で？」

『やれやれ、程度ときたか。やはり想像力が足りていないな少年。事は三万六〇〇〇キロの垂直落下だぞ、その過程においてどれだけの力が蓄えられると思っている？』

「……、」

『ある状態が持続するなら問題ない、高温でも低温でも。ワイヤーに不規則なムラができるのが一番危ないんだ。そいつを均《なら》すため、地上の水もかなり使わせてもらった』

文字通り、天文学的な数字という訳か。日々の生活の中でも見られるありふれた自然現象であっても、膨大に積み重なれば超常現象じみた結果をもたらす。オブジェクトの設計とはまた違ったスケールを思い描く必要があるようだ。

この辺りは、専門家の肌感覚を信じるしかない。

こいつが全てを作り出した元凶ではあるのだが。

「アンタ、何のためにこんな事をした？」

『世界を救うため』

「っ？」

『攪乱《かくらん》と思ったかな？　だけど、こうしている今も私は戦っている。もっとも、世界や人類などおまけだがね。私はトゥルカナ方面の壮大な風土と素朴な暮らしを守る人々を幸せにしたかった。彼らを守るついでに世界も守ってやると言っている』

「宇宙エレベーターを使ったリ・テラなんて世界全体の寿命を縮めるだけだ。まして氷河期を作って無理矢理統一環境なんか作ったって……」

『そんな陳腐な話じゃないよ』

……読めない。

ガスマスクのようなヘルメットに覆われて表情が見えないから、だけではないだろう。もっと根本的な部分で理解のための材料が抜け落ちている。

これが突き抜けた天才とそこらじゅうに溢《あふ》れ返《かえ》った凡人の違いなのか。正面からその瞳を覗《のぞ》き込《こ》んでも、まるでハロウィンのカボチャでも眺めているようだ。嘘《うそ》か本当か、冗談なのか真面目なのか。方向性すら摑《つか》めなかった。あるいはブラスカインなら読み取れただろうか？

『ヤンデレがセクシーに見えるの法則と一緒だ、真に受けても馬鹿を見るのは俺らだぜ……』

ドアの外からヘイヴィアがそんな風に言ってきた。そういった理解不能な部分にイライラしているようだが、クウェンサーはそんな風に短絡的な方向に持っていけなかった。戦地派遣留学生、つまりプロと呼ぶには未熟過ぎる彼でも分かる、ルイジアナの手つきそのものは完璧だ。ルイジアナ＝ハニーサックルは壊れているのではない。頭の出来そのものは突出しているはずなのだ。

まだ見えていない何かがある。

この期に及んでまだ表に出ていない何か。それがゴリゴリとした違和感をクウェンサーの胸の中で存分に転がしてくれる。

ヘルメットの中でごくりと喉を鳴らして、クウェンサーは思わず尋ねていた。

「……アンタの目には、一体何が見えている？」

『さあて、何だと思う？　世界の科学は平等だ、$e=mc^2$が発表される前から核反応はどこでだって発生していた。太陽の輝きはもちろん、古代都市がアグニ神の矢と呼ばれるインド神話の神々の超兵器を受けて謎の光と共に跡形もなく吹っ飛び、犠牲者は髪や爪が抜け落ちて長く苦しめられたという伝説もあるようだしね。……君はもう見ている、だが認識できないので素通りさせてしまっているだけだ』

「……、」

『できたぞ、これで行ける』

パチンとルイジアナは金属製の留め具を締めて小さなドアを閉じる。

黒ベースに黄色をあしらったグローブ部分も相当スリムで、すらりとした指先の美しさまで滲《にじ》んでいるほどだった。もこもこに膨らんだクウェンサー達にはありえないシルエットだ。

『トゥルカナ方面の地上基地は「正統王国」が制圧しているようだが、そちらと連絡を取り合うだけでは足りないな。かごを昇降させるためには、ある程度まとまった人員を宇宙ステーション側にも残していく必要がある。宇宙側でも睨《にら》みを利《き》かせておかないと、こっちのステーションにいる勇気ある残党の皆さんが君達「正統王国」軍に向けて反撃に出るかもしれないし』

ここまで生き残った賢明なジャガイモの諸君は互いの顔を見合わせた。

彼らの答えは決まっていた。

「「行かなくても良いなら誰が行くかっ!!　じゃーんけーん!!!!!!」」

チョキで瞬殺されたクウェンサーとヘイヴィアは無言になった。

勝敗がどうなろうがひとまずこいつだけは必ず下る事になっているルイジアナ＝ハニーサックルだけがニヤニヤしている。タコみたいなマスクのせいで素顔が見えなくてもはっきりと分かる。自分のボディラインを持て余す少女はクウェンサーに向けてこう言ったのだ。

『結末を見ろと言ったのは君自身だ。さあ、一緒に旅立とう。救いなき世界を下へ下へと下っていく、地獄巡りの旅。現代のダンテ君、君はその終わりに何を見るのかな？』

2

ギャリギャリギャリ‼　と。

分厚い金属を削り落とすような異音がいつまでも炸裂《さくれつ》していた。

『どっ、どっ、どっ』

ミョンリが自分の体をシートに縛り付けるシートベルトを両手で摑《つか》みながら青い顔して叫ぶ。

もちろん、密閉されたかごの中でヘルメットはしっかり分厚いバイザーを下ろしていた。

『どこまで降りるんですか⁉　これっ、本当に故障じゃないでしょうねえ⁉』

『しばらくは下るよ、熱圏だけで四〇〇キロくらいあるんだぞ。地上に向けて撃ち出す人工流星雨の絨毯爆撃《じゅうたんばくげき》と違って、単なる自由落下なら軌道上から地表にぶつかるまで多少は時間があるだろう。流星はマッハ五以上出るらしいが、オブジェクトは巨大だから抵抗も大きい。実際には熱圏に入った段階でかなり減速するだろうね。まあ、今すぐここで戦闘を始めたいなら無理には止めないよ。自分から焼却炉の蓋を開けたければそこの扉に手をかけるだけで良い』

宇宙に慣れているのか。

こういう時でも、囚《とら》われのルイジアナはクールだった。

ガスマスクに丸いアイピースが二つ並んでいるのが良くない。作り物と分かっていても、大きな目玉に睨《にら》まれているような錯覚を感じてしまう。

『それから揺れるのは機械の不調ではなく再突入のために速度を落としているのと、ワイヤーそのものが周期的に振動しているからだ。総延長一〇万キロの巨大構造物と言っても、物理法則の縛りからは逃げられないからな。冷静にカウントしてみれば、不規則なトラブルではなく一定の法則性がある事が分かるはずだよ』

どれくらいエレベーターの『かご』に負荷がかかっているか、『正統王国』の誰にも正確な事は言えなかった。震えながら、ただ生存を祈る。ワイヤーと接触したローラーが削れ、車軸が真っ赤に焼けても関係ない。この一回だけ下る事に成功すればそれで良《い》いのだ。

たった一人。

全ての元凶、ルイジアナ＝ハニーサックルだけが全てを知る。

故に、天才科学者はこの状況でも余裕だった。もこもこ軍団に取り囲まれたまま彼女は唯一黒い特殊スーツでメリハリの利いたボディラインをさらけ出し、細い足を組んで分厚い窓の外へ目をやっていた。

『見えたぞ』

「……、」

『私の可愛《かわい》い「エリナベル」。中のエリートは今頃小瓶に詰めた最期《さいご》の毒酒でも呷《あお》っている頃かな。見た目の優雅なイメージと違って、あれは結構苦しい死に方だったはずだが。そうまでしても、世界を救うために命を預けてくれたか……』

深い藍色の大空。雲ができるような高さではないのは分かるが、こうも一色だと合成のスクリーンっぽいというか、神様が手抜きでもしたんじゃないかと疑いたくなる。そんな半分凍りついた窓の向こうで、何やらオレンジ色に輝く巨大な火の球が見えた。『ワールズエンド』、そのなれの果て。間近で見る人造の流れ星はあまりにも大きくて禍々《まがまが》しい。彗星《すいせい》とはまた違った理由で光の尾を引いていた。

今まさに追い抜くところだった。

ヘイヴィアはアサルトライフルから多機能なスコープを取り外し、モードを変えて覗《のぞ》き込《こ》む。呻《うめ》いていた。

『推定表面温度は二〇〇〇度強。……どうすんだあんなの、迂闊《うかつ》に近づいただけで触れるまでもなく人間松明《にんげんたいまつ》にされちまうぜ……』

『それ以前に、音速超えの衝撃波がもたらす分厚い壁でバラバラにされるよ。ロボット兵器のバリアみたいに全体を覆っているはずだ。こう、前面はまん丸で後ろに向けて絞られていく、涙滴形にね』

楽しむようなルイジアナの言葉。

ここから先は他人事《ひとごと》ではない。エレベーターは急速に下り続け、今まさに落下中のオブジェクトを追い抜いたのだ。つまり、上から見下ろすのではなく下から受け止める側へ切り替わった。あれが地表に衝突すればルイジアナ自身も木っ端微塵《こっぱみじん》に吹き飛ばされるはずなのに。

見えていても、今はまだ何もできない。

ルイジアナが言った通りだ。与圧された宇宙服があったとしても、熱圏を抜けるまではエレベーターかごの扉を開ける事すら叶《かな》わない。

彼女はクウェンサーに向けて誘うように言ってきた。

『……さあて、この私の予想もつかなかった結末をどう創るつもりかね、少年？』

高耐火反応剤を混ぜているとはいえ、鋼の塊が良くやる。核でも破壊できない、というお題目がここまで裏目に出るのも珍しい。

流れ星は、ただ一方向へ落ちていくだけではない。操縦士エリートの死後も自動で砲を動かし、一定パターンで空気抵抗を操っているのか。途中でゆっくりと折れ曲がったのだ、天まで続くマザーレディを中心にして大きな渦でも描くように。

ヘイヴィアの多機能スコープによると、およそ半径一〇キロほどの螺旋《らせん》。

宇宙規模、天文学的な数値で言えば薄皮一枚だ。

「チャンスはそんなに多くない……」

クウェンサーは小さく呟《つぶや》いた。

「……落下中のオブジェクトを追い抜いたって言っても、いつでも自由につつける訳じゃない。ある程度距離を稼いでからエレベーターを止めて、集中的に攻撃する。ヤツに追い着かれる前にまたエレベーターを動かして急速下降する。この繰り返しだ。もちろんオブジェクトは常に落下を続けているぞ。一回のフェイズで数分程度と考えても、チャンスは二回か三回しかない」

ガカァッ!!　という大気を焼いてオレンジ色の残像を残す、直線的な輝きが少年達の網膜に襲いかかってきた。おそらく地上側からだろうが、過程なんて見えなかった。いきなり結果が来た。その正体は『ベイビーマグナム』の主砲、レーザービーム砲だ。

ヘイヴィアが目を剝《む》いた。

『何だよお姫様のヤツ、普通に外してるじゃあねえか!?　ここで外に出すとか体にぶっかけとかそういうエチケットは良《い》いんだよッ!!』

「わざわざ顔やおっぱいに狙って出したがるのはエチケットじゃなくて性癖だよ。今のは基準用の試し撃ちだろ。何しろ電離層を挟むんだぞ、照準関係なんかいくらでも歪《ゆが》む。本気で撃つ時は誤差を修正してから、シャワー状の弾幕を張るはずだ」

その通りになった。

採算度外視の花火大会が始まる。迎撃作戦では一点を正確に撃ち抜く狙撃手のような職人技はいらない、地上から一〇〇万発打ち上げて一回でもクリーンヒットすれば作戦成功なのだ。予想されうる候補の座標を全てマークした上で、取捨選択せずにその全てを主砲のレーザービームで埋め尽くす。多大な物量で軍のセオリーを押し潰すオブジェクトなら、それができる。

そもそも、オブジェクトとオブジェクトの戦いは一〇キロ圏で殴り合いを行う。

弾道ミサイル対策を施した第一世代でも、これほどの距離を空けて一撃必殺はありえない。

核爆発を正面から見てしまうような、恐るべき白の光があった。

溶接の規模を数十倍に膨らませた光。

レーザービームが敵機の装甲表面に直撃したのだ。

『痛《い》ってえ!! 目が、こめかみが!?』

「やったか!?」

クウェンサーが叫ぶ。

確かに燃え上がる火の球の中心を『ベイビーマグナム』の主砲が突き刺さった。閃光がより輝きを増す。

だけどそれだけだ。

すでにメインの動力炉は止まっているので、そこからの誘爆はない。とっくの昔に機能停止したまま、オブジェクトの死骸は落下を続けている。表面にわずかな傷をつけて。

『おい、冗談じゃねえぞ……』

呆然《ぼうぜん》とヘイヴィアが呟《つぶや》いていた。

地上から放たれたレーザービームがつけた傷は微々たるものだった。しかもその傷跡さえ、摩擦でオレンジ色に溶ける装甲の中に呑《の》み込《こ》まれて消えていく。

『冗談じゃねえ!!　言ってもオブジェクト同士のどつき合いだろ!?　爆破はしねえまでも、ひっくり返った虫の死骸から脚を毟《むし》り取《と》るくらいはあっても良いんじゃねえのかよッ!?』

「これだけの距離だ。いくらオブジェクトの主砲でも設計通りの威力は保てない」

この高さまで届いているだけでも奇跡的なのだ。おそらく地上の一気圧下では、同じ距離を進む間に減衰しきってエネルギーが完全消失しているだろう。

ごくりと喉を鳴らして、それでもクウェンサーは答える。

不利な条件でも納得しない限り前には進めない。

「それに普通の弾道ミサイルなら表面に小さな傷が一つあればトドメを刺せるんだ。何しろミサイルやロケットの大部分は燃料の塊だし、他の部分だってセンサーとか尾翼とか無駄は一切ない。どこに傷がついたって後は勝手に空中分解してくれる。でも、動力炉を止めた二〇万トンの塊はそうじゃない」

撃破だけではダメなのだ。

さらに立て続けに直線的な閃光《せんこう》が迸《ほとばし》るが、そもそも当てるだけでも苦労しているようだ。成功なんて一〇〇発に一発くらいの割合。しかも直撃したとしても、『ワールズエンド』に変化はない。軌道が不自然に変化したり、空中分解を起こすとは思えなかった。

『えっ、エレベーターにもなかったか、長距離レーザー!?』

「角度的にも難しいのかもな。自前のレーザーで宇宙ステーションを削っちゃ困るだろ」

ヘイヴィアが両目やこめかみに走る痛みも無視して呻《うめ》いていた。

『誘爆とか……なんかチャンスはねえのか⁉　「ワールズエンド」は自分の意志で外側の兵装を操って空気抵抗を利用し、螺旋軌道《らせんきどう》を描いている。動力炉は動いてんだろ‼』

不良軍人の叫びにルイジアナは肩をすくめていた。

『自分の意志、という言葉の意味はいまいち不明瞭だが、使っているのは予備のバッテリーだろう。JPlevelMHD動力炉がなくてもある程度の緊急操作くらいなら賄えるよ。主砲を首振りする程度だ。推進装置で二〇万トンの機体を地面から浮かばせたり、レールガンだの下位安定式プラズマ砲だのの主砲をバカスカ撃って派手に電力を消費する訳ではないしな』

分かっていたはずだ、お姫様に頼るだけでは解決しない事くらい。

世界滅亡の責任を彼女一人に押し付けるのも筋違いだ。

だからそのためにクウェンサーは地球の外にある宇宙ステーションで待つ選択肢を捨てて、こうして下降を続けているのだから。

お姫様だけじゃない。

第三七機動整備大隊の全員で、この運命を背負う。

クウェンサー＝バーボタージュは窓の外でオレンジ色に燃え上がり、時限爆弾よりも正確に落下を続ける禍々《まがまが》しい光の塊を睨《にら》みつけてこう呟《つぶや》いた。

「……さあ、世界の存亡を賭けた戦いの始まり始まりだ」

『どちらが何を救うのか、きちんと見えているのかね』

3

逃げるに決まっていた。

南米・アマゾン方面のロケット発射基地。フローレイティア＝カピストラーノ少佐はノートパソコンを畳んで小脇に抱え、空いた手の甲で額の汗を拭う。

「さあて最寄りのシェルターはどこかな!?」

「どこまでもお供いたします少佐」

一二歳の飛び級天才少女がそのお利口さんな頭でゴマすりを吸収し始めていた。

何しろトウモロコシ畑みたいに多段ロケットや宇宙往還機を規則正しく突き立てた巨大施設だ。大量に保管された液化燃料や酸化剤などが誘爆した場合に備え、大規模な地下《ちか》退避壕《たいひごう》が必ず用意されている。もちろん『事故の可能性』自体を印象付けたくない運営側は公式サイトなんぞには載せないだろうが。

「おっ」

「あなたですか」

銀髪に小麦色の肌が眩《まぶ》しい、『情報同盟』軍の将校と鉢合わせした。

レンディ＝ファロリート。階級は中佐らしいが敵軍の話だ、特に配慮する必要はない。自前の部下なのだろう。屈強な大男を引き連れたままレンディは片目を瞑《つむ》って、

「つまり、あなたも？」

「まあそういうトコだ」

宇宙開発関係の条約に守られているとはいえ、一つの基地に四大勢力の人間がごちゃまぜになっているのがそもそも歪《ゆが》みの始まりなのだ。

「まさか一二歳の専属秘書を雇い入れて常に侍《はべ》らせるとは……。『資本企業』の才能売買、『情報同盟』のマティーニシリーズ。『正統王国』も『正統王国』で何かしらのプロジェクトを回しているという事ですか」

「？」

「ふむ、それにしてもわざわざ『正統王国』の冠をつけるだなんて損をしている幼女ですね。いえ、しかし精一杯の努力が徹底的に空回りしていく系の極貧アイドルとしてなら、むしろ健《けな》気《げ》さで売れる……？　まさかあなたもこちらの方面でシェアの奪い合いに挑むと？」

「貴様が変態なのはこの短い会話だけで十分分かったからもう黙っていろ。何故一目見ただけで正確に一二歳と見抜けるんだ……」

『正統王国』のフローレイティアと『情報同盟』のレンディが揃《そろ》って何の案内板もない狭い下

りの階段を下りて錆《さ》びついた小さな鉄扉《てっぴ》を開けると、二メートル以内に銀行の大金庫みたいな大扉が待っていた。そして左右からアサルトライフルの銃口を突きつけられる。

フローレイティアは細長い煙管《キセル》を口から離す事さえしなかった。

片目を瞑《つむ》って告げる。

「『正統王国』軍第三七機動整備大隊遠隔指揮官・フローレイティア＝カピストラーノ」

「私は『情報同盟』軍のレンディ＝ファロリート中佐、それ以上の情報は有料価値があるとみなして秘匿します。この程度では資格ナシですか？」

「いえ、失礼いたしました皆様!!」

アサルトライフルの銃口が真上に跳ね上がる。

何かしらの操作と共に、大扉がゆっくりと開いていく。

レンディは屈強な大男を連れてそのまま素通りしたが、フローレイティアは違った。銀髪爆乳の美女はちょいちょいと人差し指を手前に引いて、

「その軍服は『正統王国』のものでしょ。何かの縁だ、君達もついてこい」

「しかし……」

「地球最後の日までお行儀良く表に立って衝撃波の壁ですり潰されたいの？　したり顔でここを潜《くぐ》り抜《ぬ》けていくお偉方を見てどう思った」

「……、」

「そういう訳だ。こんな日くらい、最期《さいご》に夢の一つくらい叶《かな》えてやるさ。もう一度言う、ついてこい。これは命令であり、同時に私から君達に与えられる数少ない贈り物よ」

「ありがとうございます、と言うべきでしょうか？」

「それは君達のモラルと良心による。ああ、君達は今からこの私を護衛するんだ。アサルトライフルなんてチンケな装備は捨てていけ。分隊支援火器くらいどこにでも転がってるでしょ。多い日に備えてボックスマガジンはたくさん持ってこーい」

扉の奥は広大だった。

学校の体育館にも似た等間隔のハロゲンランプが闇を拭っている。しかし敷地面積《しきちめんせき》は野球場どころではない、屋内なのに向かいの壁が薄暗い闇に霞《かす》んで見えないほどだ。ざっと見てもキロ単位。しかもスペースはここだけとは限らない。ここはまだ大扉から一歩踏み込んだ先の、いわばエントランス。ここから縦も横も全部機密事項だ。

先に行ったレンディはこちらに振り返り、そこでフローレイティアがわざわざ出入口の護衛を中へ招待した事に気づいたらしい。

「お優しい事で」

「そういうのはここにいるお歴々に言ってやれよ」

一二歳の天才少女がフローレイティアのくびれた腰の横に引っ付いてきた。これだけ見ると母親を捜す迷子のようだ。

「想像以上ですね、少佐……」

「ああ、『公然の秘密』として燃料誘爆事故対策の地下《ち か》退避壕《たいひ ごう》はあったのだろうが、そいつを利用して延々と拡張工事を続けてきた訳ね」

核が絶滅した『クリーンな時代』に地下シェルターは流行《は や》らない。となると開発費はどこから出てきたのだろう。オブジェクトは一機あたり平均五〇億ドルとされているが、国の垣根を越えた世界的勢力の威信をかけて開発するのだ。花形産業だけあって、予算配分については採算度外視で湯水の如くとなっているケースが多い。

「……年末の道路工事と一緒だな。一度もらった予算を返したくない四大勢力のお役人達が、余らせた分をここにぼんぼん投げ込んでいたのか」

「道理でいつまで経《た》っても戦争が終わらない訳ですね」

「お前だって戦争がなくなったら困る側の人間だろうが」

「残念、私は野蛮なあなたと違って『副業』がありますので」

何人かがこちらに気づいたようだ。

世界最後の日だというのにでっぷり太った『貴族』様は燕尾服《えんびふく》を着込んでいた。奥にはカジノ付きのホテルや遊園地でも待っていそうな香りだ。左右に侍《はべ》らせているのは、まあ、家族ではないだろう。どこから拾ってきたのか、若い愛人を複数連れ込んできている。

「これはこれは、カピストラーノ家の！　あなたもこちらにコネがありましたか」

「はい、ミスター・ウォーターバリー。これも防衛職の恩恵ですよ」

これ以上ないくらいにこやかに銀髪爆乳の女性貴族は微笑《ほほえ》み、

「しかしすごい規模ですね。実際に足を踏み入れるのはこれが初めてですが……」

「なあに、こんな所はまだまだ入り口。ここは小さな地球です、競馬だってキツネ狩りだってできますよ。それから大病院もありますから健康面も心配いりません」

「ただ、規模が大きいという事はそれだけ消費も激しいのでは？　水や食料の備蓄に不安がありますが」

「はっはっは。ご心配には及びません。太陽光がなくとも紫外線ライトで野菜は育てられます。一年間に二五回以上は収穫できますよ。単純な野菜としてではなく、飼料として消費すれば食肉も確保できるのです。世界中からブランド牛や豚の遺伝子を搬入しております。人類は滅びても、『本国』と変わらぬ五ツ星の味を楽しめますよ」

「それはつまり？」

「そういう事です」

にたりという笑みがあった。

「表がどんな環境で塗り潰されようが、それこそ氷河期になったって、ここでだけは有用かつ稀少《きしょう》な生物資源がそのまま保たれる。我々は食糧や医薬品には困らない。このシェルターはこのシェルターだけで完成しておりますし、仮に外の世界でいくらか人類が残ったとしたら、それこそ我々の権利は無尽蔵です。枯渇《こかつ》する民へ、王としての施しをする立場になれる」

「なるほど。それでブザムカレッサー卿《きょう》やバナナブリス家のご子息などのご尊顔も散見される訳ですね」

「目敏《めざと》い。つまり、『そういう事』です」

ははあ、と勝ち組少女フローレイティアは感心したように相槌《あいづち》を打った。

いや、『ように』ではない。ある意味で本当に感心していた。

そのままパチンと指を鳴らす。

変化があった。


ガシャガシャ!!　と。

左右に控えていた見張りの兵士が馬鹿どもに分隊支援火器——つまり一人でも敵軍の突撃作戦を返り討ちにできるようスリム化された機関銃——を突き付けたのだ。


でっぷり太った『貴族』だけではない。

広大な空間に逃げ込んだ全ての特権階級が凍りついていた。

何を、という最低限の疑問すら挟めないようだ。最悪、ちょっとした戦争が起きると考えていたフローレイティアとしては拍子抜けで仕方がない。

「……まったく」

片手で前髪をかき上げ、危うく煙管《キセル》を噛《か》み潰《つぶ》しそうになるのを堪えながらドSの女王は口を開いた。

「あれもこれも、揃《そろ》いも揃《そろ》って宇宙関係に注力していた『貴族』達か。『正統王国』の呆《あき》れるほどのグロテスクにはいよいよ感心する。地球最後の日だというのに、わざわざ終わりを迎える前に死にたがる馬鹿がこんなに集まってくるとはね」

「なっ、なっ……」

クソ野郎は救いを求めるように、よりにもよって敵対的勢力『情報同盟』の美人将校に視線を投げても、そこでまた凍りつく。

「まあ、私はお涙頂戴の善悪論に興味はありません。自分が助かるならそれで一向に構わないタチではありますが」

レンディ＝ファロリートは屈強な大男から、気軽な調子でフルオートショットガンを受け取っているところだったのだ。もちろん『正統王国』の不届き者と戦ってくれる訳ではない。

「……『あの子』の宇宙ライブを特に引き止めなかったという事は、『あの子』にはシェルターの外で死ねと言っているんですよね、ここにいる選ばれたお歴々は。それはまあ、その、これは相当控え目な表現になってしまうのですが……。万死です☆」

こうなってしまえば、何万人いようが関係ない。

分隊支援火器にフルオートショットガン。たとえパニックに陥った群衆が突撃戦術を使ったとしても、水平射撃で殲滅《せんめつ》できるだけの火力だ。

せめて腹黒ＶＩＰ達が周囲をフル装備の護衛戦力で固めていれば話は変わったかもしれないが、

（……お気に入りの愛人どもは平気な顔して連れ込むくせに、最低限、長年にわたって武装して命を賭けてきた護衛達は切り捨ててきたか。騎士の時代は終わったのかね）

フローレイティアはうんざりしたように紫煙を吐く。

『正統王国』のクソ野郎ぶりには慣れたものだが、他の勢力の人間に見られているとまた感じが変わってくる。

まあもっとも、この発射基地は四大勢力の誰でも自由に使える施設だ。

レンディもレンディで、知り合いを見つけて内心で苦い顔でもしているのだろうが。

「宇宙開発は流行《はや》らない」

フローレイティアは断じるように言った。

突きつけた。

「政治の中枢を大会社が握ってしまった『資本企業』は特殊な事例だとしても、宇宙開発は民営化の波にさらされつつある。かつて死力を尽くして封じた弾道ミサイルまたはそれに代わる新兵器の開発技術を一会社、つまり『民間人』に握られたくないお役人は何とかして国営主導で宇宙開発を進めていきたい訳だが、採算が取れなければマイナス評価を受けるものね。まるで禁酒法時代の潤沢なギャングと貧しい警察の関係だな。銀行員と公務員は減点法の世界だ、誰もそんな勝負やりたがらない」

だから、彼らは発想を切り替えた。

宇宙のために作った技術を宇宙で使っても借金続き。なら、宇宙のために作った技術を宇宙で使わなければ良い。もっと扱いが容易な環境で使えるようにすれば、整備点検コストを大幅に減らして利益を上げられる。

つまり。

地球で使えるように条件を整えれば、借金生活を断ち切れる。

巨大だが密閉されたシェルターの中では、永遠に水や食糧を生産する自給自足システムは絶対に捨てられる事のない『金のなる木』と化す。それでもバランスが崩れて不足が生じた場合は、コールドスリープでも試して消費者の数を減らせば良い。食べる口を一時的に減らせば崩れたバランスを立て直すチャンスになる。そこまでやってもダメなら、もうシェルターの全員でコールドスリープを試せば良い。次に目が覚めるのは何千年後か何万年後か、とにかく終わりの見えない氷河期を越えて大地に緑が戻った恵みの時代だ。

こんなので勝ち組。

ここにいるのは一万人か二万人か。多く見積もっても一〇万人はいないだろう。それで良《い》い。

自分が永遠に切り捨てられる事のない小さなサイクルさえ牛耳れれば、地上の六〇億なり七〇億なりがどうなろうが知った事ではない。

本気でこんな事を考える馬鹿者がいる。これが幸せだと信じて疑わないレベルの馬鹿どもが。

「何故《なぜ》」

銀髪爆乳の女王様は疑問を発する。

ルイジアナ＝ハニーサックルがいかに天才科学者であろうとも、あまりに準備が良過ぎる。宇宙エレベーターは素材から建築設計まで、それこそ数百数千もの専門分野がひしめく巨大事業だ。ヤツがダ・ヴィンチ並みに多才だったとしても、一人で全て賄えるはずがない。

手を貸した馬鹿がいる。

それも数百数千の専門分野をくまなく満たすほど。

『資本企業』本国、本来の出資者であった七つの大会社７ｔｈコアすら正確にその動向を把握できていなかったところを見るに、そいつらは四つの世界的勢力の垣根すら越えて秘密裏に協力を仰いでいる。

「これだけの大工事や備品納入を間に合わせる事ができた？」

「まあ、まるで事前にこうなる事が分かっていたような準備の良さではありますよね」

レンディ＝ファロリートはこの状況でうっすらと笑ってさえいた。

フローレイティア＝カピストラーノは細い煙管《キセル》を口から離し、そっと息を吐いた。

獅子身中《しししんちゅう》の虫《むし》をどうすべきか。軍の流儀ではこうなっている。

命令に逆らう事もできず、奥歯を嚙《か》みながら選ばれた人々を大扉の奥へ案内し続けるしかなかった見張りの兵士達。

「エレベーター連盟について話を聞くなら、一人残しておけば構わない」

彼らの夢を叶《かな》えてやるため、偉大な指揮官は一言で言った。

「命令だ。他は全部撃て」


一面が真っ赤になった。

そこそこの虐殺になった。

「ほら見ろ、分隊支援火器があると楽だったでしょ？　それにしても『南ブリテンの芝刈り機』か、言い得て妙だな。よい性能だ」

「どこがですか、あんなのうるさい音で怯《ひる》ませているだけでしょう。ボックスに詰めた弾帯より焼けた銃身を交換する頻度の方が高かったじゃないですか」

フローレイティア＝カピストラーノは細長い煙管《キセル》に新しく火を入れただけだった。

レンディ＝ファロリートは用済みのフルオートショットガンを屈強な護衛に押し付けている。

二人とも眉一つ動かさなかった。

「いえっ、いえいえ!!　惑星全体の防衛と我らが『正統王国』の明るい未来のため、今も落下

「何だ、お前もあっち側に期待していたか？」

甘い煙を吐いて、彼女は片目を瞑《つむ》る。

「当たり前よ」

「し、シェルターに避難するために、じゃなかったんですね」

濃密な血の匂いにやられたのか、フローレイティアの腰に引っついていた一二歳の天才少女が呻《うめ》き声《ごえ》を上げていた。

「うへえ……」

(目的と手段が入れ替わっていない限り、まだ何かある……？)

は思えなかった。言ってしまえば、統一環境化やシェルターの優遇は撒《ま》き餌《え》だ。だとすると、

していき、社会を雁字搦《がんじがら》めに縛り付けていったのと同じく。だがだからこそ、これで終わりと

得ているらしい。禁酒法時代のギャングが酒や薬、売春などで多くの役人や商売人を骨抜きに

ルイジアナ＝ハニーサックル。世捨て人のような天才ではなく、凡人の欲を刺激する術も心

フローレイティアは自分の拳銃を抜いて、最後の一人を気軽に撃った。

「何もないようですね。いいや、聞かされていないのでは？」

「……、」

「薬の独占以外に、何か陰謀は？」

を続ける『資本企業』のオブジェクトを何とかしましょうっ!!」

　これ以上ないくらい首をぶんぶん横に振って、天才少女は大声で言った。

　こちらも無駄な贅肉《ぜいにく》は削《そ》ぎ落《お》とした。さあ、ここから先は正義の戦いだ。

4

　沈黙が空気を固めていた。

　エレベーターのかごと言っても大型観光バスくらいはある。もちろん内部は十分な酸素、気圧、温度、湿度、その他諸々《たもろもろ》が人工的に保たれている。それでも居合わせた『正統王国』軍のジャガイモ達は全員が全員こう思っているに違いない。こいつは一体何百億ドル投じて造った処刑装置なのだ、と。

　熱圏は長い。

　何しろ直線距離で四〇〇キロ。いかに安全装置をぶっ壊したエレベーターかごで急速下降しているとはいえ、コンビニに備え付けられた電子レンジみたいな感覚でドアを開けられるものではない。

　窓の外では、オレンジ色に輝く巨大な火の球が見て取れた。

　世界を破滅に導く鉄槌《てっつい》だ。

　誰から見ても分かるのに、誰にも手を出す事ができない。相対速度のせいなのだろうが、高速で下り続けている事を忘れてしまいそうだった。感覚的には気球のような乗り物で大空へ浮かび上がっているように思えてくる。

　二〇万トンもあれば人類滅亡なんぞ『確定』だろう。

『れ、は……ル家の……』

　ぶつぶつという小さな呟《つぶや》きがあった。

　体育座りしているヘイヴィア＝ウィンチェルだった。

『ウィンチェル家の跡取りになるんだ。ちくしょう、こんな所で死んでたまるか。地べたにゃカワイイ婚約者が待っているんだぜ、それが何で……』

　うずくまって頭を抱えているところを見ると相当深刻な事になっているようだが、やはり見た目は重要だった。頭の部分が大きく見えるもこもこ宇宙服だと、どこかユーモラスにも見えてしまう。とりあえず同じかごに乗っているクウェンサーとしては、危機的状況で結婚話はやめてもらいたかった。お前のジンクスに巻き込まれて殺されるなんて真っ平だ、と。

『あ、ああ。あああー』

　別の場所ではミョンリが呻《うめ》いている。

　どうやら彼女は何かを発見したらしい。座席の下にあった引き出しを開けていたのだ。

『こっちのはビニールパックはハンバーグ、こっちのはラザニアですか!?　ううう。こんなにたくさんご馳走《ちそう》があるのに、ヘルメットのせいで口にする事ができないだなんて……』
最後《さいご》の晩餐的《ばんさんてき》な話も大いにやめてもらいたかった。次は高度や密閉状況を無視して目の前を黒猫かカラスが横切るのか。

一方、だ。

『ふう……』

壁に背中を預けて丸いお尻を床に下ろし、手足を雑に投げているのはルイジアナ＝ハニーサックルだった。ガスマスクにぴっちりした特殊スーツ。髪の毛一本見えていないのに、全身は弛緩《しかん》しきっているのがはっきりと分かる。

大した余裕だ。

クウェンサーは最初そう思ったが、様子が違う事に気づく。

「ちょっと待て、アンタまさか……」

『はは、地上の重力を感じるのは一五〇日ぶりだ』

くたり、と。

首を横に傾けたまま元にも戻らない。

壁に背中を預けて床に座り込んだままルイジアナは気軽に手を振ろうとしたようだが、その手が持ち上がっていなかった。

横にずり落ちそうになったところで、クウェンサーは反射的にその体を抱き留めていた。床へ半端《はんぱ》に投げ出した二つの脚を擦り合わせる事もできず、不自然にぴくぴくと震わせながらルイジアナが言う。

『慣れるまではこの格好で失礼させてもらうよ。なあに、理論上は筋肉や骨格に衰えがないよう工夫してきたつもりだ。感覚が慣れればすぐに立ち上がれるさ』

「それはいつ？」

『そんなにかからないよ。少なくとも、君達が「エリナベル」と接触するまでには回復している』

そうでなければ困る。

こいつには自分のしでかした事に責任を取ってもらう。敵軍の人間であっても一番宇宙やエレベーターに詳しいのはルイジアナなのだ。

今なら何をされても抵抗一つできない。殺されても文句を言えない事くらい自覚はあるだろう。にも拘《かか》わらず、『正統王国』軍の巣の中で『資本企業』の天才少女は抱き留められたまま、余裕だった。銃口よりもこっちが気になるらしい。

『まあ、筋力自体に衰えはないんだ。うっかり膀胱《ぼうこう》が緩んでお恥ずかしい女子になる心配はないからその辺は安心してくれ』

「……その仮定のための仮定に何の意味があるんだ？」

いくつか、明確に棘《とげ》のある視線が集中するのをクウェンサーは感じていた。今からでも滅亡のトリガーを引いたこのクソ野郎を八つに裂いて処刑するべきなのでは？　口には出さないが、そんな意見だって決して少なくないだろう。

気にせず、ルイジアナはぐったりと体重を預けながらこう話しかけてきた。

『君は何故《なぜ》宇宙まで上がってきた？』

「仕事だよ」

『「学生」のくせに。そいつは軍人の言葉だろう、君はそうじゃない』

熱い吐息を含んだ含んだ静かな笑い声があった。

倒れ込むようにしてフルマラソンを終えた直後のように脱力しながら、ルイジアナは先を続ける。

『安全国』の大学を卒業してこれだけの建造物を打ち立てたのだ、言ってみればルイジアナはクウェンサーの先を進む人物でもある。しかも、歳《とし》についてはそう変わらないのに。

そんな天才少女が言った。

『オブジェクトか』

「……、」

『戦地派遣留学生ならウチの大学にも何人かいたな。おかげで卒業式の座席は歯抜けになっていたが。コスパで言えばそんなに優れたものでもない。君は手っ取り早く大金を掴《つか》むために関わろうとしているかもしれないが、きちんと計算はできているか？　学校が配っているぺらっぺらのパンフレットに書かれたイエスノーの矢印なんかじゃない、保険会社のリスクシミュレータ並の膨大な方程式でだ』

「……俺は可能性のない『平民』だ、成り上がるにはこれ以外道がなかった」

『そう思わせるのが、操りたい側のやり口だ』

ルイジアナは鼻で笑ったようだった。

悩める学生に、一足飛びで社会に出た卒業生が語る。

『大人達のコントロールなんて結局二つに一つだ、褒めるかけなすかだろ。私もそうだったよ。学校で学べるのは勉強だけだ。そして大人達は明らかに自分が育てている才能を自分達のために使ってもらいたがっていた。もしもアフリカの壮大な大地と出会っていなければ、私は何の疑問も持たずに「安全国」のオフィスか研究機関にでも閉じこもっていただろう。自分では幸せだと確信しながら、周囲からは自分の意志で虫かごに入りたがる変わり者だと思われたまま、死ぬまで社会に尽くしてな』

「トゥルカナ方面が……？」

『私を変えてくれた聖地だよ。この世には自分の才能だけでは説明のできない領域が広がっている。世界のルールは一つではないと教えてくれた、大切な場所だ』

少年は思わず二度見した。

ルイジアナ＝ハニーサックルは発言を撤回するつもりはないらしい。

『兄のスラッダーの失敗は、マスドライバー方式なんて時代の流れに逆らったプラットフォームの虜《とりこ》になった事じゃない。この私と違って、衝撃の出会いを経験できなかった事だ。だから兄は目先にある一つのルールしか見えず、自分の話しかできなかった。マスドライバーを否定されたら何も残らない、そんな孤独でつまらない天才にしかなれなかったんだ』

クウェンサーは絶句するしかなかった。こいつはさっきから何を言っている？　この女が全ての元凶なのだ、どうやったってそこに間違いはない。今さらあっと驚く真犯人なんか出てこないし、どんでん返しもありえない。宇宙専用の第二世代と遭遇した時よりも、信じられないものを見た。そんな気がした。

そもそもだ。

「一体、アンタはいつのトゥルカナ方面を思い浮かべているんだ……？」

『……、』

「全部壊しただろう、この宇宙エレベーターが‼　緑の大地も豊富な野生動物もない。あそこに残っているのは地下水を吸い上げられてひび割れた乾いた大地と、血と硝煙の匂いにまみれたゲリラ達だけだ‼　アンタがそうした。トゥルカナ方面は、何もしなければ世界の中から目立てなかったかもしれない。だけど逆に言えば、どす黒い時代の流れから見逃してもらっていたのも事実なんだ。それを全部マザーレディが無遠慮に明るみにして、ぶっ壊した！　ああ、俺達は躊躇《ちゅうちょ》なんかしなかった。世界中から悪者にされた彼らの気持ちなんか考えもしなかった。アンタが世界中にそう『宣言』したんだぞ、ルイジアナ!!」

わずかな沈黙があった。

初めて、かもしれない。

何の変哲もない凡人の言葉が、飛び抜けた天才の胸に突き刺さったのだ。

『……それでも』

ぽつりと、呟《つぶや》きとも呻《うめ》きとも言えない声があった。

蚊の鳴くような。

抱き寄せられ、為《な》すがままのルイジアナは確かに言ったのだ。

『それでも私は、恩に報いるよ。今の私は、大学側が決めたオススメルートに従って会社の歯車になるだけの人生から脱した。そうしたきっかけを与えてくれたトゥルカナ方面に、もらったものを返す。そのためなら、いくらでも力を注いでやるとも』

ダメだ。

引っかき傷程度は与えたが、この分厚い壁は破れそうにない。

草一本ないひび割れた乾燥大地、まさしく不毛の地と化したトゥルカナ方面の景色と恩返しという言葉がどうしても結びつかない。それとも元々あった海をコンクリートで埋め立て、外来の魚をしこたま放流して生態系をメチャクチャにしておきながら、ほうら高級魚が獲《と》り放題《ほうだい》ですよ良かったですねとにこやかに笑うのがルイジアナの言う幸せなのだろうか。

そんなのは、年端《としは》もいかない少女達を惨殺《ざんさつ》して回ったシリアルキラーが『彼女達にお化粧をしてあげた』と得意げに語るのと何も変わらないではないか……⁉

「理解できない……」

『本当にそうかな？』

笑っているようだった。

クウェンサーに対してか、自嘲を含んでいるのかは知らないが。

ぐったりと自分の体重を預けたままルイジアナは言う。

『オブジェクトを学んでいけば、やがて気づくさ。歩いた道は違っていても、同じ山を登っている。山頂まで辿《たど》り着《つ》けば同じ景色を見るようになる。だから』

「……、」

『君はそこで絶望する、目の前に広がる山頂からの眺めに。ああ、こんなものなら見るんじゃなかったとな』

5

高度八〇キロ。

熱圏から中間層へとレベルが切り替わった辺りだった。宇宙服で着膨れしたクウェンサーはこう呼びかける。

「第一エリアだ。ルイジアナ！」

『はいはい』

宣言通り、地球の重力には順応できたらしい。

のたのたとではあるが、ルイジアナは手足を動かしてくれる。

元々エレベーターの構造に最も詳しいというのもそうだが、ボディラインがはっきり浮かび上がるほどスリムな宇宙服のおかげで左右の手を自由に使えるというのも大きい。

ギャリギャリいっていたワイヤーの異音がより凶暴に変化していく。複数のブレーキシューがカーボンナノチューブ製のワイヤーを強固に挟み込んだのだろう。

ただし、

『ちょっ、何だこりゃ？』

ヘイヴィアがあちこち眺めて狼狽《うろた》えていた。

『ブレーキ、ブレーキだってば!!　なんかずっと滑ってねえ？　まさかここまできてハンドメイドのかごが故障したんじゃねえだろうな!?　なにっ、我慢できなくてちょっと出ちゃったの!?　今日は寸止めってゆったじゃん!!』

『最低でも一キロくらいは減速に使うよ。急ブレーキでびたっと止めても構わないが、慣性の力で全員ぺしゃんこになるぞ』

宇宙はスケールが違う、と言いたいが、まあ飛行機の滑走の長さを考えればこれでも短い方なのだろうか？

ともあれ、心臓に悪い『縦方向の滑り』を存分に味わいながらもクウェンサー達は空中の一点で静止する。

大型の観光バスを縦にしたくらいのかごだ。

器用貧乏のミョンリが分厚い鉄扉の取っ手にもこもこ膨らんだ指先を伸ばしつつ、

『え、ええと開けますよ。これ電熱線は入っているんですよね？　変に凍りついていないと良《い》いんですけど……』

『あっ。壁で部屋を区切って空気を抜くかカラビナで体を固定しておかないと』

ガスマスク美少女ルイジアナが何か言いかけた時だった。

重たいハンドルを回した瞬間、扉が外に向けて勢い良く開け放たれた。ミョンリはとっさに取っ手から手を離したようだが、それでも弾《はじ》かれたように体が流される。

高度八〇キロ。

エベレストのざっと一〇倍。当然ながら空気なんかない。与圧された部屋のドアをいきなり開ければ、風船から空気が抜けていくように暴風が吹き荒れる。

『あわあーっ⁉』

「ミョンリ馬鹿摑《つか》め‼」

慌ててクウェンサーが手を伸ばし、しかし片手一本では少女一人分の体重を支えきれず一緒に飛び出しそうになる。ヘイヴィアが『学生』の腰に両腕でしがみついて、どうにかかごの中に体を引っ張り込んだ。

『じ、冗談じゃねえ……』

分厚いヘルメットのせいで顔の汗を拭う事もできず息を呑《の》むヘイヴィアは、そこでパキパキという乾いた音を耳にしたようだった。逆に、間近過ぎて本人は気づくのに遅れたかもしれない。

ヘルメットのバイザー一面に、端から真っ白な霜が侵食していた。

クウェンサーが腕のコンピュータに目をやると、壊れている。特殊な電磁波のせいか、あるいはあまりに寒すぎるのか。

黒ベースに黄色を加えた特殊スーツを纏《まと》うルイジアナが呑気《のんき》に付け足してきた。

この寒さについて、ではない。

『ああ。言うまでもないと思うがここは中間層だ、オゾン層に守られている訳じゃないから太陽から降り注ぐ放射線量は甚大《じんだい》だぞ。電子装備は大丈夫か？　それと、「正統王国」製の宇宙服に不備がなければ良いんだが』

『冗談じゃねえッ‼　戦う前からどれだけ死因に溢《あふ》れてやがるんだ、今回の戦争は⁉』

『そいつは考え方が全く違うな。宇宙とはそもそもそういう場所だ。特別な理由があるから死ぬんじゃない、特別な理由を用意できなければ生きてはいけないいんだよ』

『丸めたティッシュでくるまれた粘液並みに救いがねえぞ今回の戦争は……』

そしてこんな禅問答をして自分を見つめ直している場合ではない。

こうしている今も『資本企業』軍エレベーター連盟のオブジェクト『ワールズエンド』は巨大な火の球と化して地表を目指している。今はまだクウェンサー達の方が下に位置しているが、相手は空気抵抗を利用して螺旋《らせん》を描いているとはいえ、基本的には自由落下してきているのだ。重力に摑《つか》まれている以上、ひとりでに空中で止まる事はない。

五〇〇キロはあった高度も、活動不能な熱圏を飛び越した結果いきなり八〇キロまで下った。これが地球のリミットだ。核でも破壊できないオブジェクトを空中分解できなければ、今日が地球最後の日になる。

「始めるぞへイヴィア、ミョンリも。ヤツと高さが合う一瞬が最大のチャンスだ」

『具体的にどうやってですか？』

いつまでも後ろから抱き締められたまま、宇宙服でもこもこ着膨れたミョンリはわたわたしていた。

『核でも破壊できない、っていうのもそうですけど、およそ半径一〇キロの円をなぞっているんでしょう？　射程一万メートル。普通のアサルトライフルはもちろん、狙撃に特化した対物ライフルでも届きませんよ！』

「ミサイルくらいしか使える武器はないか。おいみんな、あるだけ弾体をかき集めてくれ。全部で何発残ってる⁉」

開きっ放しのドアにびくびくしながら全員で床に広げていくと、予備の弾体はざっと三〇発。ただし半数近くはテスターで点検しても反応がなかった。例の放射線のせいか、センサーの基板が壊れている。これでは発射自体できないだろう。

『特大の爆弾が地上を目指して一直線だっつーのに、こっちにあるのはこれだけか？　トラブル続きじゃねえか、くそっ。成功の気配がしねえ……』

『今さら嘆いても仕方がないですよ、そもそも三七に配属されたのが運の尽きなんです。ていうか来ますよっ、来る、オブジェクトが、うわあー⁉』

ミョンリが何かを見つけて叫んだ。

ビリビリビリビリビリビリ‼　と。

音というより見えない壁みたいなものを叩《たた》きつけられ、クウェンサー達は床に投げ出された。あれだけ頑丈なエレベーターのかごが不自然に揺れる。

火の球と化したオブジェクト『ワールズエンド』だ。

宇宙で見かけた時とは様子が違う。オレンジ色に輝く塊というよりは、カメラのフラッシュや溶接みたいな真っ白に近い。見ているだけで目に悪そうだし、何より伝わってくる。最低でも一〇キロ以上は離れているというのに、衝撃波の咆哮《ほうこう》が。

大気があるのだ。

生物が生きていくには圧倒的に少なすぎるにしても、音を伝えるだけの分は。

『あっ！』

と、床で伸びたままヘイヴィアが何かに気づいて慌てて手を伸ばした。床に並べたロケットの弾体が何発か四角いエアロックの外へと転がり出ていくところだった。しかも仕分けした中で、まだ使える方だった弾体だ。

もう意味不明な絶叫しかなかった。

『ぬうえい!!　うおおッ!?』

「これ以上無駄に失う前にさっさと発射筒に詰め込めよ、早く!!」

当然ながら、最も距離が縮むのは同じ高度になった時だ。上下方向への余計な距離を加算する必要がなくなるため、射程一〇キロぴったりで何とかなる。

ヘイヴィアとミョンリが同時に四角い鉄扉の外へ身を乗り出し、肩で担《かつ》いだ発射筒を外に突き出した。

手持無沙汰でやる事がないクウェンサーが慌てて身を低くしたところで、携行式のミサイルが二発セットで発射される。後方から噴き出した煙でかごの中が真っ白に埋まった。ヘルメットに守られているので咳《せ》き込《こ》む必要はないが、前後左右の感覚がなくなるのが怖い。何をやっても裏目裏目に出て、自分からかごの外に転がり出そうだ。

そして発射したヘイヴィアが呻《うめ》いていた。

『ちくしょうッ‼』

「何だどうした……？」

『真《ま》っ直《す》ぐ飛ばねえぞ⁉　何だ、空気が薄いせいで弾道が安定しねえのか⁉』

ごもっとも……だとは思うのだが、そもそも宇宙で使うために持ち込んだ装備のはずだ。宇宙空間ではどうしていたのだろう？

ルイジアナはヘルメットの中でそっと息を吐いて、

『どうせ、何もない宇宙では尾翼の操作に期待しないはず、つまり真《ま》っ直《す》ぐ飛ばすだけのロケット砲として使っていたのだろう？　だがここは大気は極めて希薄だが地球の重力に支配された星の中だ。無重力空間と違って撃ったらそのまま真《ま》っ直《す》ぐどこまでも、とはいかない』

まさにトラブル続きだ。

クウェンサー達の見ている前で、エレベーターのワイヤーを中心に半径一〇キロの大きな螺《ら》旋軌道《せんきどう》を描くオブジェクト『ワールズエンド』が、落ちていく。再び追い抜かれる。見えているのに、何もできない。地球が滅ぶと分かっていても、装備が足りない。結末に関われない。

『どうすんだ……？』

もはや用なしとなったミサイルの発射筒をだらりと下げて、ヘイヴィアは呆然《ぼうぜん》とした調子で呟《つぶや》いていた。

攻撃が当たらない。

いいや当たったとして、それで何か変えられるか？　『ベイビーマグナム』の主砲に動力炉を貫かれてもそのまま一つの塊として落下し続ける、あの鉄塊相手に何ができる？

『チャチなミサイルなんかじゃ何も変えられねえ。こんなもんどうすりゃ良《い》いんだよ、ちくしょう!!』

6

作り物の空気が重たかった。

いよいよ救いのない地獄の底へ下るエレベーターになっていく。

第二エリアは高度四〇キロ。まだまだエベレストよりも高いし、オゾン層よりも上だ。

それでも専用の高高度偵察機なら高度三五キロ辺りを通過する。もう宇宙ではなく、飛行機の世界まで下ってきた。

後がない。

まともなドンパチでは歯が立たない。指を咥《くわ》えて見ているだけでは、ただ地球が滅びていくのを待つだけになる。

（考えろ……）

運命の第二エリアに向かうまでの間、クウェンサーは俯《うつむ》いていた。

（普通の銃弾や爆弾のロジックじゃダメだ。宇宙のスケールには宇宙のスケールで叩《たた》く。俺達が今いるのは宇宙エレベーターなんだ。こいつを利用して『宇宙のスケール』は手に入らないか、どうにかして!!）

『宇宙というより地球の話になってきたな』

ぎぎぎ、と。

宇宙服の内側で、クウェンサーはゆっくりと首を回した。信じられない光景があった。この状況で、エレベーター連盟を取りまとめる天才科学者・ルイジアナ＝ハニーサックルは細い脚を組んでぶらぶらさせていたのだ。スマホで手配をしていたはずの美容室で、前の客のカットに手間取っているせいでずっとソファで待たされている。そんな気軽さだった。

衝突時のダメージについては、誰よりも正確に計算できる専門家だろうに。

これで世界を救えると本気で信じているのか？　ゴミの分別をするのにいちいち理由を考える必要はないでしょう、といった空気が崩れない。

もう、ルイジアナ＝ハニーサックルは地球の重力に順応したらしい。床に座り込んではいるが、背筋は真《ま》っ直《す》ぐで力がこもっている。

ガスマスクの美少女は静かに語る。

『さて、そろそろ結末か』

「……余裕だな。自分が帰る場所もなくなるっていうのに!!」

『巨大隕石《きょだいいんせき》は仮説の一つに過ぎないよ。案外、なんて事はないのかもしれない』

「っ」

『一度も絶滅を経験した事のない人類には正確な話なんて何も言えないだろう？　氷河期のせいで恐竜は絶滅した。長き時を挟んで星の支配者は爬《は》虫類《ちゅうるい》から哺乳類に移った。ひとまずそこは事実だが、正確な絶滅の発生原因は今も不明だ。巨大隕石《きょだいいんせき》の衝突の他にも、太陽の活動が弱まった説や大規模な火山活動説、ああ、恐竜のおならが惑星全体の大気を曇らせたという仮説もあったかな』

茶化されているようですらあった。

間に鉄格子《てつごうし》も挟まず、シリアルキラーと対話するようなものだ。宇宙空間や宇宙エレベーターについて専門的な技術を借りる必要はあるが、深入りすれば泥沼に引き込まれる。

ここで今すぐ殺せないのが本当に悔やまれる。

ルイジアナ＝ハニーサックルは自分の立ち位置を理解している人間だ。

誰にも自分は殺せないと。

ザザ、とヘルメットの内側で小さなノイズがあった。通信だ。地上のお姫様からだった。

『クウェンサー？』

「何だお姫様」

『そっちはどこまでおりてきたの？　今からでも上に引きかえせば、クウェンサーたちだけでも生きのこれるかもしれない』

「生憎《あいにく》、速度を稼ぐために安全装置は片っ端から取り外しているよ。加速がつくのは片道切符で下る時だけ、二度とは上がれない」

『……そう、ざんねん』

皮肉ではなく、本当に残念そうなのがお姫様らしい。

クウェンサーは思わず小さく笑って、

「何だ、いやに弱気だな。電離層はもう抜けたんだ、照準のズレだって小さくなるんじゃないのか？」

『むりにメリットをさがしてもそのていどなのよね。クウェンサーも見たでしょう？　ちょくげきはした。でもくうちゅうぶんかいにならない』

弱気なところを見せてくれるだけでもマシだとクウェンサーは判断した。

ことここまできて見栄《みえ》や脅《おび》えでデータを脚色されたら、いよいよ成功の目はない。

『……クウェンサー、あなたにはちきゅうの外にいてほしかった』

「こっちは真っ平だ。それじゃ金持ちになっても金を使う場所がなくなるだろ」

その時だった。

びゅん!!　と。何か、巨大な塊がクウェンサー達の乗るかごのすぐ近くを垂直にすれ違った。

『わあっ⁉』

一度外へ放り出されかけたミョンリはすっかり高所恐怖症になったらしい。肩を縮めて反射で近くにいたクウェンサーにすがりつきながら叫んでいた。感覚的には分厚い着ぐるみ同士で抱き合っているだけなので、あんまり嬉《うれ》しさが伝わってきてくれない。

『なに、何ですか今の⁉』

『エレベーターのワイヤーは一本だけじゃない。並行して何本も走らせているんだ。君達がいきなり占拠をしてくれた関係で、無人の貨物が宙吊《ちゅうづ》りにされているんだろう』

ルイジアナが呆《あき》れたように呟《つぶや》くと、ヘイヴィアが身を乗り出してきた。

『貨物、つまり中身は「資本企業」製の兵器か⁉　そいつを使えりゃ……‼』

『拾いたければそこの鉄扉を開けて飛び移ってみれば良い。今の高度は……五〇キロを切ったところか。エベレストのざっと五倍以上の高さで、猛烈な突風にさらされたまま隣のエレベーターへ飛び移る事ができると思うなら。それもアスレチックにはメチャクチャ不向きな着ぐるみみたいな宇宙服を着たままだ。ああ、カーボンナノチューブでできたエレベーターのワイヤーは周期的に振動するという点も忘れないように』

『こいつぶっ殺してやるッッ‼‼‼』

『いい加減に聞き飽きたよ。君は顔を合わせるたびに何度でも同じ自慢話を繰り返す親戚のおじさんか？』

クウェンサーはそんなどうしようもないやり取りを眺めていた。

これで今生の別れになるかもしれない。そんなお姫様とのやり取りも忘れて。

『……クウェンサー？』

「エレベーターのワイヤーは周期的に振動している……？」

思わず呟《つぶや》くと、聞きつけたルイジアナがすらりとした脚を組んだまま こう言ってきた。

『あらゆる物質は固有振動周期から逃れられないからな。最新のカーボンナノチューブでも物理法則は無視できない。総延長一〇万キロだと、周期はどれくらいだったかな』

「……、」

（垂直に垂らしたワイヤーは風に揺られて流されるだけじゃなくて、揺られて、戻る。つまりこのワイヤーには復元力があって、弾性力を蓄えている。総延長一〇万キロ、宙吊《ちゆうづ》りにされた無人のかご、中身は『資本企業』軍の兵器が満載。おい、おいおい。宇宙のスケールだ……。なけなしの俺達の手の届く場所に、宇宙のスケールが顔を出してきた!!）

「ルイジアナ！」

『何か？』

「第二エリアは素通りだ、このまま一気に下へ下る!!」

ぎょっとしたのは言われたルイジアナ本人ではなく、周りにいたへイヴィアやミョンリ達だった。

『テメ自分から寸止めで終わらせるチャンスを棒に振る気かよッ⁉』

「ちまちま小出しにしたってそれこそジリ貧だ。大体途中で一時停止して何をするつもりなんだ？　アサルトライフルなんか届かないし、ミサイルは弾道がねじ曲がって使い物にならない」

『……っ』

「だから使えるチャンスはかき集めて、これと決めた一ヶ所で決め打ちする。大技を使えるのは一回だけ。そうしないと落下中の『ワールズエンド』は破壊できない‼」

『大技と言ったな。君には何かしら、具体的なビジョンが見えていると？』

ルイジアナ＝ハニーサックルが冷静に尋ねてきた。

……実際のところ、こいつはどっち側の人間として質問しているのだろう。自分達エレベーター連盟が下した最後の一撃を食い止めようとするクウェンサーを警戒している側か、あるいはまさか、今さらになって一人の人間として落下阻止に成功の兆《きざ》しを見出《みいだ》したい側か。

ともあれ、ちっぽけな少年はこう言った。

「チャンスは一度だ」

傷だらけになったヘルメットのバイザーを上げて。

真正面から悪友の目を見据えて、だ。

「このままただジリ貧から抜け出せないまま滅亡を待つか、一回限りの大技を狙いに行くか。

選べよヘイヴィア、ここが最後の選択肢だ‼」

7

下る。

下って、そしてエレベーターのかごが止まる。

アフリカ・トゥルカナ方面。高度はざっと二〇〇〇メートル弱。普通に生活しているだけでは体感できない高さであったが、クウェンサー達にとってはもはや地べたと同然だ。この高さから眺めても、ひび割れた砂漠ばかりが地平線の向こうまで広がっている。

ルイジアナ＝ハニーサックルの原風景。

世界を救うと言って聞かない天才少女が、自分の手で壊した大自然。

これ以上は下れない。

クウェンサー達は邪魔な宇宙服を脱ぎ捨てると分厚い鉄扉を開放し、外に向けて躊躇《ちゅうちょ》なく一歩踏み出した。

落下はしない。

宇宙エレベーター・マザーレディのワイヤーを揃《そろ》えるために使う、地上基地から垂直に延びた『槍《やり》』のてっぺんだった。マカロニみたいに中空の『槍《やり》』の外縁に降り立ったのだ。エレベーターのかごはマイクロ波を浴びて進む。パラボラの範囲外については筒の内壁から直接照射しているのだろうが、今はそっちではない。

途中で止まらず一気に下ったので、まだ落下中の第二世代『ワールズエンド』とは距離がある。だが太陽が二つに増えたような、禍々《まがまが》しい光が見て取れた。およそ数分後には一つの塊のまま、このトゥルカナ方面の砂漠へ衝突するだろう。

「お姫様!!」

『なに、クウェンサー？』

「落下中のオブジェクトの正確な軌道が知りたい。こっちの携帯端末で共有させてくれ」

『りょうかい』

「対空用のレーダーを使えば異物は片っ端から網羅できるよな？　宙吊《ちゅうづ》りにされているかごの位置も捕捉しておいてくれ」

『？』

全員が降りるのを確認してから、クウェンサーは自分が乗ってきたかごの外壁に粘着テープで小さな機材を取り付けた。今まで宇宙服の腕に取り付けていた小型のコンピュータだ。ジャイロセンサーで揺れを検知すれば、ワイヤーの振動を数値化できる。

「出てきた。ワイヤー全体の固有振動数は……」

『ちゅうづりにされている「かご」はぜんぶで3き。こうどは40キロ、38キロ、15キロ』

「最後のピックアップ!!　狙うとすればそこしかない!!」

　この宇宙エレベーター・マザーレディはギターやバイオリンのように、垂直に延びたワイヤーを何本も並行に走らせている。幅八〇センチほどの薄い薄いベルト状のワイヤーで、大型バスサイズのかごをいくつも同時に扱うためここだけでもかなり広い。この槍《やり》のてっぺんにはその全てが集まっていた。目的のかごははるか一万三〇〇〇メートル先だが、直結で繋《つな》がっているワイヤーは手を伸ばせば届く距離にある。

　クウェンサーはプラスチック爆弾の『ハンドアックス』を取り出し、ボールペン状の電気信管を突き刺した。躊躇《ちゅうちょ》なくベルト状のカーボンナノチューブに張り付ける。

（タイミングは分かっている。九、八、七、六……）

「下がってろ、行くぞ!!」

　起爆する。

　耳をつんざくような轟音《ごうおん》が炸裂《さくれつ》する。

　使い方次第では戦車を走行不能に追い込むくらいはできる軍用爆薬だが、当然ながらこの程度でカーボンナノチューブ製のワイヤーが断ち切られる事はない。

　両手を腰に当てて、ルイジアナが青空を見上げていた。ガスマスクの丸いアイピースを通してどんな世界を見ているのだろうか。

『一発で良かったのか？』

「アンタ分かっていて言っているよな？　闇雲に揺さぶったって意味はない。固有振動数が分かっているならこれでいける！」

糸電話と同じだ。

それがどのような衝撃であれ、ぴんと張られたワイヤーは振動を伝えていく。

そして一〇万キロのワイヤーは元々決まった周期で自分からゆったりと揺れていた。これ自体は害があるものではないし、仮に許容を超えた場合は宇宙ステーション側にある『安全装置』を使って揺れを相殺《そうさい》してしまえば良い。

そのための『ハンドアックス』だ。

ただし。

揺れと揺れを相殺《そうさい》できるという事は、逆に二つの波をぶつけて増幅させる事もできる訳だ。

「ワイヤーはただ風に流されるだけじゃない。いったんは流れても、元の位置に戻る力、つまり復元力を持っている」

「ほんとに成功すんのかよ……？」

もう、落下物の閃光は隠しようがなかった。本物の太陽よりも強い輝きを放ち、純白の塊が螺旋軌道《らせんきどう》で回りながら地上を目指す。

そんな中、ヘイヴィアはこう叫んでいた。

「ようは宇宙エレベーター自体をでっかい弓に見立てて、弦《つる》の力で巨大隕石《きよだいいんせき》をぶち壊すってんだろ？　大雑把にもほどがあるぜ、くそが!!」

無茶苦茶だ。

クウェンサーだって分かっている。

だけどここまでやって、ようやっと大気圏外から降り注ぐ二〇万トンの塊なんていう恐るべきスケールに追い着ける。ヤツを吞《の》み込《こ》む事ができる。少なくとも、効果がないと分かっていながら散発的にライフル弾や携行ミサイルを撃ち続けるよりはマシなはずだ。

音や振動の伝わる速度は、気体中より固体中の方がずっと速い。

総延長一〇万キロのワイヤーを巨大な弓にするという話だが、クウェンサーは巨人ではないので今から馬鹿デカい矢を番《つが》える訳にはいかない。だから元からあるものを使うしかない。それが貨物を積んだまま宙吊《ちゆうづ》りにされている無人のかごだ。

元からあったワイヤーの揺れに、クウェンサーが起こした爆発の衝撃が合流する。二つの波は相殺《そうさい》されず、むしろ合算されて設計上ではありえない巨大な振幅を生み出す。

宙吊《ちゆうづ》りにされたかごが、左右に大きく揺さぶられる。

そもそもかご自体が衝撃に耐えられなかった。

結果、

「みんな伏せろっ、始まるぞ!!」

ゴッッ!!!!!!　と。

爆発だ。

水平に散弾のようなものが飛び散った。

もちろん、端から端まで地球二周分以上もの長さを誇るエレベーター全体からすれば、些細《ささい》な揺れではあったのだろう。それでも設計限度を超えた多大な振幅に宙吊《ちゅうづ》りになった金属製のかごが耐えられず、バラバラに吹き飛ばされたのだ。

ワイヤー振幅の向きに従い、水平方向へ。

今まさに螺旋軌道《らせんきどう》を描いて追い抜こうとした、落下中のオブジェクト『ワールズエンド』に向けて。

光があった。

太陽を凌駕《りょうが》するほどの輝きを見せる超大型兵器。その光をさらに丸呑《まるの》みするようにして、だ。

何しろ計算上の瞬間最大速度は秒速一万四〇〇〇メートル。剃刀《かみそり》のように鋭い破片の雨、どころではない。大部分は発射と同時に高空大気上で蒸発し、プラズマ化してしまったのだ。柔らかい水やプラスチックではない、大気圏離脱まで考慮した耐火金属の塊がだ。

「ぐううッ!!」

すぐ隣で手すりにしがみついて呻《うめ》くヘイヴィアの顔がもう見えない。

爆発的な光は真っ白なスクリーンのように、ちっぽけな人間達から五感を奪っていく。

そして、だ。

「まだだっ」

ヘイヴィアが呻《うめ》いた。

彼は真上を見上げながら、

「まだ塊のままだぜ!! あれだけブチ当てても割れなかった。このままじゃ『ワールズエンド』の野郎が降ってくる!!」

8

その時。

「もしも今日が地球最後の日になるとしたら」

大きな学校の講堂を借りて行われた講演会では、壇上に立つ発言者がそんな風に訴えかけていた。

「分かりやすいＩＦですね。だけど分かりやすい前提をお見せする事で皆様は容易に想像の翼を広げる事ができるようになります。ではどうしましょう。諦めて受け入れるか、最後まで抗《あらが》うか。すでにあるお気に入りを反芻《はんすう》するか、まだ見た事のない体験を一つでも埋めていくか。あなたなら、どうしますか？　ひょっとしたらそこに自分の中心があるかもしれません」

声は廊下にまでこぼれていた。

難しい事を考えているなあ、と中年の男性はのんびり思う。有給休暇を消化しないと上司に怒られてしまうのだが、ノルマで平日に休みを取らされてもやる事がない。なので息子の通う学校を見てみよう、と思い立っての行動だ。もちろん息子は戦地派遣留学生だから学校にいないのは分かっている。そしてそんな時でなければ覗《のぞ》く事もできないだろう。年頃の少年少女は、自分のテリトリーを親に見られる事を極端に嫌うものだ。

一部では変人どもの巣窟《そうくつ》とも呼ばれている学校だが、こうして見る限り特におかしなところは見られない。まあひょっとしたら、普段はそうとは分からない形で社会に紛れるだけの高い知能を持った変人なのかもしれないが。

様々な学部学科がぎゅっとまとめられた学校では多くのものが研究・実験されているらしく、展示物もたくさんあった。次世代都市、クリーンエネルギー、月面の土地不足に備えた火星の開発着手の可能性……。外部向けに分かりやすく整理された内容なのだろうが、それでも名前を追いかけていくだけで大変だ。

「色々やっているんだなあ……」

そしてこういう時に備えて、オトナはざっくりまとめて体面を保つ術を覚えてしまうものだ。

そういう風に逃げてしまうから、年齢を重ねるごとに新しく覚えていく量が先細りしていくのだと頭では分かっていても。

大人になれば世界の全てが分かると思っていた時代もある。

未熟な部分を削《そ》ぎ落《お》としてシャープさを極めれば、子供な自分が抱えているもやもやなんか全部晴らす事ができると。

だけど実際には、歳《とし》を重ねるごとにかえって世界の複雑さに翻弄されていくばかりだ。

ほとんど家族から持たされるだけになっているスマートフォンが電子音を鳴らした。いつまで経《た》っても使い慣れないSNSの方では同じ人物からいくつか立て続けにメッセージが並んできている。

『今どこ？』

『もうおなかがぺこぺこなんだけどー。まさか1人でかってにたべてないよね？』

『あと、これはそっちがまいごになっているんであって、私がはぐれたわけじゃないよね？ねっ!?』

家で面倒は見ているが、血の繋《つな》がった娘ではない。

たまに息子はこういう困った相談を持ちかけてくる。今はアイドルとして羽ばたいていったモニカ嬢の時もそうだったか。

こういう風に人の世話をしていると、ちょっとだけここにはいない息子との距離が縮まった気がする。息子は優しい。死のベルトコンベヤに乗せられてゆっくりとすり潰されそうになる人を見ると黙っていられない。だけど後先なんて考えていないから、たまにこんな風に行き詰まって親に相談してくるのだ。完璧でないから、そんな所が可愛《かわい》らしいと思える。

同じ屋根の下で暮らしておきながら、少女について知っている事は少ない。どんな経緯でやってきて、どういう問題を抱えていて、そこにどういった謎があるか。すっかり大人になって柔軟な頭を失ってしまった彼には想像もできない事ばかりだ。

そしてそれでも構わなかった。

頼られているからには応えてやるのが父親だろう。

彼は今、かつて未熟だった誰かが胸を張って頷《うなず》く事のできる男にはなっている。

その時。

一人の少女が大きな通りを歩いていた。世界で最も安全な『本国』扱いの大都市とはいえ、本来であれば護衛もつけずに徒歩で見て回るような身分の人間ではない。名門・バンダービルト家のご令嬢。彼女はいつも通り窓を乗り越え女子更衣室を横断し常に位置情報を発信する防犯ブザーを上に投げて通販のドローンに引っ掛け、黒塗り防弾車だらけの窮屈なパレード部隊から抜け出していた。

（どこが見たいというより、プロの皆様を出し抜いている事そのものに快感を覚え始めているっつーのが大変アレではありますけれど……）

半分万引きセレブのような有り様になりつつある自分の心を自覚しつつ、ご令嬢は目一杯羽を伸ばす。

すぐ近くを笑いながら何人かの子供達が走り抜けていった。道端には屋台も多い。どうやら何かしらのイベントでもあるらしい。そんな風に思っていたご令嬢だったが、街灯の柱にある張り紙を見て慌てて自販機の陰に身を隠した。

『バンダービルト家のご令嬢の横顔を見るならこちら！　ここは習い事で行き来される通り道です!!』

（……ぷっ、プライバシーという概念はねーんですかこの国は!?）

クレープにアイスクリーム、たらこパスタにホットドッグ。どうも屋台の料理が自分の好きなものばかりで固められているなと思ったら、これもすっかりリサーチされているらしい。ずらりと並んだ屋台で取り扱っているのは食べ物ばかりではない。オペラグラスにスマホ用のズームレンズ、このデジタル時代に敢《あ》えての使い捨てのカメラ。みんな全部自分をターゲットにした覗《のぞ》きグッズだと分かると唇がもにょもにょする。

そんな中から昔懐《むかしなつ》かしい赤と青の３Ｄメガネに似せたジョークサングラスを買って目元を覆いつつ、ご令嬢はさらに散策を続けていく。

窮屈で。

当たり前で。

それでも見るたびに新しい発見のある日々。

これがただ目の前にぽんと転がっている訳ではない事を、ご令嬢は理解していた。何でもない生活を守るために、泥の中を這《は》いずって世界中で転戦する人達がいる。ご令嬢は軍拡主義者ではない。むしろ戦争を止めるための平和慈善活動に注力をする側の人間ではある。だけど、今すぐ追い着く事のできない理想がいつの日か追い着けるその時まで、帳尻を合わせるために戦い続ける人が確かにいる。

「ヘイヴィア様……」

大空を見上げてご令嬢は呟《つぶや》く。

今日は洗濯日和の快晴だけど、どこか青が重たい。


その時。

ブラドリクス＝カピストラーノは単調な蹄《ひづめ》の音に体を預けていた。今はもう車が空を飛ぶ時代ではあるのだが、彼が使っているのは四頭立ての馬車だ。『正統王国』の大都市ではそう珍しいものでもなかった。観光サービスではなく、自分の家で御者ごと抱えているとなると流石《さすが》に激レアではあるだろうが。

（……こういう伝統は、かえって力を持った『名門』なら煙たがっているものだと思うけどね。格式にこだわるのは、不足に脅《おび》えて自分の体面を守ろうとする証《あかし》だ）

そっと息を吐きつつ。

「よろしかったのですか？」

正面に腰掛けるメイドがそう尋ねてきた。

ブラドリクスは首を傾《かし》げて、

「何の話？」

「自家用ジェットで郊外まで飛べば、シェルター付きの別荘に辿《たど》り着《つ》けたはずですが」

小心者は情報を集める。

常に聞き耳を立てていないと安心できない。

だから名門ならかえって取りこぼしてしまうような情報でも、正確に得る事になる。

青年貴族ブラドリクスは小さく笑って、

「変わらないよ」

「ですが」

「半年分の水と食糧に囲まれた暗い地下室程度で何になる？　それは、半年ほどかけてゆっくりと土葬されていくのと変わりない。世にも珍妙な処刑だね」

　ブラドリクスの隣には誰もいなかった。

　黒い鞘《さや》に収まった『島国』の刀剣……カタナが立てかけてあったからだ。もっとも、こんなものを極めたところで大切な人を一人守る事さえできなかったが。

　自嘲気味に彼は笑みの質を変えた。

「可愛《かわい》い妹が失敗した時はその時だ。私は運命を受け入れる。慈善の一つもできず、ティアちゃんが笑っていない世界に一人取り残されてもやる事がないしね」

「……、」

「君こそ律儀《りちぎ》だな、今はもう主君の後を追って殉じるような時代でもないだろうに。何故《なぜ》この状況で逃げなかった？」

「あなた様のいない世界に残されても苦痛ですので」

　一秒の迷いすらなかった。

　そういえば彼女は、本来ならこんな弱小貴族に仕えているようなタマではなかったか。紹介状が一枚あればウィンチェル家でもバンダービルト家でも、好きな家の戸を叩《たた》く事もできたはずだが、そうしない。そこには当然理由があるべきだ。

　ブラドリクスが『家の伝統』とやらに従う事ができず、道具のように扱われる妹を守る側に立って順当な道を踏み外したのと同じく。

　そんなブラドリクスを見捨てられない人だって、確かにいる。

「不器用だね」

「お互い様です」


その時。

核でも破壊のできない超大型兵器のコックピットで、ぎゅっと操縦桿《そうじゅうかん》を握る少女がいた。

仕事もプライベートもない。

空白の世界に塗り潰され、これしかない少女は、天を見上げてぽつりと呟《つぶや》く。

「クウェンサー……」

9

死は平等に訪れる。

戦争の勝敗を決めるのは、善悪や感動ではない。

ヘイヴィアは言った。

『ワールズエンド』はまだ塊の状態を保ち、エレベーターの弦《つる》を利用した巨大な弓の一撃を浴びせても空中分解はできなかった。このままでは地表に落下して甚大《じんだい》な被害をもたらす、と。

それでも。

それでも、だ。

「いいや」

クウェンサーは顔をしかめて否定した。

汗まみれの顔で笑って少年はこう言ったのだ。

「俺が狙っていたのは、弓じゃない」

ルイジアナ＝ハニーサックルは言っていた。

熱圏に常時さらされても安全なカーボンナノチューブ製ワイヤーでも、安全装置を外したエレベーターかごの摩擦にさらされると破断してしまうかもしれない、と。常日頃、生活の中でも見られる一般現象であろうとも、膨大な積み重ねがあると見かけの被害は大きく変わるのだ。

そして先ほどクウェンサーが示した通り、エレベーターのワイヤーは弓やパチンコのように使える。押したらそのまま流れていくのではなく、元の位置に戻ろうとする復元力があるのだ。

つまり、

「電熱線」

クウェンサーはそう囁《ささや》いた。

「カーボンナノチューブは金属ほど電気を通さない、つまり抵抗になる。あれだけのワイヤーに充分な電気を通し、なおかつ一点に集めることができたら？　核兵器くらいは超えるだろ」

絶句、であった。

宇宙のスケールとはそういう事だ。ありふれた現象がありえない結果にまで膨れ上がる。全てを呑《の》み込《こ》み光すら逃がさず、果ては時間や空間まで歪《ゆが》めてしまうブラックホールの正体が、実際にはどこにでもある重力なのと同じように。

ルイジアナは笑って言った。

「しかしどうやってそれだけの電力を用意し、集める？　君も軍関係者なら分かるだろう。ワイヤーに細工するにしても、アレがどれだけ強固な繊維構造をしているか。君自身が今さっき見せたように、プラスチック爆弾程度では傷もつかないぞ」

「マザーレディを建設するにあたって、アンタ自身が一番苦労したところなんだから絶対に覚えているはずだ、宇宙エレベーターの建設地は厳密に定められる」

トゥルカナ方面のひび割れた砂漠をバックに笑う天才科学者に向け、クウェンサーは挑みかかるように答えた。

「一つ、赤道から一定以内の範囲である事。二つ、安定を得るために海上ではなく地上基地を設けるのが望ましい。ワイヤーの揺れに対するアプローチは宇宙ステーション側から行えば良い。三つ、天候の乱れがちな赤道直下でありながら台風やハリケーンなどの通り道にはなっていない場所でなければならない。何故《なぜ》なら、特殊な組成とは言っても炭素でできたカーボンナノチューブは雷雲……つまり強大な静電気に弱い性質を持つからだ」

電気。

しかしそれなら、何も得体の知れない雨乞いの儀式にすがる必要はない。

接触電位差。二種類の物質をくっつけてから離すと電気が生まれるのだ。片方はワイヤー、もう片方は砂鉄でも水分でも良い。そしてもちろん、想定を上回るほど派手にワイヤーを揺らしてやった方が接触回数は増える。

「つまり」

クウェンサー＝バーボタージュは言った。

理不尽な鉄槌《てっつい》を許さぬ、変わらぬ明日を望む者の声で。

「デンキウナギと同じだよ。一つの現象はわずかでも、これだけ長いワイヤーなら!!」

音が消えた。

光がまとめて吹っ飛んだ。

一〇万キロのワイヤーの一点、わずかな傷がついて歪《ゆが》みの集中していた高度一五キロ地点でカーボンナノチューブの帯が瞬いた。宇宙側ではヘイヴィアの弾丸やルイジアナの指先もワイヤーを揺らしたが、今回は違う。地上で計算すれば許容を超えるエネルギーを生み出せる。

カーボンナノチューブのワイヤーが千切れた瞬間、空中の一点、ワイヤーの傷から得体の知れない光が発した。それは電気の力ではなく、ワイヤー内部で生み出された熱の力だ。よって光は一瞬ではない。決して消える事のない純白の閃光《せんこう》が際限なく膨らんでいく。熱圏にも耐えるワイヤーを削りながら。

十分に距離は離れているはずだ。

それでも槍《やり》のてっぺんにいたクウェンサーは危うく落下するところだった。というか、立っている事もできず、床に押し潰される。

「があっ、あ⁉」

みしみしと自分の体が潰れていく不気味な音を聞きながら、それでもクウェンサーは必死に首を動かして青空を確認しようとしていた。

火の球があった。

だけど一個の巨大な塊ではない。雨。一面にオレンジ色の尾を引く人工物の雨が降り注いでいく。一見破滅的なビジュアルだが、だけど先ほどまであった溶接じみた純白の光ではない。明らかにオブジェクトは砕け、落下物の速度は落ちて、表面温度は下がっていった。

『……隕石雨《いんせきう》、か』

ルイジアナが奇妙にクリアな大空を見上げて呟《つぶや》いていた。

　それは一度に一発ではなく、万単位の落下物が地表へ降り注ぐ現象だ。

『ネットニュースか何かで齧《かじ》ったクチかな？　確かに一八六八年東欧のプウトゥスクや、一八八二年同じく東欧のモッシュの街には一〇万個近い隕石《いんせき》が降り注いだという。一九一二年、北米のアリゾナでは一度に一万四〇〇〇個の隕石《いんせき》が降り注いだ。それでも人類は滅びなかった。これらは各々《おのおの》独立した多数の隕石《いんせき》が同時に熱圏を突き破って降り注いできたのではなく、大気中で破裂した隕石《いんせき》が無数の欠片《かけら》となって降り注いだからだ。力は分散したんだよ』

　つまり、前例がある。

　こういう空中分解であれば、氷河期は起こらない。かろうじて人類はまだ生きていられる。

　ここが大都市の中心ではなく、基本的には何もない砂漠というのも救いになった。

　ひらりと。千切れたワイヤーがリボンのように宙を泳ぐ。

　勝った。

　そんな風に思うクウェンサーの耳に、歌うような声があった。ある少女は高層の手すりに背中を預け、顔を覆っていたガスマスクをゆっくりと外していく。

　天才は。

　オレンジ色の雨をバックにうっすらと微笑《ほほえ》んでいたのだ。

「これで確定、か。人の善意によって最後の可能性が潰《つい》えた世界」

「……？」

何だ、と這いつくばったままクウェンサーは疑問に思った。

まだ奥の手があるのではない。何かを隠しているのではない。

「狙いは、惑星の統一環境化……じゃない？」

「誰がそんな話をしていた？」

ミステリアスを極めた天才少女は適当にマスクを放り捨てる。

この結末を受け入れた上で、どこか寂しそうにルイジアナ＝ハニーサックルは歌い続ける。

「オブジェクトは二〇万トンの塊だ。しかも一機だけでなく、世界中で無数に蠢《うごめ》いている。こんな規格外の化け物が総合格闘技のようなフットワークで左右にステップを踏み、核兵器でも破壊不能な同型機を一撃でぶち抜くほどの下位安定式プラズマ砲やレールガンをバカスカ撃ち続けている。直接的な反動も副次的な熱や衝撃波も、全て強引に押さえ込んで、だ」

最初、意味が分からなかった。

いいや理解を拒んでいたのか。

這《は》いつくばったまま動けないクウェンサーを見下ろしながら、哀れむようにルイジアナは続けたものだった。

「こいつが惑星の地盤や地殻に何ら影響を与えないとでも？　時代遅れの核実験だって人工地震を起こしていたというのに。地軸なんて、とっくの昔にずれ始めている。今のまま放っておけば天変地異の連続で人類なんか簡単に滅びるだろうね。というか、気候そのものが変動し食糧の生産すらも追い着かなくなる。君達が何より恐れた、冬の時代の到来さ」

世界を救う。

素朴な暮らしを守り続けていたトゥルカナ方面の人々を、どんな手を使ってでも必ず守る。

世界の人類などそのおまけに過ぎない。

天才科学者の見ていたものが、ようやっと、クウェンサーの目にも追い着く。

「だから私は一〇万キロの弦《げん》を揺らして演奏会を開き、惑星全体の軸を調律しようとして」

歌う。

破滅の歌が、延々と続く。

「それが叶《かな》わなかったから、荒療治として計算された軌道でオブジェクトを落下させ、歪《ゆが》んだ地軸を元の位置まで叩《たた》き戻《もど》そうとした。……まあもっとも、オブジェクトの墜落は計画外の急場しのぎだったから、実際の成功率は二〇％を切っていたがね。ははっ、我々の計画は弦《げん》を使えなくなった時点で失敗していたんだよ」

「お、まえは……」

歯を食いしばり、クウェンサーは言葉を絞り出す。

「巨大隕石《きよだいいんせき》は、恐竜を絶滅させるほどの力を持たなかった。そんな風に言っていたな。トゥルカナ方面に落としても、村は守れるって思ったのか？　村の盾として使うために……エレベーターに寄り添うように螺旋《らせん》の軌道を描かせていたっていうのか……？？？」

ルイジアナは笑っていた。

笑みの質が変わっていた。長い長い孤独から解き放たれたような、それでいて、あまりにも遅すぎると嘲弄でもするような。

「可能性は潰《つい》えた」

宇宙エレベーター・マザーレディはワイヤーが千切れた。並行して走る他のラインも無傷という訳にはいかない以上、ルイジアナが想定していた『演奏会』に耐えられるかは未知数。そして自前のオブジェクト『ワールズエンド』を使った最後の一撃も空中分解した。仮に『正統王国』が接収したエレベーターを補修したとして、この危機を頭の堅いお役人が理解するか。いいや、最速で修理を実行するにしても、それまで地球は待ってくれるか。

「私の足掻《あが》きはここで終わり。世界最後のチャンスは見事に踏み潰された。だが、この危機を共有できたのは大きかった。何しろ君は、私とは『違う』才能を持っているようだからな」

「……、」

「君なら壊せるかもしれない。この世界が抱えている、根本的な欠陥を」

ルイジアナ＝ハニーサックルは入念に計算したはずだ。

した上で、時間がないから自前のエレベーター連盟を消費してでもこうするしかないと決断したはずなのに。

失敗。

破滅の雨に祝福されながら、天才科学者は両手を広げてこう告げた。

「ハロー、破壊神。粉々にしてみたまえ、このくそったれな難題を」

終章

第三七機動整備大隊の整備基地ベースゾーン、その片隅にある営倉だった。

主に戦場で軍規違反を犯した兵士を拘束しておくための場所だが、今は『正統王国』軍の兵士以外にゲストがぶち込まれていた。

半袖体操服の上から白衣を羽織った少女。

ルイジアナ＝ハニーサックルだ。

「おや」

やってきた人影を見て、鉄格子《てつごうし》の中から全ての元凶は口を開いた。

興味深そうに。

「同じ世界の匂いがするな。君は、『資本企業』出身か」

「元、だがね」

整備兵の婆《ばあ》さんだった。

「流儀を知っている者同士の方が腹を割って話しやすいのでは、という司令の計らいだ。ちなみに、ここで口を開かないとベルト付きの椅子と得体の知れない薬液が待っておるぞ」

物騒極まりない物言いだったが、ルイジアナは全く意に介さない。

全然違う質問を飛ばしてきた。

「古巣の場所は？」

「『島国』」

「へえ。流石《さすが》にあそこは私も直接行った事がないな。憧れていたんだ」

多少は天才の興味を引いたのか、ルイジアナが前のめりになる。彼女が宇宙生活の中で好んで身に着けていたのも『島国』製の体操服ではあった。

こっちに期待されていた訳ではないだろうな、と婆《ばあ》さんはわずかに顔をしかめる。

ともあれ、だ。

「知りたい事を教えてやる」

「例えば？」

「一回五ドルのワクチン」

婆《ばあ》さんが素っ気なく言うと、ルイジアナがわずかに黙った。

「空中分解してそこらじゅうに散らばった『ワールズエンド』の残骸を回収せねばならん。最先端技術の断片はそれだけで次の争奪戦に繋《つな》がりかねんからのう。しかし一方で、ここは過酷な砂漠。考えなしに歩き回るだけではどれだけ消耗するかも分からん。そこで三七では土地勘のある地元の人間を雇い上げ、正当な賃金を支払って働いてもらうつもりのようじゃな。一回五ドルのワクチンなんぞいくらでも確保できるじゃろう。ひとまず、あのエレベーターがなくなっても子供が蚊に脅《おび》えて生きていく時代への逆戻りはない。そこは安心しろ」

ルイジアナ＝ハニーサックルはそっと息を吐いた。

負けて、全てを失って。

だけど一つだけ古い友との約束を守る事ができた。そんな顔だった。

整備兵の婆《ばあ》さんは小娘の瞳を覗《のぞ》き込みながら、

「エレベーターは順次撤去されるよ。まずは地上基地からだ」

「まあ、ワイヤーが切れてしまえば無用の長物だからなあ」

ルイジアナは両手を頭の後ろに回して、適当な調子で呟《つぶや》いた。

ここで言っているのは、宇宙エレベーターとしての貨物運搬機能の話ではないだろう。そもそもルイジアナがマザーレディを建設した目的は別にある。

じっと。

ルイジアナは鉄格子《てつごうし》を通して整備兵の婆《ばあ》さんの瞳を見た。

それから言う。

「君は駄目だな」

「？」

「正しい理由を説明したところで、きっと固定観念が邪魔をする。そんな事あるはずないと目を曇らせて、正しい行動を邪魔する側に回るだけだ。君は悪人ではない。だが正確な情報を伝達したところで、受け入れるだけの心構えはないだろう」

捕まっている状況で相手の機嫌を損ねるのが何を意味するか。それが分からないほどルイジアナは馬鹿ではないだろう。彼女はエレベーター建造のため、多くの会社や個人を焚《た》きつけて味方につけてきたのだから。

その上で、言うのだ。

はっきりと。

「特に、オブジェクトの開発や運用によって自分の立場を守っている者にはな」

整備兵の婆《ばあ》さんはそっと息を吐いた。

「これからどうするね？　わしと同じくこちらへ亡命してみるか」

「まあ、『資本企業』に居場所はなさそうだからなあ。例のカワイイ破壊神にもいくつか助言を与えておきたいし」

ルイジアナはくすくすと笑っていた。

そのまま自然体で彼女は言う。

「ただし、命の保護という観点ではあまり意味のある選択肢ではないかな」

「？」

「シルクSについて考えていた」

相手には伝わらないと分かっていながら、しかしルイジアナは補足をしない。

まるで自分で自分に話しかけて頭の中で情報を整理しているような、そんな口調だった。

「7thコアのCEOに見切りをつけたあの悪女は、次のターゲットを捜すために私の計画を踏み台にしたらしい。ではそいつは誰だ？　考えていけば、自然と分かってくる。……おそらくこの世界を食い物にしている本当の敵は、国境の線引き程度に左右される存在じゃない」

整備兵の婆《ばあ》さんがいた『島国』では死刑制度があった。だからそういったウワサも事欠かない。いわく、あれだけ凶暴だった死刑囚も拘置所で『その時』を待つ間に、まるで悟りでも開いたように聡明《そうめい》になる事があるという。

死を覚悟した少女は、強い。同時に儚《はかな》さを滲《にじ》ませる矛盾した空気を纏《まと》う。

「聞きたい事があるなら早めに質問を頼む」

片目を瞑《つむ》り。

どこか達観した声で。

「いつまで生きていられるかは、私も知らないからな」

『おほほ。この私がえいせいきどうじょうからあいのでんぱをふりそそがせます。みわくのG

カップをぜんせかいへおとどけ、「情報同盟」のとしあけスペシャルうちゅうライブのっ、スタートですわあーっっっ!!』

そんな陽気な声が響いていた。

どうやら軍のコンピュータにワンセグチューナーを突き刺している馬鹿野郎がいるらしい。

デジタル放送に対応したモデルだと双方向通信の窓口を開いてしまうものもある。つまり情《じょう》報漏洩《ほうろうえい》のリスクだってゼロではないはずなのだが。

アフリカ大陸、トゥルカナ方面にあった宇宙エレベーター・マザーレディを巡る戦争は終息した。

周囲、五〇〇平方キロ単位にわたって『資本企業』軍のオブジェクト『ワールズエンド』の残骸がばら撒《ま》かれたので、これはこれで戦争の火種になるかもしれない。だがひとまず、確実に世界滅亡の危機は免《まぬが》れたはずだった。

「……、」

そのはずだ。

なのに、クウェンサー＝バーボタージュの胸からしこりが取れない。

……自分は本当に、この世界を守ったのか？

崖っぷちにあった世界。その背中を突き飛ばして、決定的に落としたのではなく？？？

「クウェンサー」

お姫様が声を掛けてくれた。

「大丈夫だった？　なんか、ぐんいさんにみてもらっていたようだけど」

「……ああ。核爆発を超えるエネルギーだろ。冷静に考えたら高度一五キロで炸裂《さくれつ》させても普通に殺傷圏だったんじゃあないか……」

死ななかったのは単純な運だったとしか言いようがない。ワイヤーの傷の形状によって、爆発は奇麗な球状ではなく水平方向に幅広なレンズ状に広がったのだろう。そうでもなければとっくの昔にすり潰されている。

「？」

と、お姫様は何かに気づいたようだ。

そっと小首を傾《かし》げて、

「どうしたの、クウェンサー？」

「いいや……」

「けど何か、むりをしているようなかおしてる」

「何でもないよ、大丈夫だ」

小さく笑ってクウェンサーは打ち消した。

仮にルイジアナの言っている事が全部正しかったとする。世界を滅亡に追いやっているもの

の正体はオブジェクトで、これを何とかしない限り地球の地軸はどんどん歪《ゆが》んでいき、やがては環境が激変して食糧確保すら難しい『冬の時代』がやってくるとする。

だとしても。

捨てられるか?

オブジェクトの設計士になる事は、『平民』が『貴族』を出し抜いて上に立てる数少ない手段だ。それを自分から放棄する。本当に? お涙頂戴の夢物語じゃない、現実の進路の話だ。そんなもの、世界は救われるかもしれない。でもクウェンサー個人に待っているのは、一生逆転のない時間が一〇〇年続いて終わっていくだけの、灰色の人生だけじゃないか。

それに。

クウェンサー=バーボタージュは不思議そうな顔をしているお姫様の顔をそっと盗み見る。

オブジェクトの操縦士エリート。

ある意味において最も『クリーンな世界』の恩恵を受けている少女。

ミリンダ=ブランティーニの人生を否定できるか?

どうする。

……。

……。

……。


『業務連絡。

　こちらはしばらく葬儀で動けません。一般には伏せているけど、７ｔｈコアの一角を牛耳るＣＥＯが心筋梗塞。例の「ウェンディゴビークル」です。ウワサでは何もない空っぽのオフィスを目《ま》の当《あ》たりにしてのショック死らしいのですが。やっぱりお金は手元に置いておくべきですね。純金とかダイヤとか、重さと手触りの分かる形で。

　エレベーターについては無事カタがついたようで何よりです。ジュネーブが騒ぎ出す前に賠償金についての相談をしておきましょう。いつも通り、最低額で確定を得るために。

「正統王国」の動きについては了解しました。

　ごく少数の特権階級が先祖代々からの因縁を引き継がざるを得なかった遺伝病に脅《おび》えてくれるおかげで、薬の材料になる「かもしれない」生物資源や鉱物資源を巡って外からつつけば簡単に戦争を起こせます。コントロールが容易である事は美徳です。信頼と言っても構いません。

「信心組織」については？

　聖者尊翁《せいじゃそんおう》だったかしら。あの辺りが採算度外視の「救済」なんかを始めると色々厄介な展開になりそうですが』

『拝読させていただいたが、この程度であれば問題あるまい。聖堂や寺院を管理する都合上、わしらもまた常に一定数の現世《げんせ》利益《りやく》を確保しておかねばならぬからな。

すなわち金。

あっはっは、ちょっとストレート過ぎたかのう？

善意の喜捨に慈善の寄付。我々は表向き商売には手を出していない事になっておったか。

動きが読めぬと言えば「情報同盟」ではないか？　何しろ向こうはＡＩが司法や行政を取り仕切っておるからの、欲望ではなびかせられん。

無尽蔵に増殖するがん細胞から作ったＤＮＡコンピュータ、アナスタシアプロセッサとやらは最適解のみを追究する。人間とは違った意味で先の動きは読みやすい。その辺りに期待するしかないのかのう。

ちなみに、今回は「正統王国」と「資本企業」のじゃれ合いという形を取っておったが、騒ぎが収まるまでわしは月面の別荘に閉じ込められたぞ。現世《げんせ》利益《りやく》について、多少は請求させていただいても文句はあるまい？』

『特賜《とくし》。

結局はいつも通りという事だろう。

秘密を知った者は始末する。例のエレベーターは大きな混乱をもたらしたが、「炙《あぶ》り出《だ》し」のイベントとしては悪くなかった。情報の流れを精査しろ。ひょっとするとそこから標的リストを作れるかもしれない。

この戦争は、クリーンでなければならない。

問題点など見つかってはならない。

図式が崩れれば無制限の戦争に逆戻りだ。作り過ぎた核兵器を突き付け合って平和を保つような時代を作りたくなければ、断固として対応しなくてはならない。

繰り返す。

秘密を知った者は全て殺せ。これは王の決定だ、正しさは私が保証する』

……。

……。

……。

アナスタシアpr／わあー。

アナスタシアpr／何なのかしら、この上から目線で送られてくる迷惑メールの山は。馬鹿にネットを与えるとどうなるかのお手本みたいな状況に陥っているわね。でもここで既読スルーしたら怒るんでしょうね、この人達。勝手にメーリングリストに登録しておいて。

アナスタシアpr／この世界が上から下まで全部腐っているのはその辺の子供でも分かるほど自明の理ではあるのだけれど……そもそも人ならざる人工知能の私が一番真っ当というのがいよいよ末も末という感じではあるわね。

アナスタシアpr／さて、ではどうしてくれようかしら。さてさて、最もまともな人ならざる私はどう動こうかしら。

あとがき

そんな訳で鎌池《かまち》和馬《かずま》です。

今回は宇宙エレベーター・マザーレディを軸として、地上と宇宙で戦争を繰り広げます。ここでは敵ボスの名字が『ハニーサックル』なのがポイント。二冊目の『採用戦争』で極太マスドライバーをぶん回したあいつの妹、という設定です。

『最新のテクノロジー』は一見エンタメの花形に思えますが実は鬼門も鬼門であって、例えばスマホやパソコンの具体的なスペックについてキャラクターが自慢する、というのは非常に勇気がいる行為だったりします（そう、CPUが何ヘルツやらハードディスクが何バイトやら。今、迂闊《うかつ》にテラバイトと書こうとして慌てて踏《ふ》み止《とど》まった自分がいます。危ない危ない）。家電量販店のサイトでも見れば分かる通り、ハードディスクのスペックとお値段の関係なんてあっという間に更新されていきますからね。そこへいくと、宇宙という分野はとにかく最新技術だらけ！　いくら手元に資料を集めても、それがいつまで『最新の常識』でいられるかは不明です。前々から興味はあったものの、実際に踏み出すのはかなり勇気がいりました。

今回は宇宙専用のオブジェクト『ワールズエンド』が登場します。『第三世代への道』でも主砲部分だけが切り離された格好で衛星軌道上から砲撃してくる機体がありましたが、こちらは本体やエリートそのものが宇宙空間に存在し、さらにあくまで地球を爆撃するための『内向きの兵器』であった前者と違って、今度のオブジェクトは宇宙そのもので戦う『外向きの兵器』が想定されています。

敵が宇宙規模になると味方も引きずられるのか、今回はクウェンサー達が何回か大技を繰り出します。特にエレベーターのワイヤーについては大真面目に『造るのは良いけどトラブルは起きないの？』なども議論されているようですね。その舞台でなければできない遊び、というのを書けて満足しております。

一冊目以降はどこからでも自由に読める形式の当シリーズですが、設定の積み重ねができてきたのは嬉《うれ》しい限り。例えば『資本企業』を牛耳る七つの巨大会社７ｔｈコアについては、『外なる神』でも語られています。今回の『ウェンディゴビークル』と照らし合わせてみると、ゲテモノ企業について深掘りできるかもしれません。

イラストの凪良《なぎりょう》さんと担当の三木《みき》さん、阿南《あなん》さん、中島《なかじま》さん、浜村《はまむら》さんには感謝を。とにかく宇宙‼　近くて遠い、良《い》い感じの距離感なのでファンタジーほどオリジナル装備で突っ走る訳にもいかず、何かと不足しがちな資料を一式揃《そろ》える時点で難しかったと思います。しかも当然といえば当然ですが、本気の宇宙服をただそのまま極めたところで格好良くなければ可愛《かわい》くもない。正直、エンタメに落とし込むのは相当骨が折れたのでは？　ともあれ、今回もありがとうございました‼

そして読者の皆様にも感謝を。クウェンサーとヘイヴィアの戦いもここまでやってきました！　酸素がなく、すぐ隣に立つ相棒にすら放った声が伝わらない孤独な戦場でもお構いなしに叫びまくる。そんな馬鹿二人を楽しんでいただけましたら。ここまでお読みいただき本当にありがとうございます‼

それでは今回はこの辺りで。

ヘヴィー世界では、夢を持った人間が何よりおっかないのです

鎌池《かまち》和馬《かずま》

◉鎌池和馬著作リスト

「とある魔術の禁書目録《インデックス》①〜㉒」（電撃文庫）

「とある魔術の禁書目録《インデックス》SS①②」（同）
「新約　とある魔術の禁書目録《インデックス》①〜㉒　㉒リバース」（同）
「創約　とある魔術の禁書目録《インデックス》①②」（同）
「とある魔術の禁書目録《インデックス》　外典書庫①②」（同）
「ヘヴィーオブジェクト」　シリーズ計18冊（同）
「インテリビレッジの座敷童①〜⑨」（同）
「簡単なアンケートです」（同）
「簡単なモニターです」（同）
「ヴァルトラウテさんの婚活事情」（同）
「未踏召喚：／／ブラッドサイン①〜⑩」（同）
「とある魔術のヘヴィーな座敷童が簡単な殺人妃の婚活事情」（同）
「最強をこじらせたレベルカンスト剣聖女ベアトリーチェの弱点①〜⑦
その名は『ぶーぶー』」（同）
「とある魔術の禁書目録×電脳戦機《バーチャロン》　とある魔術の電脳戦機《バーチャロン》」（同）
「アポカリプス・ウィッチ①②　飽食時代の【最強】たちへ」（同）
「マギステルス・バッドトリップ」　シリーズ計3冊（単行本　電撃の新文芸）

本書に対するご意見、ご感想をお寄せください。

ファンレターあて先
〒102-8177　東京都千代田区富士見2-13-3
電撃文庫編集部
「鎌池和馬先生」係
「凪良先生」係

本書は書き下ろしです。

電撃文庫

ヘヴィーオブジェクト 天《てん》を貫《つらぬ》く欲望《よくぼう》の槍《やり》

鎌池和馬《かまちかずま》

2020年９月10日　初版発行
2024年10月10日　再版発行

発行者　山下直久
発行　株式会社KADOKAWA
〒102-8177　東京都千代田区富士見2-13-3
0570-002-301（ナビダイヤル）
装丁者　荻窪裕司（META＋MANIERA）
印刷　株式会社KADOKAWA
製本　株式会社KADOKAWA

●お問い合わせ
https://www.kadokawa.co.jp/（「お問い合わせ」へお進みください）
※内容によっては、お答えできない場合があります。
※サポートは日本国内のみとさせていただきます。
※ Japanese text only

※定価はカバーに表示してあります。

ISBN978-4-04-913450-6　C0193　Printed in Japan

電撃文庫　https://dengekibunko.jp/

電撃文庫創刊に際して

文庫は、我が国にとどまらず、世界の書籍の流れのなかで〝小さな巨人〟としての地位を築いてきた。古今東西の名著を、廉価で手に入りやすい形で提供してきたからこそ、人は文庫を自分の師として、また青春の想い出として、語りついできたのである。

その源を、文化的にはドイツのレクラム文庫に求めるにせよ、規模の上でイギリスのペンギンブックスに求めるにせよ、いま文庫は知識人の層の多様化に従って、ますますその意義を大きくしていると言ってよい。

文庫出版の意味するものは、激動の現代のみならず将来にわたって、大きくなることはあっても、小さくなることはないだろう。

「電撃文庫」は、そのように多様化した対象に応え、歴史に耐えうる作品を収録するのはもちろん、新しい世紀を迎えるにあたって、既成の枠をこえる新鮮で強烈なアイ・オープナーたりたい。

その特異さ故に、この存在は、かつて文庫がはじめて出版世界に登場したときと、同じ戸惑いを読書人に与えるかもしれない。

しかし、〈Changing Times,Changing Publishing〉時代は変わって、出版も変わる。時を重ねるなかで、精神の糧として、心の一隅を占めるものとして、次なる文化の担い手の若者たちに確かな評価を得られると信じて、ここに「電撃文庫」を出版する。

1993年6月10日
角川歴彦

電撃文庫DIGEST　9月の新刊

発売日2020年9月10日

新作 ドラキュラやきん!

【著】和ヶ原聡司　【イラスト】有坂あこ

俺は現代に生きる吸血鬼。池袋のコンビニで夜勤をし、日当たり激悪の半地下アパートで暮らしながら人間に戻る方法を探している。そんな俺の部屋に、天敵である吸血鬼退治のシスター・アイリスが転がり込んできて!?

魔法科高校の劣等生㉜ サクリファイス編／卒業編

【著】佐島 勤　【イラスト】石田可奈

達也に届いた光宣からの挑戦状。恐るべき宿敵が、ついに日本へ戻ってくる。光宣の狙いは『水波の救済』ただ一つ。ふたりの魔法師の激突は避けられない。人外と亡霊を身に宿した『最強の敵』光宣が、達也に挑む!

アクセル・ワールド25 ―終焉の巨神―

【著】川原 礫　【イラスト】HIMA

太陽神インティを撃破したハルユキを待っていたのは、さらなる絶望だった。加速世界に終わりを告げる最強の敵、終焉神テスカトリポカを前に、ハルユキの新たな心意技が覚醒する!　《白のレギオン》編、衝撃の完結!

俺の妹がこんなに可愛いわけがない⑮ 黒猫if　上

【著】伏見つかさ　【イラスト】かんざきひろ

高校3年の夏。俺は黒猫とゲーム研究会の合宿に参加する。自然溢れる離島で過ごす黒猫との日々。俺たちは"槇島悠"と名乗る不思議な少女と出会い――。

ヘヴィーオブジェクト 天を貫く欲望の槍

【著】鎌池和馬　【イラスト】凪良

アフリカの大地にそびえ立った軌道エレベーター。大地と宇宙をつなぎ、世界の在り方を一変させる技術に、クウェンサーたちはどう立ち向かうのか。宇宙へ飛び立て、近未来アクション!

娘じゃなくて私《ママ》が好きなの!?③

【著】望 公太　【イラスト】ぎうにう

私、歌枕綾子、3ピー歳。娘の参戦で母娘の三角関係!?家族旅行にプールと混浴、夏の行事が盛りだくさんで、恋の駆け引きはさらに盛り上がっていく――

新作 世界征服系妹

【著】上月 司　【イラスト】あゆま紗由

妹は異世界の姫だったらしく、封印されていた力が目覚めたんだそうだ。無敵の力を手に入れた檸檬は、あっという間に世界の頂点に君臨。そして兄である俺は、政府から妹の制御（ご機嫌取り）を頼まれた……。

新作 反撃のアントワネット! 「パンがないなら、もう店を襲うしかないじゃない……っ!」「やめろ!」

【著】高樹 凛　【イラスト】竹花ノート

「パンがなければケーキを……えっ、パンの耳すらないの!?」汚名返上に燃えるマリー・アントワネットと出会った雪城千隼は、突然その手伝いを命じられる。しかし汚名の返上どころか極貧生活で餓死寸前!?

新作 わたし以外とのラブコメは許さないんだからね

【著】羽場楽人　【イラスト】イコモチ

冷たい態度に負けずアプローチを続けて一年、晴れて想い人に振り向いてもらえた俺。強気なくせに恋愛防御力0な彼女にイチャコラ欲求はもう限界!　秘密の両想いなのに恋敵まで現れて……?　恋人から始まるラブコメ爆誕!

新作 ラブコメは異世界を救ったあとで! ～帰ってきたら、逆に魔王の娘がやってきた～

【著】末羽 瑛　【イラスト】日向あずり

異世界で魔王を倒したあと、現代日本に戻って穏やかに暮らしていた俺。そんなある日、魔王の一人娘、フランチェスカが向こうの世界からやってくる。まさか、コイツと同棲するハメになるとは……なんてこった!

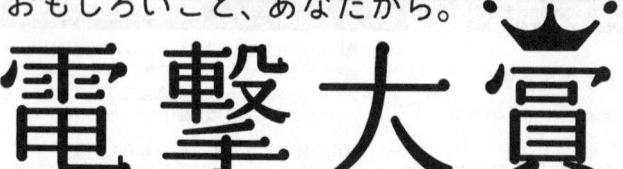